Ronso Kaigai
MYSTERY
259

脱獄王ヴィドックの華麗なる転身

Walter Hansen
Der Detektiv von Paris
Das abenteuerliche Leben des François Vidocq

ヴァルター・ハンゼン

小林俊明［訳］

論創社

Title of the original German edition:
"Der Detektiv von Paris – Das abenteuerliche Leben des François Vidocq"
by Walter Hansen © Ueberreuter Verlag GmbH, Berlin 2018

This Japanese edition is an authorized translation and licensed edition
of the work published by Ueberreuter Verlag GmbH, Berlin
through Tuttle-Mori Agency, Inc., Tokyo

目次

主要登場人物

ヴィドック……本書の主人公。ヴィドックが逃亡中に用いた偽名：ヴィクトル・ルソー、ジャン・レノア、ルベル、ピエール・ブロンデル
ジャック・ド・ペイヤン……貴族出身で、ヴィドックが心惹かれたアラスの悪党
司祭コンスタンタン……ヴィドックに読み書き算術を教えてくれた司祭
コット・コムス……サーカス一座の団長
フランシーヌ……ヴィドックを助ける内縁の妻
ジンギス・カーン……監獄「聖ペテロ塔」からの脱獄仲間
クリスチャン……旅回りの藪医者・呪術師
エルボー……ヴィドックに公文書偽造の濡れ衣を着せた囚人仲間
狡猾野郎ジャン……暗黒世界についての情報をヴィドックに伝授してくれた悪党
ド・ブリサック少尉……ヴィドックを剣術師範として採用した歩兵連隊中隊長
ロマン何某……南フランス沿岸地区に跋扈する、極悪な悪党一味の頭目
ポール・ブロンディ……ヴィドックにたかってきた悪党
アンリ……パリの警視総監。ヴィドックが「犯罪捜査局（シュルテ）」を率いていた時の上司
ジョゼフ・フーシェ……警察大臣。ナポレオンに次ぐ第二の権力者
ジェルマン……ヴィドックに押し入り強盗参画の話を持ちかけてきた強盗団の頭目
コンラダン……司祭と宝石商をたぶらかし両者のお宝を盗んだ悪党
ラウル……「三人組の人殺し一味」のメンバーの一人。ワイン酒場の店主
ジェラール・ポンス……「三人組の人殺し一味」の親玉
ジェラール・アラール……「犯罪捜査局（シュルテ）」を辞職したヴィドックの後継者

脱獄王ヴィドックの華麗なる転身

ダンケルク
ベルギー
カレー
リール
ブローニュ・シュール・メール
アラス
ドゥエイ
イルソン
ヴェルサイユ
パリ

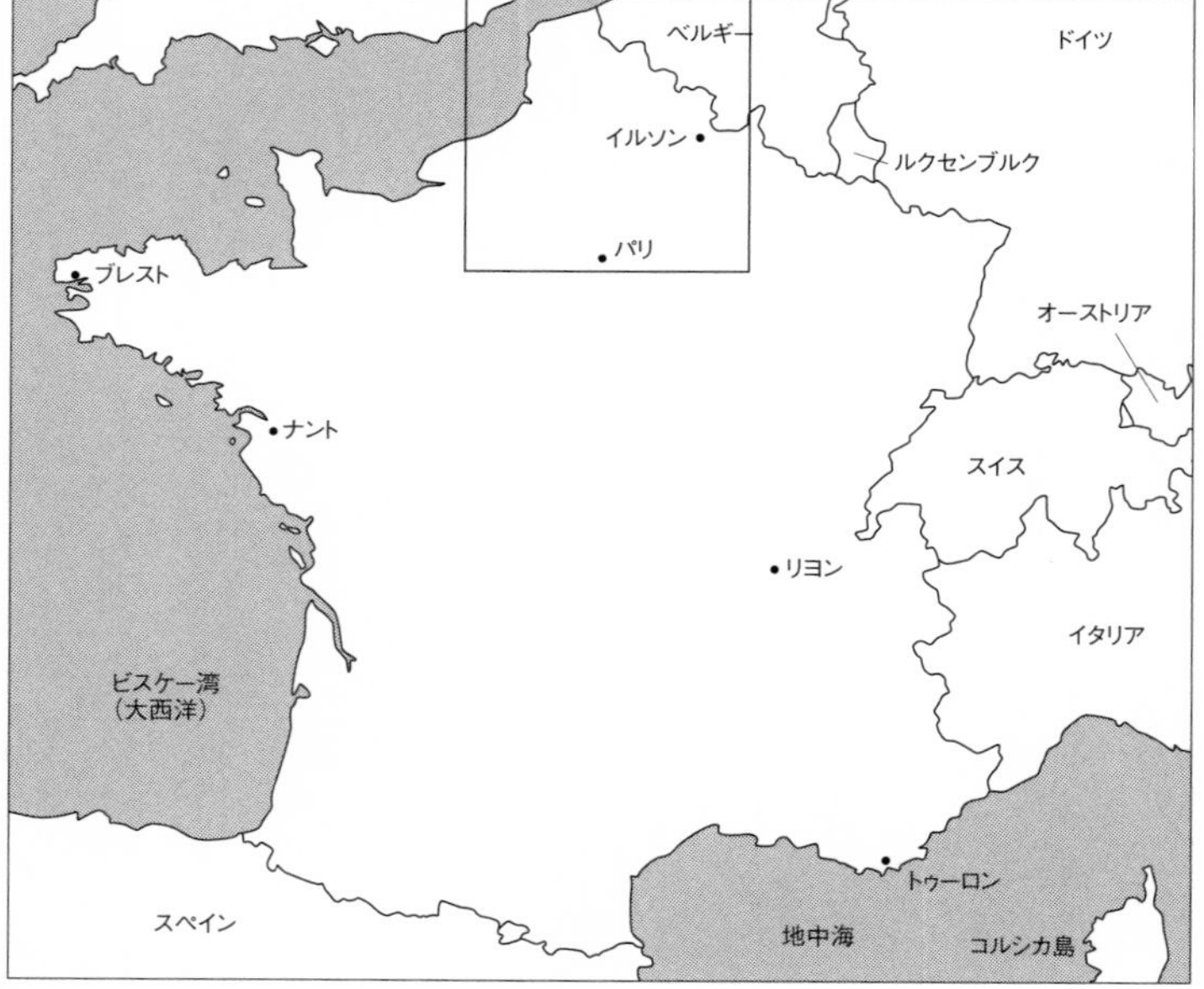
ベルギー
ドイツ
イルソン
ルクセンブルク
パリ
ブレスト
オーストリア
ナント
スイス
リヨン
イタリア
ビスケー湾
（大西洋）
トゥーロン
スペイン
地中海
コルシカ島

はじめに

「世界初の私立探偵」フランソワ・ウジェーヌ・ヴィドックは、「犯罪捜査学の父」とも言われている。というのも、警官とは厳（いか）つい制服を着て常に人を萎縮させ怯えさせながらただ表通りを闊歩するだけではなく、時にはまったく人目につかぬところで冷静かつ頭脳的に物事を観察し、事件の真相を総合的に判断する存在なのだ、と世界で最初に認識し喝破したのが、この暗黒街上がりのヴィドックという人物であるからだ。こうした発想のもとにヴィドックは、フランス皇帝ナポレオン一世の時代に世界初の刑事警察「犯罪捜査局（シュルテ）」を創設した。その成果たるや、世の人の予想をはるかに凌駕するものがあった。事実、当時殺し屋や辻強盗たちの根城であったパリは、数年後にはヨーロッパ随一の安全・安心な都市に変貌を遂げたのである。

ヴィドックが創設した「シュルテ」は、それゆえイギリスの「ロンドン警視庁（スコットランドヤード）」や、ひいては全世界のあらゆる警察署、わけても輝かしきあの「アメリカ連邦捜査局（エフ・ビー・アイ）」の手本にもなったのである。

ヴィドックはまた、世界文学初の「私立探偵」のモデルでもある。エドガー・アラン・ポーの古典的な短編推理小説『モルグ街の殺人事件』に登場する世界初の探偵オーギュスト・デュパン、ならびにアーサー・コナン・ドイルの作品に登場する天才的な私立探偵シャーロック・ホームズ、さらにはアガサ・クリスティーのエルキュール・ポアロのモデルにもなった。ヴィドックの友人で、世界文学の中でもたいへん著名な文学者の一人であるバルザックは、長編小説『ゴリオ爺さん』（一八三四年）の登場人物ヴォートランのモデルにヴィドックを採用している。一八四四年から四五年にかけて上梓された、長編小説『モンテ・クリスト伯』のタイトルにもなっている主人公もヴィドックがモデルなのである。この『モンテ・クリスト伯』の作者アレクサンドル・デュマ（大デュマ）もまた、バルザックと同様ヴィドックと親しい友人関係にあった。ヴィドックは若かりし頃、一時囚人の身となったものの、のちには探偵に変貌を遂げたのであるが、そうした経歴の持ち主であるヴィドックを、『レ・ミゼラブル』を執筆していたヴィクトル・ユゴーは、作品の中の「追跡される者」と「追跡する者」、つまり逃亡するジャン・バルジャンと執拗にジャン・バルジャンを追跡する警部ジャベールの両者のモデルに採用している。

「追跡される者」と「追跡する者」――ヴィドックは世界的に有名なヴィクトル・ユゴーのこの小説に出てくる、そうした相反する両極の特徴を合わせ持つ人物であり、最晩年に至るもまさにそのような存在であり続けたのである。ヴィドックはデュマの『モンテ・クリスト伯』と同様、無実の罪で追われ、投獄された。彼はその不当な判決から逃れんとして、二十五回もの脱獄を試みている。彼は三十四歳までは獄中で暮らすか、あるいは追っ手から逃れて暗黒街の隠れ家に身をひそめるしか生きる術（すべ）がなく、陽のあたる表社会で暮らす見込みはほとんどなかった。それでもヴィドックは決して諦めず、勇気と意志の力を失うことがなかった。だからこそ彼は、警察のお尋ね者である囚人の過去があったにもかかわらず、のちには「犯罪捜査局（シュルテ）」の創設者となり、同時にその組織の統率者に変貌を遂げるという、まさに不可能を可能にした人物なのである。

彼がいかにして成功を収めたかは、すべて本書に記されている。客観的な事実を素材にした本書は、小説を書くために必要な創作の自由を別とすれば、様々な証拠を示す文献、すなわち裁判所及び警察の調書、ならびに新聞に掲載された記事（レポート）、さらにはヴィドック自身の手記で裏付けし、捏造は何一つしていない。

ヴァルター・ハンゼン

魔女の予言

北フランスの町アラスは、ならず者や悪党どものたむろする町だった。スリ、盗品買い取り屋、押し込み強盗、脱獄囚、辻強盗、高利貸し、偽金造り、いかさま賭博師などの出会いの場であると同時に潜伏場所でもあった。アラスは悪党どもにとってなんとも都合のいい場所だった。というのも、この町は組織的犯罪集団の拠点のあるパリとベルギーの王都ブリュッセルのちょうど中間地点に位置していたからであり、しかも、密貿易の取引や海賊どもの盗品交換が盛んな、北フランスやベルギーの港町からもそれほど離れていなかったからである。

追っ手を逃れて隠れ家を求めている輩、あるいは胡散臭い商売に手を染め一旗揚げようともくろんでいる連中は、好んでこのアラスの町にやって来た。なぜなら町にはたくさんの隠れ家があり、さらには逃走経路が縦横無尽に走っていたからである。町の中心地区は狭い路地、街路に影をつくるアーケード、地下酒場に下りる階段、今はもう使われていない、かつての要塞の各陣地を繋ぐ無数の地下連絡通路、中世の建築様式で造られたこれらすべてが迷宮を形成していた。どのレストランにも、地下のどの居酒屋にも、隠し扉や裏口階段が備えられていた。警官が店の表の出入口に姿を見せると、悪党どもは裏口をすり抜け、瞬く間に姿を消してしまうのだった。

町には世界各地からやって来たならず者どもが潜伏していた。連中の出身地は様々で、フランス、ベルギー、ドイツ、オーストリア、イギリス、オランダ、バルカン半島、トルコなどであったが、なかにはインドや中国から来た輩も交じっていた。雲一つなくすっきりと晴れ上がった日には、こうした胡散臭い連中もうずうずして、暗闇の隠れ家や掃き溜めの奥から表通りに顔を出さずにはいられなくなる。そんな時、連中はおどおどためらいながらも、あたりをぐるっと見まわし、確かめつつ町の中心にある練兵場に姿を見せた。そこで連中はそれぞれ小さなグループをつくり、ある者はぼろをまとい、またある者はいきすぎたほど羽振りのいい出で立ちで、戯れ遊ぶ子供や買物に勤しむ主婦たちの間に紛れ込んでいた。安物だが人目をひく銅製の装身具、鎖の腕飾り、耳飾りなどをつけ、ド派手な色のスカーフを首に巻きつけたこうした連中の姿は、一風変わっているというより、ほとんど異国情緒たっぷりの雰囲気を醸していた。彼らは仲間内でしか通じない言葉、要するに悪党どもの国際言語である隠語を使って打ち解け、楽しげに会話を交わしていた。連中の両手両腕には入れ墨が彫られ、顔には不安と恐怖の色が隠しようもなく浮かんでいた。

　慣れぬ真昼の陽の光に彼らは不安を覚えていた。連中は至る所に危険な臭いを嗅ぎ取っていたからだ。彼らは常に警戒を怠らず、いつ何時(なんどき)でも間髪を入れず、脱兎のごとく逃げる体勢で身構えているようだった。警官がやって来たぞ、という叫び声や、口笛の合図があるたびに、連中はさながらドブネズミの如く、瞬時に狭い路地の迷宮に逃げ込むか、あるいは地下室へ通じる階段を一気に駆け抜け姿をくらました。

　練兵場のそばに立ち並ぶ間口の狭い木組みの木造家屋には、これら海千山千の連中とは対照的に、謹厳実直な職人たちが暮らしていた。いかがわしい隣人たちとのつきあいはあったものの、だからといって職人たちの堅気の気質が惑わされることはなかった。彼ら庶民は汗水たらして働いていたのだが、稼ぎは少なかった。というのも当時、庶民は誰もが赤貧洗うが如き生活を送っていたからである。

そうした職人の一人が、パン職人のジャン・ヴィドックである。一七七五年六月二十三日の午前三時になっても、パン屋の窓ガラスの向こうでは、なおも数多くのロウソクの灯りがゆらゆらと揺れていた。それというのもヴィドック夫人が産気づいたからである。

その夜、アラスの町には異常な大雨が降っていた。町の長老でさえも、その夜のどしゃぶりに匹敵する豪雨に見舞われた経験はなかった。

黒々とした雷雲が、家々の切妻屋根の上空に重く垂れ込めている。雨粒が路上の敷石の上にざんざんと降り注ぎ、屋根からは雨が滝となって流れ落ち、側溝は小川となって溢れかえっている。稲妻がぱっと光ったかと思うと雷鳴が轟き、何度も繰り返している。遠くから火災を告げる半鐘の音がしきりに聞こえてくる。犬も外に出せないほどの、散々な荒れ模様である。

ところがそんな雨にもかかわらず、町の産婆のルノルマンという老婆は表に出ていた。使いの者から急の知らせを受けた老女は、片足を引きずりながらパン屋のヴィドックの家に急ぎ向かっていた。頭にかぶった目の粗い毛布は、土砂降りの雨をしのぐにはほんの間に合わせでしかない。あたり一帯は真っ暗闇だった。時折ぴかっと光る稲妻だけが、彼女の行く手を一瞬明るく照らしてくれる。せわしげにはあはあと息を切らして練兵場に向かう老婆は、足をひきずり、泥水を跳ね上げながら水溜りを突っ切り、できるだけの早足でパン屋へと向かって行った。

ヴィドックの店のドアがさっと勢いよく開いた。老婆が素早くひょいと家の中に飛び込むや、暴風にあおられた雨粒が、老婆の背後から太鼓のような音をたててどっと店内に吹き込んできた。ドアが勢いよくガチャンと音をたてて閉まる。

「ルノルマンさん、よく来てくれました、ありがとうございます。間に合いましたよ」

とパン屋の主人は挨拶し、産婆を出迎えた。

老婆はかぶっていたずぶ濡れの毛布を脱ぎ捨てると、幅の狭い階段を息せき切って駆け上がり、二階の部屋に飛び込んだ。ヴィドック夫人が横になっているその部屋はひどく狭苦しい。ベッド一つでほぼ満杯である。部屋の壁一面を覆う結露が光っている。窓ガラスをがたがたと揺する風が、壁の隙間からひゅうひゅうと音をたてて入り込み、ロウソクの炎をゆらゆらと揺すっている。

スカーフで頭を覆った老婆の眼は深く落ち窪み、口元は瘦せすぼみ、歯はほとんど抜け落ち、ニンジンさながらに赤い鼻は先端が尖って突き出ていた。部屋のロウソクの灯りのもとでは、まるで魔女のようだった。

老婆にはよくない噂が付きまとっていた。彼女は産婆の仕事以外にも、ありとあらゆる類の黒魔術に手を染めているというのだ。迷信深い顧客の注文を受けては、トランプで運勢を占い、魔女の邪眼の呪いを跳ね返し、悪霊を追い払い、手相を見てはその運命を占う、といったありとあらゆるペテンに手を染めている、と噂されていた。老婆は彼女がとりあげた赤ん坊にも、誕生時に起こった事象に即して、その子がたどる運命を占ってきた。パン屋のヴィドックの子供、のちにフランソワ・ウジェーヌと命名されることになるこの赤ん坊が産声をあげた時にも、この産婆は芝居がかった大袈裟な身振りで、強風に煽られ、がたぴしと音をたてて揺れ動く鎧戸を指差し、陰気な声で、「この子は波乱万丈の人生を送ることになるだろうねえ、この赤ん坊は」と予言したのである。

「竜騎兵フランツ」とならず者

老婆のこの予言は、後年大いに人々の笑い話のタネとなった。

フランソワ・ウジェーヌ・ヴィドックが長じて有名になった時、彼は自分が生まれた時のこの逸話を持ち出しては、最後に必ずひとくさり語るのだった。

「私が生まれた時のことなんですが、できることなら使徒ペテロ様にお越しいただいて、あの時の豪雨に匹敵するようなド派手な花火でも打ち上げてほしかった、などとは露ほども思ってはいませんがねえ。でもあの魔女婆さんの予言は、まあ見当違いでもなかったんですよ。なにせ私の人生は実際、誰にも負けないくらい波乱に満ちてましたからね」

ヴィドックの人生は波乱万丈の冒険に満ちたものであったが、もちろん彼の運命は生誕時の自然の気まぐれなどではなく、彼の生きた時代が政治的社会的な大変革期だったからだ。彼が生を享けた当時のフランスは、国王たちの贅沢三昧な浪費生活が招いた混乱が渦巻き、秩序と社会的公正に欠けていた。彼は若かりし頃、ありとあらゆる栄光と恐怖に満ちたあのフランス革命を体験した。ナポレオン・ボナパルトの昇竜の如き大成功と失脚は、ヴィドックの運命に多大な影響を及ぼしている。策謀家の警察大臣ジョゼフ・フーシェ、世界史上稀に見るこの悪魔的な男は、ヴィドックの人生を左右する重要な人物だ。だがフーシェは、ナポレオン失脚後にみずから仕掛けた策略に足元をすくわれてしまった。これに対してヴィドックは社会の風圧から身をかわして生きていくタイプではなく、むしろ権力者のパワーゲームに関わっていくタイプの人間であった。あの時代を生き延びることができたのは、とにかく自分の意志を押し通すことができた者だけだった。

その点ヴィドックは、父の店の前の練兵場広場で、すでに子供時代に意志貫徹の術を学んでいた。そこでの彼の遊び相手は、ならず者の子供たち、要するに生まれ落ちた時から暗黒街のありとあらゆる卑劣な言動や悪徳を熟知し、ずる賢く、不誠実で、ペテン以外には何も知らない子供たちであった。ヴィドックが子供時代にやむを得ず付き合っていたこうした遊び相手は、粗暴で自分に得になることしか考えていなかった。幼いヴィドックの遊び場であったアラスの町の練兵場の子供たちの掟は、殴るか殴られるかのいずれかしかなかったのである。

パン屋の小倅は、殴られるよりはむしろ殴るほうを選んだ。体格のよいヴィドックは、遊び仲間の平均より背が高く、農夫のように肩幅が広かった。縮れたブロンドの髪は少し赤みがかっていた。唇は厚くまくれ上がり、顎にはパンチを喰らった時の傷跡が残っていた。鼻筋が少々斜めに曲がっているのは、遊び相手との言い合いから始まった喧嘩の果てにみずから招いた鼻骨骨折によるものであった。

ヴィドックは自分より弱い相手に腕力をふるうことはなかったし、年下の子供や弱者にはむしろ肩入れをしていた。こういった点が彼の行動の目立った特徴である。とにかく彼は、なんであれ、自分より力の強い者の言いなりにはならなかった。すでに十歳の時には、目には目を、と敵に報復することで知られていた。陰険な手で仕掛けてくる相手には、すきをみて相手の足元をすくってやった。彼を騙そうと仕掛けてくる相手には、落とし穴を掘っておくなど、ぬかりはなかった。お得意先に配達する途中で、パンをかっさらおうとする輩は反撃を喰らい、体中あざだらけにされてしまうのだった。

やむを得ず、大人に攻撃することもあった。それなのに暗黒街出身者の中には、きつい言葉で文句を言われたことを根にもって、報復をもくろむ何もわかっていない連中も少なくなかった。

とは言うものの、ヴィドックが太刀打ちできない相手が二人いた。一人は父親である。父は怒りっぽく吝嗇(けち)で、平手打ちだけは誰よりも気前がよかった。父の癇癪(かんしゃく)がたとえ不当であっても、逆らって反撃することなぞヴィドックには考えられなかった。

もう一人はヴィドックより十歳年上のジャック・ド・ペイヤンという男である。彼は泥棒で詐欺師だったが、賢くて教養があり、立居振舞に上品なところがあった。なぜなら貴族階級の出身だったからだ。彼は数年前、パリ近郊の両親の住む城館(いえ)から飛び出してきた。ハラスの町のならず者の間でペイヤンは、家柄と教養のゆえに高い名声を博していた。

ヴィドックはペイヤンに心酔していた。夢中のあまり、彼が犯罪者であることなど頭からすっぽり抜け落ちていた。アラスの掃き溜めの中にあっても、礼儀作法、如才なさ、教養の面で貴族社会の輝きの化身であり続けていたので、この男のまばゆいばかりの立居振舞に目がくらんでいたのだ。その頃は貧乏人の小倅が通える学校などは存在せず、教育が受けられたのは家庭教師を雇える貴族階級の子弟だけであった。そんな時代にペイヤンは数カ国語を操り、読み書き算術もでき、そのうえフェンシングの技までも身につけていた。つまり貴族階級出身のこの男の才能は、そんな時代にあっては稀有のものであったのだ。このペイヤンの存在がヴィドックに教えてくれたことは、知識と教養で一頭地を抜いている者、ひと言で言えば何かを学んできた者だけが成功を勝ち得ることができるという事実であった。

ウィドックはなんとしても成功を手にしようと思った。そこで彼は授業を受け、学ぼうと決意を固めた。とはいうものの、自分に教育を施してくれる教師をみずから探し求めなければならなかった。

彼はまずフェンシングに関心を持った。サーベルやフェンシングのフルーレの技を身に着ければ自己防衛できる。その技は仲間に認めてもらうための一つの前提条件なのだ。

町には近隣の貴族階級出身の士官の卵がフェンシングの授業を受けている道場があった。一七八七年の夏、ヴィドックが十二歳の時、彼はその道場を訪れた。継ぎ当てだらけのズボンをはき、破れたシャツを着たヴィドックは、師範が披露し説明する模範演技の数々を脇から眺め、注意深く観察していた。そこで彼は、激しい突き合いの応酬、身体のひねり方、仕掛けてくる剣をかわす技パラード、攻撃を防ぎながらも反撃する返し技リポスト、変化するステップ、フェイントなどを観察していたが、ひたすら見つめる彼に文句をつける者は誰もいなかった。

彼はそこでサーベルの剣さばきには厳密な型が定められていて、剣の構えの交差ポジションに応じてプリム（第一の構え）、セコンド（第二の構え）、ティエルス（第三の構え）、カルト（第四の構え）、キント（第五の構え）などの名称があることを知った。例えばキントは、左に回って敵の左の腰から右の肩のラインをめがけて剣を打ち込む、あるいはそのラインめがけて剣をひと突きする技のことである。

ある日、フェンシング道場のあちこちに転がっているサーベルを手に取ってみた。振り回すとサーベルはピュッと音をたてて宙を切った。いかにも遊び半分のしかもさり気ない動作であったのだが、しかしその動きは、フェンシングの規定に沿った正確な打ち込みそのものであった。しばらくして彼は面白半分に、師範に一番手合わせしてもらえないか、と頼んでみた。この中年の将校は身の程知らずのこの要求を面白がり、貧乏人の小倅を喜ばせてやろうと、温情溢れる微笑を浮かべながら、願いを快く受け入れてくれた。

二人は怪我をしないよう、金網の張ってあるフェンシング用マスクをかぶり、ずっしりと重い水牛革のフェンシング用ジャケットを着込み、肘当てをつけ、さらに専用グローブをはめて試合を始めた。

開始早々の師範のサーベル裁きは、気乗りのしないぞんざいなものだった。ところが、少年が第五の構えのキントや第三の構えのティエルスで巧妙に、しかも確実に防御していることに突然気づいた。師範は自分より頭一つ小柄の相手がフェイントをしかけ、自分を困惑させるその技の妙を見て驚愕した。しかも瞬時のうちにヴィドックの剣の切っ先が師範の面を二度も突いてきたのだ。

「ブラボー！」

師範は大きな声を上げた。

「お前、天才だね！　いったいどこで習ったのかい」

「先生のところです」

マスクの内側から聞こえてくるヴィドックの声はくぐもっていた。

「そんなわけないだろう！」

と、師範は大声を上げたが、さらなる攻撃をかわすのに手こずっていた。

「お前はここで、ぼんやり突っ立って見ていただけじゃないか。きっとどこかで教えてもらったんだろ」

「いいえ、先生が教えていたお話を一生懸命に聞いていたのです。ただそれだけです」

と、ヴィドックは答えた。

「こいつはまいった！　こんな生徒がほしかったんだ」

話しながらも師範は反転攻勢に打って出たが、ヴィドックはそれもうまくかわした。ヴィドックは手本どおりに、まるでダンスでも踊るかのように飛び跳ね、二、三歩後退した。それはまったく教本どおりだったのである。それからヴィドックは予想に反して大きく前に飛び出し、攻撃に打って出た。こうなると師範は再度相手の切り込みを受けて立たなければならなかった。

　そうこうするうちにフェンシング道場の生徒たちが近寄ってきた。一戦を交えている二人を囲んだ若者たちは、なにやら耳打ちしながら、驚きの表情を浮かべていた。中年の将校は教え子たちの前では、師範としての面子を保つことが大切であると考えていた。持てる技のすべて、数十年間にわたって積み上げた将校生活の技と経験のすべてを、この少年に向けて立て続けに仕掛けていった。ヴィドックの防御は巧みで、攻撃を次々とかわした。互いの剣は宙を切り、再び激突した。剣の交わる音があたり一帯に鳴り響き、両者の刀身は窓から差し込んでくる陽光を受け、きらきらと光り輝いていた。師範の呼吸はせわしげに、かつ苦しそうに喘いでいる。それでも徐々にではあったが、少年に対して優位を占めていった。ヴィドックは結局、中年将校の長年の経験には太刀打ちできず、次々と繰り出される一連の攻撃にじっと耐え忍んでいたが、突然、道場の片隅に一気に追い詰められ、両手を上げざるをえなかった。

　戦いの後、マスクを外すと、二人の顔は真っ赤に火照り、まさに流汗滂沱（りゅうかんぼうだ）、滝のような汗が流れていた。師範は讃嘆の言葉を発しながら頷き、手袋をはずすと額にかかった白髪を掻きあげた。

　師範は「お見事！」と言って、ヴィドックの肩をぽんと叩いた。

「お前はたいした剣の使い手になれるぞ。一度も練習したことがないというのが本当なら、お前さんは俺の知る限りもっとも偉大な天才だな。なんなら鍛えてあげよう。これからは毎日ここに来て練習しなさい。すぐに始めるといい」

ヴィドックはフェンシングと同時に外国語の習得も目指した。母国語のフランス語以外に話せたのは、北フランスで通用するフラマン語、つまり西ゲルマン語の一種である低地フランク語だけだった。これでは少なすぎる。彼はあこがれのジャック・ド・ペイヤンと同じように、ドイツ語、英語、オランダ語を身につけようと思った。パン屋の小倅に見合うような教師はもちろんいるわけないが、でもアラスの暗黒街には外国出身の人間があり余るほどいる。

そこでヴィドックは恐るおそる暗黒街に足を運び、それなりの人材を見つけることに成功した。教師たちは全員、暗い過去のある奇妙奇天烈な名前の持ち主だった。例えばヴィーン出身の「竜騎兵フランツ」からはドイツ語を習った。ただし厳密に言えばヴィーン訛りのドイツ語だった。オランダ語は「デア　フリーゲンデ　ホレンダー（さまよえるオランダ人）」をもじった「デア　リューゲンデホレンダー（嘘つきオランダ人）」と呼ばれている詐欺師から教えてもらった。英語はイギリス出身で、かつて海賊をしていた男から習った。この男は懐具合がいつも寂しく、四六時中、財布が引き潮状態なので「引き潮ジャック」と呼ばれていた。おまけにヴィドックは詐欺師や乞食が使う奇妙な隠語も悪党どもから習い覚えた。それは、ヨーロッパやオリエントの新旧の言語を組み合わせて作った一種の国際言語である。悪党どもの隠語は、現在の俗語の中にもまだ生き残っている。例えば、「ベラッペン（しぶしぶ支払う）」、「フォッペン（からかう）」、「モーゲルン（いかさまをする）」、あるいは「フェアシェルベルン（投げ売りをする）」という言葉がそうである。しかし当時の一般庶民はこうした隠語をほとんど理解できなかった。隠語の「わずかな報酬で働く」は、「フォア　アン　クナッケ

ン トラファーケン」と言う。「喰らえ、てめえ、さもなければくたばれ！」は、「シュナップ、フラットラー、ツィ シュティープ アップ」となり、「代金を払わずにずらかってしまえ！」は「クレッチマー フィルティーレン」と言う。この珍粉漢な隠語は、悪党どもを見分ける目印でもあるのだが、この事実はなんら不思議なことではない。隠語を操れる者はたちどころに悪党から信頼を勝ち得ることができた。というのは隠語を話す者は悪党仲間の一人であることの証明だからだ。さらに隠語を知れば、協議し計画する事柄が理解でき、さらには悪事決行の日取りと場所もわかるからだ。

神の冒瀆者の魂に心をくばる司祭コンスタンタン

若きヴィドックは読み書き算術を学ぶために、教区司祭コンスタンタンの所に相談に出かけた。頭に雪を頂くこの聖職者は、悪党どもに神の御言葉を伝え、彼らを改心させ、善人に生まれ変わらせることをみずからの使命としていた。暗黒街の連中が進んで教会に出向くことはなかったので、司祭のほうから彼らの住む隠れ家やあばら屋に足を運んだ。司祭が町の路地を通り抜けるたびに、あるいは悪党どもがたむろする居酒屋に足を踏み入れるたびに、連中から笑いのタネにされ、嘲りを浴びせられていた。神に帰依する敬虔な彼は、ひたすら屈辱に耐えていた。そうした努力が無意味であることも重々承知していた。というのも伝道をしたところで所詮馬の耳に念仏だったし、教区の人々の中の黒い羊である悪党を、一人でもまともな道に連れ戻すのはごく稀なことだったからである。それでも、過去のごく稀な成功体験は司祭を誇らしい気分にさせてくれ、さらには布教活動に専念する勇気と希望を与えてくれた。

ある晩のこと、司祭は居酒屋「首切り役人亭」のテーブルにつき、暗黒街で「ギュリ」と呼ばれる老人に説教し、しきりに話しかけていた。この老人は昔はスリを働いていたが、今は手に震えがきて、他人様の懐に手を突っ込むことはできず、目下は仲間の押し込み強盗の見張り役として働いて、お情けでもらえる施しのパンで飢えをしのいでいた。司教の説教は老人には馬耳東風で、時折、ワイングラスの赤ワインをぐいっとひっかけていた。

ちょうどその時、若きヴィドックがそのテーブルに近づいてきた。

「今晩はコンスタンタン司祭様。一つお願いがあるのですが」

司祭は視線を老人の顔からそらし、目の前に立つみすぼらしい身なりの少年を見た。

「パン屋の息子だね。どうしてこんな評判のよろしくない居酒屋にいるのかな」

と、司祭はびっくり顔で尋ねた。

「一つお願いがあるんです、司祭様」

「その願いとやらに私が応えられるのなら、喜んで手を貸そう。さあ、話してごらん」

「僕は司祭様に読み書き算術を教えてもらいたいんです」

年老いた「ギュリ」は底意地悪くひっひっと笑いながら、ワイングラスを口元に運んだ。老人の口の端からこぼれたワインの雫が、テーブルにポタポタ滴(したた)り落ちている。司祭はあっけにとられて、ヴィドックの顔をまじまじと見つめた。

「お前は、まさかこの私をからかっているのではないだろうね」

「まさか、そんなことはありません。コンスタンタン司祭様」

「だがなあ……」

と言いながら、信じられないことを聞かされたかのように、司祭は白髪頭を振った。

「この界隈ではまっとうに学ぼうとする者などいないのだよ」

司祭はヴィドックの顔を穴のあくほどまじまじと見つめた。

「本気かい」

「もちろんです」

「すぐに読み書きができる、というわけにはいかないんだよ。結構手間暇がかかってね、むずかしいことなんだ」

「そんなことかまいません。僕は固く決心したんです」

「ふーん。そうかい、では喜んで手伝ってあげよう。さあ、このテーブルにかけなさい。いや、ここから出たほうがいいな。一緒に教会の聖具保管室に行こう。あそこなら誰にも邪魔されないからね」

司祭は席を立つとヴィドックを連れて居酒屋「首切り役人亭」を出ていった。


ヴィドックのそれからの二年間は、司祭の喜びの源泉となった。たとえ伝える内容が神の御言葉でなく、ごく初歩的なかけ算九九であったとしても、司祭の言葉に熱心に耳を傾けてくれる相手をとう見つけることができたからである。

ヴィドックが勉学にともなう困難を我慢できたのは、自分が生まれ落ちた十八世紀末の貧困と悲惨に満ちた泥沼から、なんとしても抜け出たいという願望があったからだ。フランス国家は四十億フランもの借金を抱えて破綻していた。国王ルイ十六世は一般庶民に情け容赦なく税金を課し、財政危機を切り抜けようとした。いわゆる第三階級である手工業者、市民、農民は多種多様な税——土地税、財産税、人頭税、通関税、塩税等を支払わなければならなかった。税金をむしり取られた職人や農民は、もはや生きてゆくためのパンすら手にすることが叶わなかった。税金が納められないと、第三階級の人々の手元に残った端金までもむしり取るために、警察はおろか軍隊さえも投入した。王の名において重武装した兵士はなけなしの虎の子を探し出すために、庶民の見すぼらしい家にどかどかと押し入ってきた。しかも兵士は現金が見つからないと、皿、ナイフ・フォーク・スプーン等の食器セット、敷布、衣類までもかき集め、強奪していった。金目の物が何一つ見つからなければ、連中は一家の家長をしょっぴいて、債務者勾留所にぶち込んだ。残された連れ合いは手を尽くして金をかき集め、国王のために税金を払い、一家の大黒柱をようやく釈放してもらった。こうして貧乏人はますます貧乏になり、富める者はますます裕福になっていった。革命の機が熟していた。

ヴィドックの父親も他の職人と同じように、歯を食いしばって税金を払っていた。そのため、真っ先にひどい目にあったのは妻と子供たちであった。彼らはぼろを着て、いつもお腹を空かせていた。毎日々焼きたてのパンが店頭に並べられていたのに、自分たちの口に入るのはほんのわずかだった。子供たちのことを思い、ヴィドック夫人は自分が食べる分を削ってでも子供たちに食べさせてやっていた。そのため夫人の顔色は悪く、いつも青ざめていて、しかも病気がちであった。なのにこのパン屋のおやじは自分にはかなり甘いところがあった。見るからに栄養状態がよさそうだったし、しかもいつも隆とした身なりをしていた。時折ズボンやフロックコートを新調していたのは、店ではお客さんにさっぱりとした印象を与えなければならないからだ、というのがこの男のよく口にする言いわけであった。

秘密の蓄財

それは一七八九年の七月末のある日の午後のことだった。十四歳を迎えたばかりのヴィドックは一人で留守番をしていた。両親がいないので、彼は父が毎日パンを焼いている仕事部屋に入ってみた。パン焼き窯の傍らに置いてある鉄板張りの銭箱のフタはいつもは決まって施錠されているのに、その日に限って鍵が差したままになっていた。おそらく父親が鍵を抜き取るのを忘れてしまったのだろう。好奇心に駆られて鍵を回すと、がさがさぎしぎしときしみ音をたて、錠ががしゃっと弾けてはずれた。フタを開けてびっくり仰天、のけぞってしまった。目の前にあるのはきらきら光り輝くコイン。それも大量の銀貨の山。掴(つか)んだコインを指の間から滑らせると、コインはちゃりん、ちゃりんと音をたてて銭箱の中に落ちてゆく。

……数百フランはあるかな、それどころか、ひょっとしたら数千フランはあるに違いないぞ。これってパン屋にしては、すごい財産だよな！……

ヴィドックは銭箱のフタを閉じ、鍵をかけた。家を出ると、広場に向かって歩いていたが、足取りはふらふらよろよろしていた。脳裏には幾つもの疑問がふつふつと次から次へと湧き上がってきた。

……あの大金はどこから手に入れたんだろう。こんなにお金があるのに、父さんはどうして家族に食べ物をくれないんだろう。家族全員が腹いっぱい食べられるくらい父さんは金持ちなのに、どうして母さんは具合が悪くてひ弱なんだろう。父さんの身なりはいいのに、母さんと僕たちは乞食同然のぼろを着て、あちこちかけずり回らなければならないんだろう。コンスタンタン司祭様に相談しないとな。神父様にこの疑問をそっと打ち明けてみよう……

彼は走って教会へ向かったが、入口のドアは鍵がかかっていた。

……いつものように司祭様はどこか評判のよろしくない居酒屋に行って、きっとまた誰かならず者を摑まえては、まっとうな道に戻るように、と説教して骨を折っておられるに違いないね……

司祭をあちこち探し回っているうちに、ヴィドックは狭い横丁の暗がりで迷子になってしまった。アラスの暗黒街の深みにはまって、さらに奥へ奥へと入り込んでいった。

「おい、ヴィドック！」

あれこれ考え事に心を奪われていたので、この呼ぶ声にびっくりして、我に返った。腕を摑まれていた。そこに立っていたのはジャック・ド・ペイヤンだった。海千山千の男たちと渡り合うこの貴族出身の男は、流行の細身の青色の長ズボンをはき、白のすね当て(ガマシュ)をあて、黄色の上着に紫色のシャツを着て赤いネクタイを締め、めかし込んでいる。全身派手な彩りに包まれたこの男は、まるでオウムのようだ。彼は手にしたエレガントな散歩用ステッキをくるくる回していた。

「どこへ行くんだい、ヴィドック。お前はまわりを見ていないじゃないか。夢でも見ているのかい」

「ほっといてください！」

ヴィドックは振り切って、さらに先へと歩いた。なのにジャック・ド・ペイヤンはいつまでもヴィドックに付きまとって離れない。

「ちょっと来ないか、ワインを一杯おごってやるよ」

と、ジャックが誘ってきた。

「とっとと向こうへ行ってよ！」

「どうしてそんな邪険な物言いをするんだ、ヴィドック！　俺はお前を友達だと思っていたのに。今まで、いつだって愛想がよかったじゃないか」

「司祭様の所に行くところなんです」

ヴィドックは小声でそう答えたが、その声には絶望的な気分が漂っていた。

ジャック・ド・ペイヤンはびっくりして眉をひそめた。陰鬱な面持ちであてどなくさ迷い歩くヴィドックの様子を、じっと注視していた。

……魂の導き手である司祭様を探し求めているということは、この子が崖っ縁に立っている証拠だよな……

ペイヤンのような輩は、少年の寄る辺のないこの手の気分を、やりようによっては充分食い物にできることを熟知していた。まずは聖職者が信者の心にぴったり寄り添うのとまったく同じ姿勢で、ヴィドックに近づこうと腹を決めた。もちろんそれがどういう結果になるか見当もつかなかったが、しかしうま味のありそうな匂いを鋭く嗅ぎつけていたのだ。

「ねえ、ヴィドック」

と、ペイヤンは心の底から彼の身を案じているかのような素振りで話しかけた。

「悲しいのかい、その様子を見ればわかるよ。お前には友達が必要なんだよ。俺はお前を助けてやりたいと思っているんだ。だって今、司祭さんを見つけられるかどうか、誰にもわからんだろ。そのうちいずれ見つかるさ。今必要なのは、こってりとした何か精のつくものを食べることだね」

彼はこう言いながら、なにかと評判のよくない怪しげな居酒屋「カフェ・ベルヴュー」の開け放したドアからヴィドックを店の中に引っ張り込んだ。

ヴィドックはまったく抵抗しなかった。話し相手ができたことは、むしろよかったとさえ思えたのだ。

このカフェ「ベルヴュー」という店名だが、「絶景」という意味なのに、まことにもって見当違いもはなはだしいものがあった。汚れた窓には蜘蛛の巣が張り、天井の梁は煙草のヤニで黒ずみ、しかもテーブルにはこぼれた赤ワインのシミ跡が、まるで地図のようにくっきり浮き上がっている。居酒屋には誰もいなかった。というのもこの時間、たいていの悪党は昼寝をしているからだ。酒場の中はパイプタバコの煙や少し酸っぱくなったワイン、焼き焦げたジャガイモなどの臭いが籠っていた。

ペイヤンは少年をテーブルの向かい側の椅子に強引に座らせた。二人は腰をおろした。ヴィドックは両手で頬杖をついた。

台所の奥から、太った女がアヒルのような足取りでよたよたテーブルに近づいてきた。女は細かなヒダのあるスカートをはき、袖の汚れたゆったりとしたロングドレスを着ていたが、その服は明らかに貴族の館に押し入って奪ってきた盗品に違いなかった。幾房もの髪の毛が、ぶよぶよにむくんだ顔に垂れていたが、そうしたご面相にこの衣装は不釣り合いだった。

「こんにちは、伯爵様」

と、女将(おかみ)は腰をかがめて丁寧にお辞儀をしながら、ジャック・ド・ペイヤンに挨拶をした。この応対から、明らかに彼は常連客として一目置かれているようだった。

「何になさいますか」

「肉を載せたパンとグラスワインを二人分頼むよ。ワインは極上のやつだ」

「すぐにお持ちします、伯爵様！」

ジャック・ド・ペイヤンは散歩用ステッキとシルクハットを目の前のテーブルの上に置くと、黄色の上着のポケットから嗅ぎタバコの入った銀製のケースを取り出した。彼はそのタバコをひとつまみつまんでヴィドックに勧めた。

ヴィドックは首を振った。

ペイヤンは馬鹿丁寧にいかにも仰々しく嗅ぎタバコを取り出すと、前かがみになって身を乗り出してきた。

「それでは、我が友よ！」

などと、彼は囁くように切りだした。

「何か胸につかえるものがあるようだね。そいつを吐き出してしまいなよ。俺に話をしてくれてもかまわないんだよ」

ヴィドックは黙っていた。

ジャック・ド・ペイヤンはとりあえず機が熟すのを待たなければならないことを、それにいつかはヴィドックが口を開くであろうことも承知していた。

時が流れた。何匹かのハエが部屋のあちらこちらでぶうんと音をたてて、飛び交っていた。台所からは食器のぶつかる音が聞こえてきた。その後すぐに女将がワインとパンを運んできた。

「ほかに何かご用意いたしましょうか、伯爵様」

「かまわないでほしいのだよ、マダム。話があるのでね」

女将は引き下がった。ペイヤンはワイングラスを口元に運んでちびりちびりと飲んでいた。

ヴィドックはパンを手に取り、ひと口かじってみたものの、明らかに食欲がなかった。彼はそのパンを長いことといつまでも噛み続けていた。

それからヴィドックは話し始めた。

「ジャック、僕の父さんのことを知ってるでしょう」

「もちろんさ」

「家には食べ物も着る物もないんです」

「そうだろう。それは当然の話だね。お前の父さんは馬鹿正直も度がすぎていて、真面目一辺倒じゃ食ってゆけないよな。それじゃあ、財産もつくれないだろうし」

「父さんは金持ちなんです」

ペイヤンは度肝を抜かれた。

……どうやら発言には注意して、こちらからあれこれ尋ねてこの子をいらいらさせないほうが賢明のようだな……

そこで少年のほうから進んで話し出すまで、じっと様子待ちを決めた。

「ねえ、聞いてよ、ジャック。聞いてほしいことがあるんです。誰にも言わないと約束してくれたらだけど……」

「約束するよ」

ペイヤンは手を挙げて宣誓した。

「父さんはたくさんお金を持っているんです」

「どこにあるのかい」

「パン焼き窯の脇にある銭箱の中です」

「間違いないのかい」

「この目で見たんです。大金だったんです。数百フラン、あるいは数千フランなのか、よくわかんないんだけど」

二人は沈黙したままだった。ジャック・ド・ペイヤンは、どうやったらこの金を手に入れられるか、あの手この手を考えていた。

「父さんはこのお金をどこで手に入れたと思いますか。何か裏の手を使って、手に入れたと思いますか……」

ヴィドックはこう尋ねて、物思いに耽(ふけ)っていたペイヤンを現実に引き戻した。

「そんなことはないだろう」

ペイヤンは、そう断じてヴィドックの言葉を制した。

「もしもお前の父さんが何か不正取引なんぞに手を染めれば、俺が知らないわけがないだろ。このアラスの町では、俺が知らないことは何一つないからね」

彼は得意げな微笑みを浮かべた。

「だったらどうして父さんはあれほどの大金を手にできたんだろう」

「そうだなあ、貯め込んだんだろうなあ。何年もかけて蓄えたのさ、お前やお前のお母さんに犠牲を強いてだがね……」

この言葉を聞いたヴィドックが、口をへの字に結ぶ様子を、ペイヤンは見逃さなかった。彼はこの少年の押さえ所を的確に見抜いたのだ。この子の気持ちに沿って、引き続き同一歩調を取るのが得策であると直感した。

「お母さんのことを考えてごらん」

と、ペイヤンは静かに続けた。

「お母さんは別嬪さんだよな。おやじさんは継ぎ当てだらけのブラウスを着た母さんをまるで下女のようにかけずり回らせているよな。あの女の顔はいつだって青ざめていて、疲労のせいで痩せこけて、まるで飢え死に寸前のように見えるよ。実際、具合が悪いんだろ。なのにおやじさんは大金持なのか。太鼓腹のおやじさんはいつもめかし込んで、隆とした身なりだもんな……」

「そうなんです。だから驚いているんです。父さんの身なりは他の職人さんたちよりずっと立派だし」

「連中が持っている金は、おやじさんより事実ずっと少ないよ」

「どうしてですか」

「考えてもごらんよ。パン屋のお前のおやじは、どの職人と比べても利点が一つあるのさ。仮の話だが、お金がなければ、その人は衣料品、台所用具、家具なんかの購入は後回しだよね。つまり腹をすかせているのは仕立屋であり、陶工や指物師、ということになるのさ。でもパン屋はけして餓え死にすることはないよな。パンはいつだって必要だからさ。なけなしの金はパンの購入に使われることになるね。お前のおやじはいつも充分稼ぎがあったというわけだ。そのおこぼれになんにも預かれなかったのがお前さんたちなんだよ。お前の母さんとお前だ。そんなわけで、おやじは銭箱一杯に金を貯め込むことに成功したというわけさ。おやじの個人的な楽しみのために。さあ、飲みな！」

そう言って、彼はヴィドックにワイングラスを差し向けた。

「あの悪党め！」

と、ヴィドックはしぼり出すように声を荒げた。

「恥ずかしいよ、あんな奴の息子だってことが。できることなら、いっそ、父さんから……」

と言って、彼は息を呑んだ。

ジャック・ド・ペイヤンはにやっと笑って言った。

「小さな声でいいから言っちゃえよ。いっそ、できることなら何をどうしたいっていうんだい」

「はっきり言って、できることなら父さんからあの金を奪って、母さんにきれいな服を買ってやりたいんだ、あと肉に野菜、果物も。そうすれば母さんはお腹いっぱい食事が摂れるし、骨休みもできるしね」

大きな黒いハエが一匹、テーブルの上を這っていた。ジャック・ド・ペイヤンはそのハエ目がけて勢いよく手を振り下ろした。手を上げると、テーブルの上には新しい染みができていた。

「お前、達者なのは口先ばっかりだな」

と、詐欺師は押しつぶしたハエを手から払い除けながら言った。

「ぐたぐた言ってんじゃないよ、やっちゃいな。おやじのその金を失敬して、母さんに渡すんだな。手を貸してやるよ」

「頭がどうかしちゃったの、え？」

ヴィドックはペイヤンの顔を覗いた。

「お願いだから、僕の親の金に手を出すなんて言わないでよ」

「俺は、お前の両親から金を失敬するんじゃないよ。お前の母さんからは何も取りはしない。そうじゃない、失敬するのはけちん坊なお前の老いぼれおやじからなんだよ」

ヴィドックはワイングラスに手をかけた。

「ジャック」

ヴィドックはしばらくしてから話を続けた。

「これまでずっと、訊いてみたいと思っていたことがあるんだけど。あなたはどうしていかさまをして金を手に入れているんですか。それがどうしてもわからないんです。あなただったら、そんなことをする必要もないでしょう。ご実家は裕福だし、館に住もうと思えば住めるんでしょう。なのに、家を出てこのアラスの闇の世界で暮らしている。おまけに絞首台に送られるかも知れないやばいことをやっているんですよね。どうしてそんなことをしているんですか？」

「面白いからさ」

ヴィドックは訝しげに彼をまじまじと見つめた。

「そうさ、面白いからさ」

と、ジャック・ド・ペイヤンは繰り返した。

「いいかい、裕福な親の金を使って、危険もなければ気晴らしもなく、静かに平々凡々の生活を送るほど退屈なことはないんだよ。面白みのない凡庸な連中ばかりの上流社会で時間をつぶすなんてうんざりだね。俺はそいつを長いこと、たっぷり経験してきたのさ。目下のところは、このアラスの町で俺を苦しめる退屈は一つもありゃしない。強盗に押し入るたびに、お縄頂戴か、あるいは首をはねられる危険に身を晒しているけどね。こいつはスリルだぜ、背筋をシャキッとさせてくれるのさ。警察(サツ)の裏をかいて、ひと泡吹かせるのは堪えられないんだ。そのうえ、高利貸し、辻強盗、スリ、いかさま賭博師といった海千山千の輩、いつ背後から襲い掛かってくるかも知れない野獣同然の極道どもに混じって生きる、こいつはねえ、こいつはひょっとしたら猛獣使いがたまらんと思って味わうような、そんな蜜の味を俺に味わわせてくれるのさ。これでなぜ俺が親の城館を飛び出したのか、その理由がわかってもらえたかな」

彼はヴィドックに視線を向けて、さらに付け加えた。

「そりゃあもちろん、こんなことを言っても理解してもらえないことはわかってるけどね」

「もし僕と同じような誰かが家出して退路を断って、つまり、もしも僕に似た誰かが家を飛び出して、みじめで貧しい掃き溜めのようなアラスの町を出たら理解できるかも知れないけど。もしも僕に似た誰かが新たな人生を探し求めるなら、わかるかも知れないけど、でも……」

「前にも言ったけど、お前はくどいんだよ。やっちゃいな、家を出るんだよ。そこから可能性が開けてくるのさ……」

話にせきたてられるうちに、ジャック・ド・ペイヤンの言葉には暗黒街の隠語が交ってきた。

「お前のへアクスプラーク、つまりおやじが留守の時、俺たちはおやじの現ナマをちょいと失敬して山分けということにしようぜ。それからお前はお前のガッチュン、つまり母さんにその一部を渡して、残りを持ってずらかるんだ」

「母さんはそんなもの、けっして受け取りません。それに僕は父さんに殴り殺されてしまいます」

「お前は、とにかくお前のへアクスプラークとはもう会うことはないんだ。おやじが帰ってきてその一件が発覚しても、とっくにとんずらしているんだからな。そうしてお前の前には新しい人生が開けてくるのさ。聞くところによると、お前は読み書きができるっていうじゃないか。このアラスにいて、そいつはいったい何の役に立つっていうのかい。お前は何でもかんでも学ぼうと頑張っているけど、みんなの物笑いのタネになっているんだぜ。広い世界に出て行きなよ。おやじの仕事場から大金を手にできることがわかっている今、とにかくまたとないチャンスを握っているんだよ」

ジャック・ド・ペイヤンは嗅ぎタバコのケースからひとつまみ取り出しながら、少年の心に巧みに注ぎ込んだ毒液の効き目を横目で盗み見ていた。

「それになあ、そもそも窃盗にもならんのだよ」

彼はヴィドックの肩をぽんと叩きながら、声を低めて囁いた。

「ただ単にお前のおやじへの懲らしめにすぎないのさ。おやじは哀れなお袋さんには目もくれず、お袋さんをまるで下女同然にかけずり回らせ、しかも飢えさせているというのに、おやじだけは太って、その上洒落込んでいるじゃないか。こいつはおやじに対する正当な懲罰なんだ。それに、おやじがお前をゴミのように扱うことへの報復でもあるのさ。おやじはお前が将来、ひとかどの人物になることになんぞ、てんで関心がないんだろ。この現状を変えなきゃあ、ヴィドック！　独立独歩、これが男の本懐だ。今がチャンスだ。こいつを逃したら、次はいつになるかわからんぞ」

ヴィドックはグラスを口元に持ってゆき、一気に飲み干した。

「おかみさん、グラスワインをもう二杯追加だ！」

とジャック・ド・ペイヤンはすかさず声を上げた。

「すぐにお持ちします、伯爵様！」

少し離れた台所から、ワイン樽からごぼごぼとグラスに注がれる音が聞こえてくる。

「さあ、俺の言うことをよく聞きな！」

ペイヤンは囁いた。

「一つ、いい考えがあるんだ……」

家出

三日後の朝方、パン屋の主人ヴィドックはロバの引く荷馬車を借りて小麦粉の買い付けに郊外の農家へと向かった。妻は家で店番をしていた。

突然、店のドアが勢いよく開け放たれた。飛び込んで来たのはヴィドック夫人には見覚えのない男だった。首に黄色のスカーフを巻き両腕には入れ墨が彫られている。それは町のならず者の一味の印なのである。

「奥さん！」

と叫びながら、男はハアハア喘いでいる。

「急いで来てください。お宅の息子さんが……」

「どうしたんです？　おっしゃってください！　うちの息子に何かあったんでしょうか？」

「ひどく恐ろしいことが起こってしまいまして、お宅の息子さんが……あの向こうの居酒屋で……殴り合いの喧嘩に巻き込まれているんです。息子さんは、行く手を阻む者を相手かまわずめったやたらにぶん殴っていて。店の女将さんは、そりゃあもう床にぶっ倒れる始末でして。息子さんは見境なく店のものをやみくもに壊しまくってます。どうしてこんなことになってしまったのやら、私にはさっぱり理由がわかりません。急いでください、奥さん！　奥さんなら、ひょっとしたら落ち着かせることができるかも知れません。ひどいことになっているんです！　このままでは息子さんは、とんでもないことになってしまいますよ、お宅のかわいそうな息子さんは……」

あわてふためいて店から飛び出したヴィドック夫人は、ドアを閉め、鍵を引き抜くや、仕事着をぱたつかせながら、その見知らぬ男に付いて走った。男は狭い横丁の、息子がトラブルに巻き込まれているという居酒屋へと夫人を案内した。

ところが、実際にはヴィドックは、両親の経営する店からそう遠くない所にある建物の車寄せの門の陰に身をひそめ、事の顚末を見ていた。ヴィドックは心配顔の母が自分を助けようと店から飛び出す様子を目にした時、涙がぽろりとこぼれ落ちた。だが、それはほんの一瞬のことだった。彼は気を取り直して、門の陰から店に向かって走っていった。まるで申し合わせたかのようにジャック・ド・ペイヤンと同時に店の前に到着した。この悪党の背後には、首にスカーフを巻いた入れ墨の男が数人控えていた。

「僕は仲間には加わらないからね！」

ヴィドックは大声を上げた。

ジャック・ド・ペイヤンは呆気にとられた。

「この期に及んで、いまさら何を言ってるんだ！」

ペイヤンはヴィドックを怒鳴りつけた。

「気でも狂ったのか。突然、どうして手を引くなんて言い出すんだ。取り決めただろ、しかも、真っ最中なんだぜ。お前にこの計画をぶち壊されて、このままこの俺が大人しく引き下がるとでも思っているのかよ。おい、こら、どうなんだ」

　ヴィドックは視線を店の入口に向けた。ごろつき仲間の一人が、ちょうどドアの錠前に差し込んだ鉤形の金具をひっかき回している最中だった。ヴィドックがその男を突き飛ばそうとした時、ドアがばたんと開いた。ならず者どもはヴィドックを店の中に押し込むやドアを閉めた。

「取り決めどおりに、お前は売り場に立つんだ」

と、ジャック・ド・ペイヤンが命じた。

「客が来たら、ちゃんと落ち着いてパンを売るんだぞ」

「待ってくれよ！　一緒にやるなんて言わなかったよ。出てってくれ！　みんな、出て行けよ！」

　連中は誰も相手にせず、にたにたと笑っていた。

「約束したことは実行するんだ！」

　ペイヤンは声を荒げた。

「でもジャック、この件はあきらめて！　どうか後生だから、やめてくれよ！」

　ジャック・ド・ペイヤンはヴィドックにかまわず、手下どもの先頭に立って、例の銭箱の置いてある仕事部屋に一斉に雪崩込んだ。ヴィドックはジャック・ド・ペイヤンの後を追い駆け、彼を押し退けようとした。

「やめろ！　銭箱に触るな！」

「店に戻れ！　出て行け！　客が来たらパンを売るんだ！　俺たちはさっさと仕事にけりをつけるから」

「やめてくれ……、そんなことしないでよ。仲間になんか加わらないからな！」

「坊やいい子だ。馬鹿げた振る舞いをやめないのなら、ここにいる誰かにその頭を一発ぶん殴らせるぞ」

「ぶん殴ぐられてお陀仏になっても、いいもん。父さんのものをくすねる奴に手を貸すつもりはないんだ。やめてよ！　それに金庫の鍵穴に鍵は刺さってないからね！」

「そんなことは別に問題にはならんよ」

ペイヤンは仲間の一人の、筋肉隆々の男を手招きした。男は上着の中から鉄の棒を取り出した。彼はその棒の先端を銭箱のフタの隙間に強引に差し込むや、弾みをつけてぐいっと下に押し下げた。するとばりばりっと音をたて、フタはぱかっと開いた。粉々になった錠前の欠片が床に飛び散った。

満杯に詰まったコインを目の当たりにした途端、悪党の誰もが我を失った。全員、身をかがめ、箱の中に手を突っ込んでコインをひっかき回した。

「手を出すんじゃない！」

と、ペイヤンは命じた。その声は大きくはなかったが、手下どもはまるで鞭を一発くらったかのように、瞬時に命令に従った。一味は銭箱から離れ、体をまっすぐに起こした。彼らの視線はパン屋のおやじの蓄えに釘付けになっている。

「とっとと出て行けよ」

ヴィドックは大声を張り上げ、男たちに向かって突進して部屋から押し出そうとしたが、それはもちろん無意味なことであった。というのは、一味はまばゆい戦利品の光景の虜（とりこ）になっていたので、ヴィドックが何を言おうと馬耳東風だったからだ。

ジャック・ド・ペイヤンはヴィドックのシャツをむんずと掴むと、襟首をきつく締め上げた。ヴィドックの声は唸り声に変わっていた。

「ばかな真似はやめるんだな。お前はしみったれのヘアクスプラークの銭をちょろまかそうと覚悟を決めたって、そう言ってたじゃないか。これはおやじに対する懲罰なんだぜ。そう肝に銘ずるんだ。自分の取り分を持っていきな。そいつをお袋さんに渡してやるんだろう。わかったな、これ以上面倒をかけるんじゃない。これが最後通牒だ。俺たちはお前のことを心配したお袋さんをものの見事におびき出したが、お袋さんが戻ってきて、お前の変わり果てた姿を目にしたら、けして喜ばないと思うよ。俺たちにはもう時間がない」

ペイヤンは仲間に手招きで、仕事開始の合図を送った。彼らは前方に殺到したが、厳密な計画どおりにたいそう手際よく動き回った。何人かは素早く手にした小さな袋の口を開け、別の連中が両手でコインをすくっては袋の中に入れた。コインはちゃりんちゃりんと音をたてた。

ヴィドックは部屋の隅にいた。多勢に無勢であることがわかっていたからだ。

「やめてくれ!」

時折言ってはみたが、その声は小さな声だった。

「やめてくれよ!」

ジャック・ド・ペイヤンは冷静に平然とした面持ちで、部屋のど真ん中に立っていた。現場作業は彼のすることではない。彼はその手の作業を下っ端にやらせていた。貴族の中でも古い家柄の後裔であるペイヤンは、頭を使って策謀を練り、その指揮を執り、かつ仕事の役割を振り分け委任するのを常としてきた。

「急げ!」

ペイヤンは声を張り上げた。

「あの婆さん、すぐに戻ってくるぞ」

ヴィドックは部屋の片隅から前方へ歩み出た。

「警察に訴えてやる。首切り役人に来てもらうからな」

と、彼は声を荒げた。その声は怒りのあまりにかすれていた。

「今日じゅうに警察に行くからな」

「そんなことはとっくの昔におり込み済みだね」

ペイヤンはゆっくりと間延びした口調で跳ね返してきた。

「そんなことをしたって、何の役にも立たんだろう。ここでは俺たちが多数派なんだよ。厳密に言えば、この仲間は八人だ。八人もの証人が口裏を合わせれば、俺たちはこの一件に何の関係もないことが証明できるのだよ。互いに口裏を合わせて、立派なアリバイを証言できるのさ。お前が我々を訴えても、八人もの証言がそっちの申し立てと異なることになるのさ。要するに、お前は偽証の廉(かど)で豚箱にぶち込まれることになる。俺は法律に明るいんだよ。いまだかつて一度たりとも俺は有罪判決を喰らった例はないのさ。お前のようなおしゃべりは、とうてい俺には太刀打ちできないね」

と言って、彼は笑った。

そうこうしているうちに、銭箱の中身は空っぽになっていた。悪党どもはコインがぱんぱんに詰まった袋の口を紐でくくった。

「大将、けりはつきましたぜ」

と、手下の一人が報告してきた。

「よし！　じゃあずらかろうか」

コインの入った袋を一つ手にしたジャック・ド・ペイヤンは、それをヴィドックに差し出して言った。

「約束どおり、これがお前の取り分だ。こうするのも、俺が律儀な悪党だからさ。もちろんお前の取り分が半分、というわけにはいかないがね。俺は別に頭がいかれているわけでもないのさ。信頼のおける商人仲間の慣例に従うと、お前の取り分は全体の十分の一という勘定になるんだ。さあ、受け取りな！」

「そんなもの、要りません」

と、ヴィドックは突っぱねた。

「好きにすればいいさ。いずれにしても、お前の取り分はお前のものなんだからな」

と、ジャック・ド・ペイヤンは返してきた。彼は金の入ったその大きな袋を焼き立てのパンの山の上にほいと放り投げた。男たちは出口へと、どっと殺到した。

「落ち着け！」

と、ジャック・ド・ペイヤンは彼らの背後から大声を上げた。

「ゆっくり行くんだ！　この畜生どもめ！　落ち着けって言ってんだろ！」

一味は何事もなかったかのように、練兵場を突っ切っていった。連中は金の入った袋を上着の中に隠し持ちながら、ごくゆっくりとした歩調で広場を去っていった。

ヴィドックは店に残っていた。機械仕掛けのような動きで、その袋を摑んだ。店の戸口に向かっていった彼は、そこで立ち止まり、あの一味の後を追いかけて、助けを求めて大声をあげたほうがいいのか、あれこれ考えた。

……でも、そんなことをしてもどんな意味があるというのだ。あたりを見渡しても、警官は一人も見当らないし。いるのは、散歩している町の人だけだよな。町の人はたとえ何か勘づいても、暗黒街の連中の仕返しが怖いから、きっとこの一件に関わってくれないだろうし、見て見ぬふりをされるだけだよな……

ヴィドックは魔法にでもかけられたかのように、戸口に突っ立っていた。何も考えられなかった。三日前、「カフェ・ベルヴュー」でジャック・ド・ペイヤンと長々おしゃべりをした挙げ句の果てに口車に乗せられ、吝嗇なおやじに対する復讐という口実のもとにその金に手をつけ、戦利品の取り分を母親と分け合うという心づもりになってしまったのだが、今ではその道筋すら思い出せなかった。

……でも母さん、こんな金は受け取らないだろうなあ……

後悔の念が彼を苦しめた。でもすべては後の祭。ぼろぼろの服を着たヴィドックはひどく惨めで絶望的になり、大金の入った袋を片手に裸足のまま戸口に突っ立っていた。ところが向こうの横丁から出てきた母親が練兵場の広場に向かいゆっくりした足取りで自宅に戻ってくる姿が見えた。母親の着ている服は、ヴィドック同様みすぼらしく、顔は青ざめ、しかも心痛のあまりやつれている。

……母さんがだんだんこっちに近づいてくるぞ。母さんになんと言いわけすればいいのだろう……

もう何も言うまい、何も言わないのが最善だという考えがヴィドックの脳裏をかすめた。すると緊張がほぐれた。金の入った袋を片手に、彼は家から飛び出し走りだした。母親に自分の姿を見られたかどうか確認することもせず、ただひたすら走った。人々の驚く視線を浴びながら、幾つもの通りを走り抜け、金の入った袋をシャツの中に押し込むと、当てもなくヴィドックは走り続けた。

彼はまもなくアラスの町を囲む外壁に達し、城門をくぐり郊外に出た。やがて町を囲む外壁も見えなくなり、周囲を遮るもののない原っぱに立った時、彼は初めて走るのをやめた。足から血が流れている。よろよろとよろめきながら一本の灌木に近づき、その根元に腰を下ろした。

……ここなら見つからないだろう……

寒さにふるえるヴィドックはそうすれば体を温めることができるかのように、袋を懐に抱えていた。袋からはかすかに焼き立てのパンの香ばしい匂いがした。それは生家の馴染のある香りだ。もう二度と家には戻れないと思うとせつなくなった。

……おやじから受ける罰なら我慢もできるけど、母さんからの非難に満ちた眼差しには耐えられそうにない。それに近頃はめったに思い出さない司祭のコンスタンタン様にこの一件がばれたら、叱られるのは当然だけど、その小言には真心が籠っていて温もりがあるから、かえってつらいよな。いや、僕はもう二度とアラスの町には戻れないんだ。逃げるしかないんだ。この土地を離れ、どこか異国へ行くしか手がないんだろうか。異国では、ヨーロッパからの逃亡者は金鉱で採掘仕事をしたり、あるいは罠を仕掛けて捕まえた毛皮を売ったりして、成功する人もいるって聞いたことはあるけど……

ヴィドックはどこか異国へ行こうかと思った。そうすれば、ひょっとしたら金持ちになって故郷に錦を飾り、両親に償うことができるかも知れない、などと考えたりもした。

彼は腰を上げると、ますます濃くなる霧の中を長時間さ迷い歩いた。そうこうしているうちに、馬車を走らせていた御者に出会ったので、北フランスの港湾都市ダンケルクへ行く方角を尋ねた。御者は鞭で北の方角を指し示してくれた。ヴィドックはその方角に向けてとぼとぼ歩いていった。

港の盗っ人

雨が降り始めた。濡れたシャツとズボンから雫がぽたぽたと滴り落ちていた。

ヴィドックは追っ手がかかっているかも知れないという恐怖心から、最初の夜は一晩じゅう民家の近くには近づこうとはしなかった。寒さのあまり身を震わせながら、ごくわずかでも雨宿りのできるモミの木の下で眠った。

翌日、彼は幌のない荷車を引く御者に拾ってもらった。雨に濡れながら、がたごとと揺れる荷台で凍えていた。

昼頃になって雲間から日差しが漏れ始めると、ずぶ濡れの服から水蒸気が立ち上ってきた。彼はただひたすら乾いた暖かな衣服がほしいと思っていたのだが、その時、この願いが叶えられる金を持っていることに、はたと思い至った。懐に金があるなんていつもならありえないことなので、それまで金で着る物を買えることなど思いもつかなかった。もちろん買えるのは古着だけだ。新品は仕立屋に頼んで誂えなければならないからだ。そんな時間の余裕はない。

古着屋はすぐに見つかった。店先の竿につるされた着古しの上着が何着か風にあおられ、さながら絞首台にくくられた受刑者のようにゆらゆらと揺れている。

顎も鼻も尖った禿頭の年老いた店主はズボン、シャツ、上着、靴、靴下を見せてくれた。使い古しの商品の総額は五フランだと言う。

「でもなあ、そもそも払える金はあるのかね」

商人は不信感むき出しで訊いてきた。

若者は懐から袋を取り出してみせた。

「これで足りますか」

商人は怪しむように両目を細め、じっと見つめて尋ねた。

「そんな大金、どこで手にいれたのかな」

「お宅には何の関係もないでしょう」

「さてはこいつ、盗んできやがったな！」

ヴィドックはどきっとした。

……両親の家での例の一件について、何か知っているのかな。でもまあ、そんなことはありえないよな……

彼は自信を取り戻した。

「それで、こいつを売ってくれるんですか。それとも駄目なんですか」

ヴィドックは落ち着き払った声で尋ねた。

「ふーうん」

商人は顎をさすりながら、駆け引きを続けた。

「もちろん売ってはやるよ。でも、考えてみると、五フランでは安すぎるよな。こいつは二十フランでしか売れないね」

「どうして、そんな。たった今、五フランで売ってくれるって言ってたのに、どうしていきなり高くなるんですか」

「あれこれ考えてだな」

老人は小狡そうに、にやっと笑った。そうしながらも、その目はヴィドックをじっと見ている。

「何を考えたんですか」

「いいか、お前を警察に引き渡すとな、俺の懐には二十フランの報奨金が転がり込んでくるんだ。なにせ明らかにこの現ナマは他人様からくすねたやつだろ、そうだろうよ。よくよく考えてみれば、こんな素敵な服が二十フランじゃ、むしろ安すぎるくらいだ。始め俺は五フランと値踏みしてみた。だが、お前を警察に突きだせば二十フランがこっちの懐に転がり込んでくるんだぞ。この服一式をお前に売って、そしてお前を差し出せば、合わせて二十五フランになるじゃないか。お前はどっちを選ぶんだい」

「これって、強請(ゆすり)じゃないですか」

「小僧、生意気言うじゃない。おとなしくしねえと、三十フランにしてやってもいいんだぜ」

「じゃあ二十フランで手を打つよ」

「いや、二十五フランだね。さもなければお前は豚箱入りだ」

ヴィドックはこれ以上交渉する気にはなれなかった。実際にこの老人は警察官を連れてくるかも知れない。そこで彼は二十五フランのコインを店のテーブルの上に放り投げ、自分のぼろぼろの服と取り替えると、挨拶もそこそこに店から立ち去った。

服はそれほど清潔とは言えず、数カ所破れていたが、それでも上品な身なりで決めた気分になっていた。

それからの旅では街道を通るのを避けた。というのも、あの老人が報奨金の誘惑に駆られて警察に密告し、追跡を受ける破目になるかも知れない、と恐怖を覚えたからだ。用心のために、最初の頃は森の狩人しか知らないような道なき道を歩いた。休息の時に手元に残ったコインの枚数を数えてみた。銀貨が百六十一枚あった。彼にとっては大金だったが、しかしジャック・ド・ペイヤンが父の銭箱から持ち出した金額を思えば端金（はしたがね）にすぎない。

三日目になると勇気を出して街道に出た。途中、がたごとと音をたて荷馬車が彼を追い越して行った。

「こんにちは、ムッシュー」

ヴィドックは御者に挨拶をした。

「この道を行けばダンケルクに着きますか」

御者は「ムッシュー」などと上品な言葉で呼びかけられたので、気分を良くした。第三身分の市民階級そのものであるこの男は、これまで人から「ムッシュー」などと呼ばれたことなどなかったからだ。御者は手綱を引き締め、馬を止めた。

「違うよ、あんちゃん、これはカレーの町に行く道なんだ。あんたはいったいダンケルクで何をしたいんだい」

「アメリカ行きの船に乗りたいんです」

「それならカレーの町からでも行けるよ。あそこにも港があってね。俺はこれからカレーに行くんだ。さあ、乗って行きなよ」

ヴィドックはその好意に感謝し、馬車にひらりと飛び乗った。

御者は荷馬車を発車させる前に、麻袋の中をごそごそかき回してパンを取り出した。

「さあ、食べな！　見たところ、たいそう腹ぺこのようじゃないか」

荷馬車に揺られて三日後、ついに二人はカレーの町に到着した。御者は彼を船が接岸する埠頭まで連れていってくれた。ここでヴィドックは生まれて初めて海を見た。

別れしなヴィドックは、親切な御者に礼金を手渡そうとしたが断わられた。

「幸運を祈るよ。それはとっておくんだね。そいつは渡航に必要になるだろうさ。船旅となればたいそうな出費になるからな」

御者の言うことはもっともなことであった。

それからヴィドックは幾つかの船に乗り込んでは、渡航費について船長と直談判を重ねた。料金は二百フランから五百フランまでまちまちだった。一本マストにぼろぼろの帆を張ったみすぼらしい、腐った魚の匂いでむせかえる小型帆船の甲板で提示された船賃は、持ち金で工面のつく百六十フランだった。船長はさっそく渡航費を受け取ろうと手を出し、いかにも物欲しげに指をパシッとうち鳴らしてみせた。そこでヴィドックはとまどいを覚えた。彼はなんとしてももっと安い別の船を探してみようと思った。

ゆらゆら揺れる桟橋を渡って陸に戻った時、目の前にはベレー帽をかぶり、ブルーのズボンをはき、だぶだぶのセーターを着た背の高い巨漢の男が立っていた。紛れもないベテラン水夫のこの男は、ヴィドックに愛想よく微笑んだ。

「ムッシュー」

見知らぬ男はひょいと帽子をつまみ、会釈してきた。

「どうやら船賃の交渉をしているようだが、いったいどこへ行くんだい」

ヴィドックは生まれて初めて「ムッシュー」と話しかけられたので、どぎまぎして一瞬、返事するのを忘れてしまった。馬子にも衣装ということなのかな、などと彼は考えていた。

「アメリカに渡りたいんです」

と、ヴィドックは答えた。

「へーえ、そいつはまたご立派な目的地ですな。ほかの船長が言ってきた船賃はいくらくらいだったんだい」

「あそこの船長さんは百六十フランで、他の船の船賃はもっと高かったです」

と、今しがた訪ねた一本マストの小型帆船を指差しながら言った。

「ずいぶん恥知らずな連中だな。そんな高額をせしめようとするなんて！　ところで持ち合わせはいくらなんだい、ムッシュー」

ヴィドックは上着のポケットの中から袋を取り出し、揺すってみせた。

「百六十一フランです」

と、彼は答えた。

「もうこれ以上はびた一文もありません」

「なのに、その有り金すべて使うつもり、ということかね。そんなことをしたら、アメリカに着いたら素寒貧(すかんぴん)だぞ」

「それがどうだっていうんですか。あっちへ渡りたいんです」

「でも俺なら、もっとずっと格安の料金で渡れるよう、斡旋してやれるけどなあ」

「ほんとうですか」

「そりゃあそうさ、手配してあげようか。だがその前に、夕食に招待したいんだが」

ヴィドックの心の内にひそんでいた不信感がふと頭をもたげたが、それもほんの一瞬のことでしかなかった。いかにも実直そうなこんな面立ちの人の言葉なら、きっと信用できるかも知れないなどと、とにかく自分に言い聞かせたのだ。

「どうしてそんなことをしてくれるんですか」

と、ヴィドックは尋ねた。

「正直に言うけど、あんたの見た目が気にいったからさ。俺はあけっぴろげで正直そうな奴が好きなのさ。そういうことだよ。気に入ったから、格安の船旅をお膳立てしてやるつもりでいるのさ。まあ俺の言うことを信じるんだね。俺も若い頃、アメリカに渡ったことがあるんだ。話すことは山ほどあるのさ。さあ、食事に行こうぜ」

その後二人はすぐに、水夫相手の胡散臭い酒場に入って腰を下ろした。店の窓越しに、港のたくさんの船が見渡せた。二人は魚料理を食べ、辛口ワインを飲んだ。時間はあっという間に過ぎていった。いろいろなことを知っているこの水夫は、広大で遥か遠い世界の様々な話を語ってくれた。何にもましてアメリカの話をしてくれた。

ヴィドックは酔いが回ってきた。だが、またもや不信感が湧いてきた。前に「カフェ・ベルヴュー」で悪党ジャック・ド・ペイヤンに騙され、自宅に泥棒に入る破目になった、あのアルコールでひどい目にあわされた経験をヴィドックはその時ぼんやりと思い出した。しかし目の前にいる男に視線を向けると、疑念はすべて吹き飛ばされた。

……今回は違うよな。この感じのいい水夫はならず者なんかじゃなくて、まっとうな人だよね。乾杯！……

彼はしこたま飲んだ。そして店を出ようと立ち上がった時、一瞬足元がふらっとした。店の外の人気のない埠頭で、彼はほとんど立っていられなかった。あたりは真っ暗闇だ。水面に映る船の進行方向を知らせる緑と赤の航海灯だけが薄ぼんやりと光を放っていた。

連れの男は埠頭のどこかの階段の端まで案内してくれた。その下からは波がぶつかる音が聞こえていた。

「下りるぞ」

と、男は言った。

ヴィドックは足で階段を探った。と突然、頭に一撃喰らい、背中を蹴飛ばされた。その直後、目の前で光がチカッと走ったかと思うと気が遠くなってしまった。

気がつくと、頭痛がしていた。あたりには潮の香りが漂っている。きいきいぎゃあぎゃあとわめく水鳥の鳴き声が耳に入ってきた。べっとりひっついてしまった瞼を開けるのにひと苦労した。あたりはもう明かるかった。霧が海面を覆っている。カモメはまるで黒い影のように空中を飛び交っている。

ヴィドックは喘ぎながら立ち上がると、幾重にも巻き取られたロープの束に身をもたせかけた。意識朦朧としていたが、周囲をぐるりと見回した。埠頭から張り出した約二メートル幅の突堤の階段下で、彼は海面すれすれに倒れていた。ここはおそらく小舟の船着き場だ。海に落ちなかったのは、ほんとうに奇跡だった。足元には、死んだ二匹の魚の腹が銀色に光っている。痛む頭をかかえると、片方の手がべとついた。驚いて手を見ると、その手は赤かった……血で赤く染まっている。突然、はっきり目が覚めた。

……金！……

あわてて上着のポケットを探った。

……ない！　袋が！　金の入った袋がない！……

ヴィドックは見知らぬ親切そうな男に有り金全部を巻き上げられてしまった。

コット・コムス・サーカス一座

ヴィドックは気力を奮い起こしてやっとの思いで立ち上がると、階段を這い上がった。霧のかかった早朝の埠頭には、ほとんど人影は見当たらなかった。それでも見かけたのは、へべれけに酔っぱらった二人の水夫だった。男たちはどら声を張り上げ、調子外れの唄を歌い、よろよろとよろめきながら彼の方に向かってきた。げっぷをしたかと思うと、わけのわからないことをぶつぶつ呟きながら、歯をむき出してにやにや馬鹿笑いしてべろを出し、さらにその先へとよろよろと歩いていった。

ヴィドックは周囲の霧のようにとりとめなく茫然としていた。

……金がなきゃあ、これから先どうすればいいんだ。どこかの船で見習い水夫として雇ってもらって外国に逃げたほうがいいのかな。でも船に乗ってもアメリカに行けないことはわかっている。だって乗組員は陸に上がることは許されないし、また元の港に戻ってくるだけだからなあ。それじゃあ何の意味もないよな……

荷馬車ががたごと音をたてながら、彼の脇を通り過ぎていった。息遣いの荒い馬の脇腹の肉は落ちて痩せこけ、肋骨の数を数えられるほどだ。御者はうつらうつらしながら御者台に座っている。水揚げされたばかりの魚が前後左右に揺れる馬車の振動で、荷台の端からぽろぽろとこぼれ落ちている。

ヴィドックは独りぼっちになりたくなくて、荷馬車の後をぴったりついていった。魚を積んだその荷馬車は、見渡すかぎり家並みの続くカレーの町中に入り、幾つもの横丁を縦横に突っ切っていった。すると突然、大勢の人々が行き交い、喧騒と活気と彩りに満ちた広場に着いた。そこは魚市場だった。市場の女商人たちは金切り声を張り上げ、値段の駆け引きをしている。雑踏の中に紛れ込めば、たとえ周囲の人が見知らぬ人であっても、その中にいられることが嬉しかった。彼はあたりをぐるっと見回し、じっと観察しながら耳を澄まし、人々の話し声に聞き耳をたてた。至る所で興味深い光景を目にした。

正午間近かになると、高らかに吹き鳴らすラッパの音や太鼓の音、さらには単調に繰り返す手回しオルガンの音色が聞こえてきた。魚市場に集まる人々は、楽の音が鳴り響いてくる方角に向かってどっと押し寄せていった。

ヴィドックは人の流れに巻き込まれて、皆と一緒に魚市場から草地のある方へと押し流されていった。そこにはサーカス小屋の人々が寝泊まりするテントが張られていた。草地にはおがくずが敷き詰められたサーカス小屋の円形の演技場があり、演技場をぐるっと取り囲むように半円形に檻が四つ並んでいた。三個の檻には、それぞれ雌のオランウータン、ライオン、熊が埃まみれで侘しげにうろつき回っていた。四つ目の檻は空っぽだった。二人のトランペット奏者と太鼓専属のドラマーは、色鮮やかな衣装を身にまとい、練り歩きながら円形演技場を通り抜けていく。ピエロがしかめ面をしながらぴょんぴょん飛び跳ね、演技場の周りをぐるぐる回っている。ピエロは真っ白に白粉（おしろい）を塗りたくり、唇にはけばけばしいほどに真っ赤な口紅をさし、だぶだぶの白いズボンと草色のチョッキで、天辺にりんりん鳴る鈴のついた三角形の道化帽をかぶっていた。演技場の奥では、ぼろをまとった足の不自由な男が手回しオルガンのハンドルを回して音楽を奏でていた。

毛皮のマントに毛皮の帽子をかぶった熊使いの芸人は、檻の扉を開けると、鎖に繋がれた毛むくじゃらの熊を檻の外に連れ出した。熊は気乗りがしないようで、円形の演技場をのたのた歩き回っていたが、最終的には道化師に無理矢理ぺこぺこお辞儀をさせられたり、馬鹿げた仕草を強いられたり、挙げ句の果てにダンスまでさせられていた。それから道化師と熊が、手回しオルガンの旋律に合わせて一緒にぐるぐる回り始めると、観客はいっせいに手拍子を取った。

その後に登場した一組の男女は、二本のポールにそれぞれよじ登り、ポールとポールの間に張られた、空中高くゆらゆらと揺れるロープの上で曲芸を披露して見せた。二人の曲芸師は、今にも墜落して首の骨を折ってしまうかと思われるような演技を何度も繰り返していた。そのたびに観客は恐怖のあまり一斉に悲鳴をあげた。それから曲芸師たちがポールを伝ってするすると下りてくると、今度は一斉に拍手が沸き起こった。

さらにプログラムが進行していった。今度は観客が大きな檻の周りに殺到した。檻の中では、何本かの支柱と止り木の間に、巨体の雌のオランウータンが陣取っていた。乗馬用ズボンとブーツを履き、けばけばしいほど真っ赤な燕尾服を着た、見るからに堂々とした男が檻の前に姿を見せ、格子の隙間から鞭の先端を中に入れた。男は鞭でオランウータンを何回も叩いてはちくりちくりと嫌味を言い、さらにくすぐり続けた。するとオランウータンは歯をむき出して飛び跳ね、檻の格子をぐらぐらと揺すっていたが、鞭で繰り返しいじめられているうちに、結局は止まり木の上によじ登り、さらには巧みな身のこなしで止まり木の間をすり抜けながら、檻の中をあちこち移動した。オランウータンは長い腕で弾みをつけ、止まり木から止まり木へとひょいひょいと移動するのだが、観客はいじめられているオランウータンの、無理矢理に身をよじる滑稽な身のこなしが可笑しくて可笑しくて笑いこけていた。

オランウータンの哀れを誘う小さな鳴き声が大きな唸り声に変わっても、真っ赤な燕尾服の男は鳴くにまかせて、観客の方に振り返り深々と頭を下げた。するとトランペットが高らかに鳴り渡り、太鼓が次々と連打された。すると男はやおら体を起こし、大声を張り上げた。

「以上をもちまして本日の上演は終了と相成る次第であります！」

道化師はチップを集めようと、帽子を手に観客席に向かった。だが観客はあっという間にいなくなり、帽子の中に小銭を入れてくれたのは、ほんの数人にすぎなかった。

演技場から人影が消えてしまった。一座の見せ物に心を揺り動かされたヴィドックは、一人ぼっちになってもその場に居残っていた。彼は芸人たちと知り合いになって、できることなら仲間になりたいと思った。ためらいながらも、檻と檻の間を通り抜け、その裏手に回った。草地では、綱渡り芸人、オランウータンの調教師、熊使いが腰をおろしていた。彼らは皆、観客のいないところではぐったりと疲れ果てているようだった。道化師は帽子の中のわずかばかりのコインを数えている。その顔に喜びはない。だが唇の端を上に向かって赤く描いた口元を見ると、道化師はいかにも笑っているように見えた。

「おい、お前さん、何の用だい」

ワインの染みのある、すり切れた赤い燕尾服を着たオランウータンの調教師がヴィドックに近寄り、鞭でつんつんこづいてきた。

「団長さんとお話ししたいのですが」

「俺がそうだよ」

と、その男は腕を大きく振り上げ、勢いよく胸をポンと叩いてみせた。

「俺がこのサーカスの団長だ。俺は偉大なコット・コムスと呼ばれているんだが、聞いたことがあるかい」

「はい」

コット・コムス・サーカスは当時、北フランスでもっとも有名なサーカス団だった。ヴィドックももちろんその名を耳にしたことはあったが、本人に会ったことはなかった。

「それで、要件は何だい」

「ここで働きたいんです」

「何かできることはあるのかい」

「五カ国語話せるし、読み書きも計算もできます」

ヴィドックはこの瞬間、なんだか誇らしさを覚えた。

「俺が訊いているのは、何か芸ができるかってことなんだよ。ライオンの調教とか、空中ロープの上で曲芸ができるとか、っていう意味なんだがね」

「いいえ、できません」

「じゃあ、芸は何もできないってことか。ちょっと待て。お前は何かに使えるかもしれんな。文字を操れて、計算ができるというなら……」

ヴィドックは耳をそばだてた。

「……お前は学のある若者のようだから、ここで檻の掃除の仕事をする資格はあるな」

団長は高慢ちきに笑った。芸人たちも、どっと笑った。道化師はくすくすと忍び笑いをしていた。

ヴィドックはどこまでも真剣な気持だった。

「結構です。そうさせていただきます。それで、いくらいただけますか」

「そんなことはいずれわかるさ」

と、コット・コムスは答えた。

「まずは何ができるかを見せてくれよな。とりあえず檻の中で始めてくれ」

ヴィドックは檻の中を覗いた。この雌のオランウータンは近くで見るととても大きく、ひどく不気味だった。

「噛みつかないかなあ」

「そんなことはしないさ」

と、道化師の男が即答した。その目はらんらんと輝いている。彼はヴィドックに箒を渡した。

「さあ、これで掃除をするんだ。檻の中に入って」

サーカス小屋の団長はたいそう注意深く檻のドアをほんの少しだけ開けた。万が一オランウータンが脱出しそうな気配があれば、すぐにドアを勢いよく閉める心づもりでいた。

ドアの隙間からするりと入ったヴィドックは、散らばった排泄物を掻き集めようとした。その瞬間、オランウータンが怒りの籠った唸り声を上げ、電光石火の速さでヴィドック目がけて飛びかかってきた。ヴィドックは箒を放り投げ、矢のような速さで走り脱出しようとした。しかしドアの錠が下りていた。檻の外では団長のコット・コムスがにやにや笑いながら突っ立っている。道化師は可笑しさのあまりに歓呼の声を上げ、他の芸人たちは心配顔で様子を眺めていた。

檻の中のヴィドックは、今やオランウータンから逃げ回る以外になす術がなかった。口を大きくかっとあけ、歯をむき出しにして、そのうえ鉤爪のある指を大きく広げて襲いかかってくるこの野獣に追いかけられながら、ヴィドックは全速力で檻の端から端へと逃げ回り、止まり木を上り下りしながら、その間を身をくねらせてはするっとすり抜け、勢いよく弾みをつけて止まり木から止まり木へと飛び移った。ヴィドックは間一髪でオランウータンの攻撃をかわして逃れることができたが、それはひとえに彼が機敏で器用だったからである。

「出ろ！」

コット・コムスは大声を上げた。

ヴィドックが素早く巧みに逃げ回っている最中、戸口に目をやると、ドアが半開きになっているのが目に入った。そこで彼は戸口目がけて突っ走り、頭から檻を抜け出て地面にどっと倒れ伏すや、恐怖と緊張のあまりに息もたえだえに喘いでいた。

彼の背後でガシャンと音をたててドアが閉まり、錠が下りた。檻の中に取り残されたオランウータンは怒髪天を衝く勢いで荒れ狂っている。

「お見事！」

と、コット・コムスはヴィドックを褒めた。

「すばしっこいね。これから君を立派な芸人に育ててやろう。猛獣使いが例のライオンにがぶっとやられて以来、新しい演目が一つ必要になっているんだ。さあ、こっちに来て食事を摂りなさい。食後に今後の計画を話すとしよう。君が食事をしている間にじっくり考えてみるよ」

綱渡りの女芸人から陶製の器を渡されたが、それは人参の切れ端と肉切れがわずかばかり入っている、濁った色のスープだった。だが、そのスープにもすぐにはありつけなかった。熊使いの男が小鉢に盛られた食事をすっかり食べ尽くし、銀製のスプーンにくっついた残り滓までもペロペロ舐め尽くした後、それにありつけたのはようやく、「さあ、食べろよ！」と、そのスプーンを貸してもらってからのことであった。味もそっけもないスープを飲み終えると、親方のコット・コムスに呼びつけられて、次のような話を聞かされた。

「俺たちはこの雌のオランウータンに、もう何回もこうした悪ふざけをしかけたことがあってね。サーカスで働きたいという連中に、再三再四不意打ちを喰らわせて、この檻の中に押し込んだのさ。そんなことをするのも、俺たちも少しばかり滑稽な芸をこの目で見てみたいし、少しは可笑しな見世物を手に入れないと承知できない性分なんだ。檻の中に入った連中は皆、髪の毛をくしゃくしゃにして外に飛び出してきたものさ。時と場合によっちゃあ、それはそれは見事にオランウータンに嚙まれ、傷だらけになってしまった奴もいてね、少々良心の呵責（かしゃく）を覚えることもあったよ。でもオランウータン以上にすばしっこく逃げた奴は、誰もいなかった。だが君は違った。オランウータンより機敏だった。これがどういうことかわかっているかい。君には才能があるということなのさ。おい、君、俺たちはこの才能を放っておくわけにはいかないのだよ。君には小屋の表舞台に出てもらって世間をあっと言わせてやるよ。君はいまだかつてない、ジャングル育ちの猿人アッシとして世界的に有名になって、金持ちになるだろう。さて、これから何をしなければならないか、よくわかるように説明するから、ちゃんと聞いてくれよな」

猿人アッシ

サーカス小屋の円形の演技場を取り囲むように高々とロープが張りめぐらされ、そこには幾つもの提灯が吊るされていたが、夕方近くになると提灯にロウソクの灯が点された。ドラマーが子牛の革の太鼓を連打し、二人のトランペッターはファンファーレを高らかに轟かせ、足の不自由な男は手回しオルガンで行進曲を奏でていた。

団長が行進曲に合わせて舞台に登場すると、観客はどっと押し寄せ、拍手喝采を送った。ワックスでぴかぴかに磨きをかけた団長のブーツは、提灯の灯りを受けてぴかぴかに輝いていた。コット・コムス団長がお辞儀をして手を挙げると、瞬時に音楽はやみ、拍手も途絶えた。

「紳士淑女の皆さん！」

団長は大声を張り上げ、大袈裟な身振りで帽子を脱いだ。

「天下に名立たる我がサーカス団ではありますが、本日、この世に二つとないアトラクションを皆さまにご披露いたします。このアトラクションはセンセーショナルな出来事の中でももっともセンセーショナルな、地上最大の奇跡なのであります」

団長はもったいをつけて演技場をのしのし歩き回った。彼はさらに演説を続けた。

「本日、今宵この時、皆さまに人類が初めて出会ったある生き物をご披露することと相成った次第であります。紳士淑女の皆さん、最新の学問研究によりますれば、かくなる類の生き物はこの地上に未だかつて存在したことはなく、また存在しえないとされていたのであります。私めがここで皆さま方にご紹介するのは、アッシという名の猿人であります」

　コット・コムスはここでわざと一瞬、間を置いた。

　色鮮やかな衣装に身を包んだ男女二人の綱渡り芸人が、赤々と燃え盛る松明（たいまつ）を片手に演技場に登場すると、大きな檻の左右両脇に立った。それは午前中、雌のオランウータンが閉じ込められていた檻である。檻の中を照らす松明の明かりは、半裸でうずくまり、腰巻一枚しかまとっていない生き物を照らしていた。それはヴィドックだった。きっと彼の両親であっても、まさか我が子であるとはわからなかっただろう。垂れ下がった髪の毛が顔を覆い隠している。肌は胡桃の木の葉を煎じた汁で暗褐色に塗られている。ヴィドックは口を尖らせ、見物人が怖がるようなしかめ面を作ってみせた。

　観客の間からざわめきが巻き起こった。

「紳士淑女の皆さん、この哀れな生き物は、この上もなく深い同情の念を禁じ得ないこの哀れな生き物は……」

　まるで心から痛みを感じ、身も心も圧倒され、うち震える思いでいるかのように語るコット・コムスは、声をつまらせた。

「もっと大きな声を出せ！」

　と、観客の一人が怒鳴った。

「この哀れな生き物は！」

と、コット・コムスはやにわに胸の痛みに耐えかねたかのようにむせび泣き、しゃくりあげながらも大声を張り上げた。

「私はこいつを我が子同様、心から愛しているのであります。紳士淑女の皆さん、こいつはかつて乳飲み子の頃には、皆さんや私と同じように人の子であったのであります。ところがこの子の冷酷な母親、つまり研究調査をしていたある男の奥方は、ヒネージエン――中国とも言いますが、彼(か)の地でこの子を出産した後、虎、ライオン、猿、ハイエナの潜む中国の密林に放り出し、置き去りにしてしまったのであります」

口上の終わり頃には、コット・コムスの声はまたもや哀れっぽく涙声になっていた。

「もっと大きな声を出せ！」

「この哀れなる人の子は……」

と、気合を入れた団長の声は次第に高揚し、大仰な節回しに変わった。

「紳士淑女の皆さん、もしもの話ではありますが、彼の地で、この心の純朴なオランウータンがこの子の母親代わりをしてくれなかったら、この子は餓死していたか、あるいは野獣の餌食になってあの世に旅立ってしまったことでありましょう」

団長は檻を鞭で指し示した。空っぽだった檻には、今は熊使いの芸人が手に持つ松明で明るく照らされ、雌のオランウータンが控えている。たいそう毛むくじゃらなその獣は松明の灯りの中でまるで悪魔(デーモン)のように見えた。

「そうなのであります、紳士淑女の皆さん。オランウータンは見捨てられたこの子を抱きしめ、お乳を飲ませあやし育ててくれたのです。それがゆえに、我々はオランウータンに大いに尊敬の念を禁じ得ないのであります」

団長はオランウータンに一歩近づき、「ほんとうにありがとう」と言いながら、バナナを一本注意深く差し出した。毛むくじゃらの黒い腕が、格子の間からぬっと出てきた。長く痩せこけた指でそのバナナを摑んだ。

それを見た観客は歓呼の声を上げげた。

「ブラボー！」

「このオランウータンは……」と、叫ぶコット・コムスの声は、観客の万雷の拍手をも圧倒する力強さがあった。

「紳士淑女の皆さん、純朴なこのオランウータンは生みの母親以上の真心を身をもって示してくれたのであります。尊敬措く能わざる観客の皆さん、このオランウータンは人間以上に人情に溢れていたのです。ええ、まさにそのとおりだったのであります」

「いいぞー」

観客はオランウータンの豊かな愛情に心から感動していた。

「紳士淑女の皆さん、このオランウータンのおかげをもって、この子は生き延びることができたのであります。この子は人間の言葉を知らぬままオランウータンに育てられ、猿人として成長したのであります。二年前のこと、世界的にも名高い我がサーカス団が大いなる評判とアトラクションを携えて中国を訪れた際、私はライオンと熊の生け捕りを決意したのであります」

団長はそれぞれのしかるべき檻を指し示した。

「紳士淑女の皆さん、中国あるいはヒネージエンと呼ばれている彼の地の、アフリカのような鬱蒼とした密林の中で、私は偶然にこのオランウータンに遭遇しました。そこで、当時十四歳ぐらいのこの子を見つけたのです。見るからにこの子は、この雌のオランウータンを慕っていたのです。世界各地を広く旅してきたこの私が見ても、紳士淑女の皆さん、これは母と子、つまりオランウータンの母親と人間の子ではありますが、情愛のこもった親密な関係が確認できたのであります」

　感動した観客は拍手喝采を送った。

「この猿人は怒って抵抗したのでありますが、それでも私はこの子を捕まえたのです。私は家族がなによりも大切だと考える人間ですので、迷うことなくこの雌のオランウータンも捕まえたのであります。と申しますのも、ひとえにこの子を孤児にしないがためであり、子供から母親を奪い取らないという配慮からであります。紳士淑女の皆さん！　もはや人間的なものは何一つ持ち合わせていない、この嚙みつき癖のある攻撃的な猿人と、この猿人に負けず劣らず嚙みつき癖のある母親を、遥か遠き彼の国インド、えーえと、ヒネージエンもしくは中国とも言いますが……なんと申したらいいのでしょう、アフ……ええーと、いずれにせよ彼の地からこのヨーロッパの地に連れてまいった次第であります。何ゆえに今日この夕べに、初めてこの猿人をご披露することに相成ったのか、そのあたりの事情を皆さんはお尋ねになることでありましょう。紳士淑女の皆さん、私がこんなことを申し上げるのは、私が悪人でないからであり、この猿人を見世物として悪用する腹づもりもないからであります。私が猿人と一緒に世界各地の大学を訪れ、著名な医者や研究者になけなしの蓄えのありったけをつぎ込んだのも、ひとえにアッシをオランウータンとして育った過去から解放し、その心の中にある人間的なものを目覚めさせ、ひいては人間の言葉という価値ある財産を授けてやるためであります。しかし、ああ、奮闘努力も空しく、何の成果ももたらすことができなかったのであります。アッシは見た目には人間ではありますが、その本質においては相変わらず野生の獣なのであります。この厳然たる事実をご覧になりますれば、紳士淑女の皆さん、親の教育が人間形成にどれほど決定的な要因になりうるかを、我々は再認識できるのであります。

アッシの親、それはオランウータンだったのです！　そうです、アッシを救えなかった学者先生方も、こうおっしゃっておられました。さらにヨーロッパでもっとも著名な医療の専門家にも診てもらいましたが、そこで蓄えのすべてを使い果たしてしまい、心に痛みを覚えつつも、やむを得ず、この猿人を皆さまにご披露するに至った次第であります。ここで頂戴するお金は、私の利益のために手をつけるつもりは毛頭ありません。そのようなことは決していたしません。お金をいただくのは、ひとえに今後診察をお願いするお医者さんに御代を支払うためであります。私は諦めておりません。アッシに人間としての分別を取り戻してやるために、ありとあらゆる手を尽すつもりでおります。それゆえ、本日はここにアッシとともに登場したのであります。紳士淑女の皆さん！　どうか私の言葉を信じてください。私はこの猿人をしつけようと努力してきたのでありますが、そのたびにたいへんな思いをして参りました。というのも、野生のままで嚙みつき癖があり、粗暴でしかも底意地が悪いのであります。でも、愛情を持った父親だけが息子に示すことのできる忍耐力があったればこそ、私はこの猿人を調教するという奇跡を達成できたのであります。かくして紳士淑女の皆さま方は、アッシが公衆の面前に初めて登場するという、大いなるチャンスに巡り合えることと相成った次第であります」

団長は深々と頭を下げると、お辞儀をしたまま、音楽隊の方に体の向きを変えた。その手は苛立っているようだった。トランペット奏者たちはぎくりとして縮み上がり、楽器に唇をあてるや出し抜けにファンファーレを吹き鳴らした。と同時に、観客席から拍手喝采が巻き起こった。

コット・コムス団長は立ち上がると、檻の方に向かっていった。

ぴょんぴょん飛び跳ねながら格子の前にやって来たヴィドックは、格子の鉄棒を摑んで揺すり、歯を剝いた。

「紳士淑女の皆さん、これからはどうか静粛にしてくださるようお願い申し上げます」

彼は大声で話しながらも、注意深くヴィドックから目を離さぬようにしていた。

「と申しますのも、檻に入るのは生命にかかわる危険があるからであります」

大きく深呼吸をしたコット・コムスは重い腰を上げ、檻のドアをさっと押し開けると、中にするりと飛び込んだ。大急ぎで檻の入口に走り寄ってきた道化師がドアを閉めたが、鍵は差し込んだままにしておいた。

ヴィドックはさっそく、団長の喉首に飛びかかろうとした。しかしその瞬間、団長から二、三命令を浴びせられると、途端にしゅんとなり、隅にすごすごと這っていったものの、しかし彼はそこで己に潜む残忍性をもはや抑えきれないかのように振る舞っていた。

コット・コムスはまるで催眠術師のように、ヴィドックをじっと見据えていた。ところがなんということか！　威圧的な眼差しで睨まれているうちに猿人の心にひそむ怒りは次第に消え失せていった。ヴィドックはどさっとくずおれ、その場にうずくまってしまった。コット・コムスは彼に近づき、頭をなでてやった。

するとと観客席から拍手喝采がどっと巻き起こり、まるで爆弾でも破裂したかのように会場は興奮の坩堝と化した。

次にヴィドックが檻の隅っこから顔を出したり、止まり木に飛び乗り、檻に張り巡らされた梁や桁を伝ってあちこち飛び移ったり、さらにぐるぐる旋回し始めると、会場はシーンと静まりかえった。ヴィドックは午前中のオランウータンから逃げ回った時と同じように、体を前後左右に揺すって弾みをつけ、あちこち飛び回った。彼のすばしっこさは実際、猿をも思わせるものがあり、何度も繰り返し拍手の嵐が巻き起こった。観客の発する絶叫に乗せられたヴィドックは、コット・コムスに飛びかかろうとするような素振りを見せたが、しかし団長の視線に睨めつけられるや催眠術にかかったかのように全身金縛りになってしまい、ショーはそれで終了となった。

「さて、紳士淑女の皆さん！」

と、コット・コムスは檻の中から再び大声を発した。

「この後、これまでにただの一度もご覧になったことのない光景を、これからお目にかけましょう。猿人が大きく跳躍し、燃え盛るリングをくぐり抜ける曲芸であります。これはサーカス芸の極致ともいうべき妙技であります」

道化師は支柱の上に固定した、車輪ほどの大きさの針金で作ったリングにコールタールを塗った。それから綱渡り芸人がそのリングに松明をかざすと、タールは瞬時にぱっと燃え上がった。リングは炎の輪となって燃え盛っている。

コット・コムスは格子越しに左手を伸ばし、その支柱を摑んで燃え盛る炎のリングを檻の中に引き入れた。リングを高々と掲げた団長は、「さあ、始めるんだ！」、と大声で命じた。

ヴィドックは飛びかかろうと身をかがめたものの、一瞬ためらった。燃え盛る炎のリングに怯えた。リングは数時間前の練習の時よりはるかに勢いよく赤々と燃え上っていたからだ。

「さあ、始めるんだ!」

ヴィドックは動かなかった。

コット・コムスは右手に握った鞭を大きく振り上げ、ヴィドックの裸の背中めがけてばしっと鞭を入れた。それはみみず腫れができるほどだった。ヴィドックの全身にかっと痛みが走った。団長が二度目の鞭を入れると、ヴィドックは勢いよく床を蹴って飛び跳ね、宙に身を躍らせ頭から炎の燃え盛るリングをくぐり抜けると、ぐるっと一回転して着地した。すぐに、彼はうずくまった。髪の焦げる臭いが鼻につんときた。観客は熱狂している。

道化師が錠をはずして電光石火の速さでドアを開け、団長を檻の外に出すと、再びドアを閉め、鍵をかけてその鍵を抜き取った。孔雀さながらに誇らしげなコット・コムスは、何度もお辞儀を繰り返した。無関心の面持ちで前を見るともなく見つめていたヴィドックは、両肩をひっかき始めた。

「紳士淑女の皆さん!」

とコット・コムスは拍手の嵐に向かって、大声で呼びかけた。

「紳士淑女の皆さん!」

観客は興味津々に黙り込んだ。

「皆さまの感動のお気持ちは重々わかっております。それゆえ、ささやかでかまいません。皆さま方のご好意をお示しいただきたくお願い申し上げる次第であります。もちろん、私めのためではなく、猿人アッシのためであります。あれに必要なのは今は少々のほめ言葉でありますが、この先は先立つものが必要なのであります。敬愛する観客の皆様さま方、一銭たりとも私自身のために使うつもりはありません。学問研究の力を借り、アッシが本来の姿である人間に戻れるようにするために、そのすべてを使わせていただく所存でおります。いつの日にか、なんとしてもまっとうな医者を見つけてやろうと思っております。そのお恵みはアッシのものですので、帽子を抱えて歩き回ることはいたしません。紳士淑女の皆さん、お願いですから、皆さま方のお気持ちをアッシに送ってくださいますようお願い申し上げる次第であります」

スピーチに心から感動した観客は、すぐに舞台前に行こうとしてごった返していたが、しかし、檻の前に来ると、怖いのか、手が届くか届かぬかの距離を保ち、そこからコインを檻の中に投げ入れた。ヴィドックはコインの雨に打たれながら顔をしかめていた。

その晩、さらに三回の出番があった。夜中になってようやく演技場から観客の姿が消えた。コット・コムスは檻の前にやって来た。

「おめでとう！」

と、団長はほめた。ヴィドックは檻の中の汚物とともに散らかっていたコインを拾い集めて入れておいた袋を格子越しにコット・コムスに渡した。

袋の重さに手応えを覚えてほくそ笑んだコット・コムスは、舌を鳴らしてぐるっと百八十度向きを変えてひと言述べた。

「おやすみ、ぐっすり寝るんだな」

「えっ、このまま檻の中にいろって言うんですか」

「もちろんそうだ」

「そいつは話が違います。それに約束の私の取り分をくださいよ」

「後でだ！」

「ここから出してください！」

「駄目だね。お前を檻から出すのを誰かに見られでもしたら、このペテンが吹っ飛んでしまうじゃないか。そんなへまをするか。それにお前が脱走するってことも考えられるしな。そんな危ないまねはできないね。俺にとっちゃああんたはお宝よ」

彼は金の入った袋をゆらゆらと揺すりながら去っていった。

ヴィドックは檻を調べた。脱出の可能性がないことを確認して、腹だたしかったが運命を受け入れざれるを得なかった。


「紳士淑女の皆さん。もっと近づいてみてください。世にあまねく知れ渡る我がサーカス団は本日、いまだかつて例のないアトラクションをご披露いたすのであります。これはセンセーション中のセンセーションであり、地上最大の奇跡であります。これなるものは猿人アッシであります……」

翌日の午前中もまた、トランペットが高らかに吹き鳴らされ、太鼓の連打と手回しオルガンが鳴り響いて、サーカスが始まった。猿人が登場したという噂は、あっという間に町中に広まっていた。四方八方から見物客がサーカス小屋につめかけた。

猿人の見世物は前の晩とまったく同じように上演された。もっともそれは、コット・コムスが格子の間から炎の燃え立つリングを手渡してもらった、その時点までだった。

昨日と同じようにヴィドックは檻の扉に鍵がささったままなのに気づいた。そこで炎の燃え盛るリングをコット・コムスが指差し、ヴィドックに例の芸をさせようとしたちょうどその瞬間、団長がたいそう不快なことに、ヴィドックは炎のリングではなく、ドアに向かって飛び出したのだ。

彼は猿に似た生き物にはありえない動きで、格子の隙間から手を伸ばして鍵を回してドアを開けると、檻の外に脱出した。円形演技場でヴィドックは髪の毛を振り乱し、低くかがんで、あたりの様子をうかがっていた。

誰もが皆、不安な眼差しで彼をじっと見据えながら、後ずさりした。観客全員がぎょっとして一斉に発した叫び声は恐怖の悲鳴に変わり、それは遥か彼方にまで轟くほどだった。

ヴィドックは周囲をぐるりと見回した。檻と檻の間に控えていた筋骨隆々の芸人たちは、このペテンの内実がわかっているので、とりたてて不安な様子は見せなかった。

……あの連中なら俺を捕まえるだろう。恐怖心で驚き震えあがった観客は、この残忍な獣との接触を避けたい一心なので観客の方に逃げるのが得策だな……

ヴィドックは、びっくりして口をあんぐり開けたままの観客めがけて飛び込んでいった。かつて軍隊でホルン奏者を務め、目下はサーカス小屋でトランペットを吹いていた男は思わず反射的に、昔従軍していた時そのままに、勢いよくトランペットに唇を押し当てた。「ドーファン！」というフランス騎兵連隊のこの突撃喇叭(らっぱ)の合図に合わせて、ヴィドックは後ずさりした人垣の間にぽっかりと空いた道のど真ん中を突っきって、雲を霞と逃げ去った。

初めて偽名を使う

町から遠く離れた小さな森の中で、ひと休みしようと地面に倒れ込むように腰を下ろしたが、これまでひどく苦い思いをしてきたので、せっかく自由を取り戻したものの、特別嬉しいとも思えなかった。猿人として世に登場したことは人生最大の屈辱だったからだ。これ以上落ちぶれることはないだろう、と彼は独りごちた。ヴィドックはコット・コムスが観客に向けて放った、例の言葉を一つひとつ思いだしては歯ぎしりした。「この子は見た目には人間でありますが、その本質においては相変わらず野生の獣なのであります。……もはや人間的なものは何一つ持ち合わせておりません……野生のままで嚙みつき癖があり、粗暴でしかも底意地が悪いのであります」

ヴィドックの頭に血がかっと上ってきた。意気地のなさと空腹の恐怖から、団長にこんな言葉を言わせっぱなしにしてしまったことを恥ずかしく思い、両手で顔を覆った。

……即刻、逃亡生活を終わりにして、窃盗やペテンと縁を切って、人生を初めからやり直し、まっとうな人生を目指そう……

どうしても両親と和解したかった。両親に許しを乞いたかったが、しかしそれは困窮の極みにある文無しの今ではないと思った。なによりもまず、ひとかどの人物になり、たっぷり金を蓄えて故郷に錦を飾り、窃盗の損害を償おうと思った。どうすれば手っ取り早く成功を収めることができるのか、あれこれ考えてみた。そして自分には成功する見込みが充分にあるという結論に達した。なぜなら誰よりも物知りだし、幾つかの外国語も操れるし、読み書き算術もできるし、しかも剣術の技も持ち合わせているからだ。

……剣術だ！　とりあえずこの技を使うのが、未来を切り開くのに手っ取り早いかも知れんぞ。軍隊なら、剣術指南としてすぐに雇ってもらえるかもな。そしたら、きっと昇進の可能性だってあるさ！……

年齢は障害にならなかった。彼はようやく十四歳になったばかりだったが、誰が見てもそんな年齢に見えなかったからだ。彼はその年頃の男の子より背丈があったし、肩幅は広くたくましかった。アラスの町の練兵場での厳しい経験が、彼の顔に精悍な風貌を刻み込んでくれていた。当時、軍隊の採用では経歴は重要視されていなかった。身分証明書を提示する者は皆無であった。しかも軍隊は傭兵の選抜にうるさくなかった。応募者は足が二本あって、ある程度歩けさえすれば採用してもらえたのだ。管理統制された軍隊教育もなかった。中隊長が寄せ集めの傭兵からなる一団を、戦闘能力のある軍隊組織に仕立て上げる責任を背負っていた。ヴィドックは自分の剣術能力をもってすれば、下士官くらいまでは昇進できるとふんでいた。貴族の出身ではないので、将校への出世街道の道はないと、当時は思っていた。

自信満々に立ち上がると、小川の水で黒ずんだ体の汚れを洗い落とした。それから南の方角に向かって一週間歩き続けた。腹が空くとドングリの実やベリーを口にした。七日目になって、ある平原にたどり着き、ついに歩兵部隊の色鮮やかなテント村を見つけた。

彼は中隊長との面会を取り次いでもらい、すぐに対面することになった。一方は、額に垂れたぼさぼさの髪をかき上げ、身にまとうものといえば腰布一枚だけのヴィドック。もう一方は少尉の位にある中隊長。彼が着ているグレーの将校の制服の左右には、それぞれ六個の黄金のボタンが縫い付けられていて、袖口には赤い裏地の折り返しがのぞいていた。チョッキとズボンは赤く、ブーツは膝上まであった。さらに中隊長は大きな帽子のつばを三カ所を折り返したグレーの、いわゆる「三角帽子（トリコース）」をかぶっていた。

「その恰好は、まるでオランウータンじゃないか」

と、少尉は言った。

「どこから来たんだい、若い衆！」

「旅をしていたのですが、カレーの町で詐欺師に引っかかってしまいまして。そこで身ぐるみはがされ、丸裸にされてしまったんです」

「いったいこれまで何をしてきたのかい」

「フェンシングを教えていました」

これは嘘ではなかった。ヴィドックはアラスでは中年の剣術指南の最良の弟子であったので、助手同然に教えることが許されていたのだ。

「ふーん、要するに剣が立つということだな。腕に問題がなければ、採用してもかまわんがね。だが、誰がそれを証明してくれるんだい。そもそも剣が使えるのかね」

「それでは証明のチャンスをください」

と言うが早いかヴィドックは少尉のサーベルに手を伸ばした。

将校はびっくりしてためらったものの、やおらサーベルを抜いてヴィドックに差し出した。

「まあいいか」

と、少尉は言った。

「それではキント、ティエルス、プリムの構えをそれぞれ披露したまえ！」

サーベルを握ったヴィドックは教科書どおりの構えに入った。叩き込まれた厳密なステップに則って、想像上の敵に向かって飛び跳ねるや、一回、二回、三回と宙を切ってサーベルをぴゅーっとうならせてみせた。キント、ティエルス、プリム。文句なしの構えである。

「悪くないね」

と、将校は言った。

「ひと目で、君、いやいや貴殿が剣術を大いに心得ておられることはわかりました。即刻、剣術指南の仕事に就いていただきましょう。当方はこの方面の必要性を大いに感じておるのです。我が中隊についていえば、若干問題を抱えてはいるのだが、貴殿は採用だ。ところで、私はブルボン歩兵連隊の中隊長ド・ブリサック少尉。貴殿のお名前は」

「ヴィ……ヴィクトル・ルソーと申します」

……偽名でいこう！……

名前を尋ねられたその瞬間、ヴィドックはとまどいを覚えた。

……両親の家でのあの一件が、ひょっとしたら警察に通報されてしまっているかも知れないな。追っ手がせまっているのだろうか……

偽名が口先からぽろっとこぼれ落ちた。突然不安に襲われたヴィドックは、言い出しかけた自分の名前の最初のヴィをヴィクトルにしてしまい、さらにはルソーという偽りの家名が脳裏にふと浮かんだのだ。とうとうヴィドックはルビコン川を渡ってしまった。

もう引き返せない。新たな人生の始まりに嘘偽りをひそませてしまった。このあやまちがのちに致命的な不幸を招くひきがねとなったのである。そうして彼はブルボン歩兵連隊ド・ブリサック中隊の剣術指南となった。さらに少尉の話しようから推測すると、彼は一目置かれる人材に変貌を遂げたのだった。

「ムッシュー・ルソー、貴殿には新しい制服を手配いたしましょう。明日からさっそく、中隊の剣術指南を始めていただきましょう。当方には時間がありません。我が部隊の兵士諸君には、より巧みな剣さばきができるよう上達してもらわなければならんのです。しかも早急に鍛え上げていただきたい。ムッシュー・ルソー、ご存知のように、この先の状況は見極め難い、途方もない事態が出来（しゅったい）してしまったのでねえ」

もちろんヴィドックは今、何が世間で起きているのか、何も知らなかった。ここ数日間は腰布一枚で、カレーの町の南にある森の中に隠れて逃亡していたからである。だが、その間にフランス革命が勃発していたのだった。

一七八九年七月十四日、パリの民衆は中世の城塞であり、政治犯の監獄として当時の圧制のシンボルであったバスチーユ牢獄を襲撃した。絶対王政、貴族の浪費、国営銀行の破綻、国民の奴隷状態、税の重圧に、一般民衆の積年の怒りが爆発したのである。蜂起した農民や市民は貴族の館を次々と襲撃した。上流貴族は国外逃亡を企てた。

軍隊は、さしあたっては王に忠実であった。貴族階級出身の将校たち幹部は軍隊の指揮権を厳格に掌握していた。だがそれはいったいどれくらいもつのだろうか。

ヴィドックは中隊の剣術指南の任務に就いた。部隊を離れて各地を見聞する機会があるたびに、いずこの村でも町でも軛(くびき)から解き放たれた民衆の歓呼の声が耳に入ってきた。貧民階級出身のヴィドックは、国中で進む大変革に衝撃を受けはしたが、みずからが熱くなり、時流に心を奪われることはなかった。彼には貴族に対する憎悪はなかった。というのも貴族を敵と思ったことがなく、むしろ見習うに値する模範であると思っていたからだ。だから、いつも礼儀正しく穏当に遇してくれる中隊長ド・ブリサックに感謝の念を覚えこそすれ、この少尉に反抗的な態度を取る気は露ほどもなかった。むしろその逆で、貴族の称号のある中隊長に対して、兵士たちの間で不平不満の声が湧き上がるたびに、ヴィドックは鎮圧に鋭意努力した。その際、彼は図らずもリーダーの役割を演ずるよう迫られた。そもそも兵士たちは少尉よりもヴィドックに一目置いていたのである。それというのもヴィドックが剣術指南だけでなく、焦眉の社会情勢についての賢明な伝達者として兵士たちに深い感銘を与え、畏怖の対象でもあったからである。というのもヴィドックは諸々の政党新聞を手に入れて最新情報に通じていたからである。文盲の部下には、かつてのどのような政治展開でもあり得ない、人間の運命を変えてしまう様々な情報を教えてやっていた。例えばこういったことだ。

一七八九年八月四～五日　身分制が正式に撤廃され、貴族は特権を剝奪された。ヴィドックの所属する第三身分の人々もすべての官職に就くことが許され、どのような仕事にも自由に就く権利が認められた。

一七八九年八月二十六日　自由(リベルテ)、平等(エガリテ)、友愛(フラテルニテ)よりなる人権宣言が出される。

一七八九年十月五日　市場で働く女性たちによるヴェルサイユ宮殿への行進。国王一家への禁足令発令。

一七八九年十月十日　かつての第一身分の聖職者階級と第二身分の貴族階級のすべての私有財産の

没収。
一七九〇年七月　教会の国有化。
一七九一年四月二日　国民議会議長ミラボー伯爵ガブリエル・ド・リケティがパリで病死。彼は貴族出身であったが、国民からは受け入れられていた。リベラルな改革を推し進め、同時に卓越した弁論術を駆使して行き過ぎた暴力沙汰を回避し、王室の維持存続に尽力した。ところが今や革命は沸点に達し、流血の惨事に至るものと懸念された。
一七九一年七月　ルイ十六世逃亡。ヴァレンヌで身分が発覚し、パリに連行されすべての権力を剥奪される。
一七九一年九月三日　国民の代表機関である国会を介して新憲法公布。この憲法はのちに一九世紀のすべての市民憲法の規範となった。もちろん七百四十五名の代議士の政治的経験は充分ではなかった。彼らは協力的であるというより互いに敵対的であり、耳を傾けていたのは、ひとえに自分たちが所属する政党だけだった。彼らは王党派のフイヤン派、ブルジョワを代表するジロンド派、政治目的が曖昧な独立派、影響力を次第に増した過激で中央集権的なジャコバン派の四つの党派にすぎなかった。

生家の前の断頭台(ギロチン)

ヴィドックは二年前に腰布一枚で森の中から出てきたのであるが、それ以後、世の中は劇変してしまった。十六歳になったヴィドックは、この革命を好機と受け取った。市民階級の出身の彼に、今や将校への出世街道が目の前に開けていた。そのための才覚も備わっていた。教養と熱意と実行力のほかに、組織の編成、計画の立案など、模範とされる才能が開花し、注目される存在へと成長していた。彼は自分には他人を統率する能力が備わっていると実感していた。中隊の指揮官がある朝、貴族たちとともに逃亡してしまった時、ヴィドックは当然のことながらその中隊の指揮権を引き継いだ。兵士たちはすぐさま彼を受け入れた。その後すぐに、正式に少尉として認められた。それも、貴族階級出身の将校のスタッフとともに部隊のトップに首尾よく留まっていた、貴族出身の連隊司令官の眼鏡に叶っての昇格であった。

フランソワ・ウジェーヌ・ヴィドックは市民階級出身の初めてのフランス軍少尉の一人となった。その後すぐに、宣戦布告を告げる陣太鼓が国中に轟いた。革命の影響がフランスの国境を越えて広がるかも知れないという懸念から、オーストリア、プロイセン、のちにはイギリスなどの列強諸国はルイ十六世を支持し、彼を玉座に復帰させるため互いに同盟を組んだ。

一七九二年四月、フランスはこれら列強諸国に対して宣戦を布告した。こうして事態はいわゆる「第一次対仏大同盟戦争」へと拡大したのである。

もともと軍歌であり、のちにフランス国歌となる「ラ・マルセイエーズ」の楽の音に歩調を合わせて、フランス軍兵士たちは連合軍に向けて進軍していった。この時、ヴィドックが優れた中隊長であることが明らかになった。一七九二年九月二十日、「ヴァルミーの砲撃」を経験した彼は、そこで頭角を現し大尉に昇進したが、のちにオーストリア軍の捕虜になってしまった。ところが、竜騎兵フランツから習い覚えたヴィーン訛りのドイツ語のおかげで逃亡に成功し、再びフランス軍に舞い戻って戦いを続けた。

前線で彼は信じられないような残虐行為を耳にした。今まで生命を賭して守った国では革命が大虐殺に変質し、過激な政治家ロベスピエール、ダントン、マラーによって恐怖支配が敷かれていた。これらの政治家の背後には所謂黒幕が控えていた。ジョゼフ・フーシェである。革命法廷は多くの貴族やルイ十六世と王妃マリー・アントワネットに死刑判決を下した。彼らは医師ジョゼフ＝イニャス・ギヨタンにちなんで名づけられた、斬首刑執行装置ギロチンにかかって断頭台の露と消えたのである。

ヴィドックが初めてギロチンを見たのは、故郷のアラスに帰郷し、不意に両親を訪ねて許しを求めた、一七九三年六月二十三日の十八歳の誕生日のことである。父の経営するパン屋の店先の練兵場に処刑装置が設置されていた。芝居小屋の舞台にも似た木造の処刑台には、高さ三メートルの支柱が二本立てられ、上部は一本の横桁で固定され、その桁からギロチンの刃が吊り下がっていた。

手足を縛られた囚人がロバの引く荷馬車の荷台に乗せられて刑場に連行されてくると、断頭台の周囲に集まったアラスの住民は一斉に歓声を上げた。囚人は以前近隣に住んでいた貴族たちで、かつては雲の上の富豪であったのだが、今の彼らが着ている服はぼろぼろにすり切れ、蒼ざめた顔面はひきつって恐怖に怯えた仮面のようだった。

死刑執行人の手下たちは手分けして死刑囚の中から、まず最初に、恐怖のあまりがたがたと激しくふるえる老人を処刑台の上に引っ張り上げると、台座に押し倒し、首根っ子の位置が支柱の間にぴったりおさまるように寝かせた。それからギロチンの刃がひゅっと風を切って落下し、がたんと鈍い音がすると、切り離されて宙を飛んだ頭部は血飛沫（ちしぶき）を噴水状にぴゅうっとあげ、ぐるぐる旋回しながら処刑台の下にある籠の中にごろんと転がり落ちた。人々は一斉に悲鳴をあげたが、続く処刑を今か今かと待ちわびながら、緊張しているのかじっと黙りこくっていた。ギロチンの刃が再び上に引き上げられ、次の処刑囚が処刑台に引っ張り上げられた。わめき声が次第に高まってくると、その次には大勢の人々がいっせいに絶叫する瞬間が差し迫ってくる。一分もすれば一人の人間の命が露と消えてしまう。野次馬はまるで酔い痴れているかのようだった。

ヴィドックは雑踏に背を向け、灯りの消えたパン屋の中に足を踏み入れた。焼き立てのパンの香りが鼻孔を突く。父親はヴィドックの前に立っていたが、目の前の男が誰であるかわからなかったようで、父親は目の前の若い将校に腰をかがめてあいさつをした。それを受けてヴィドックは、踵を合わせて拍車をうち鳴らしサーベルの柄に片手を当て、軍隊式最敬礼の姿勢を取って敬意を表した。これはパン屋の親爺に対しては通例あり得ぬ仕草であった。父親ははっとして立ちすくみながらも、相手が誰だかわかるやびっくり仰天。眼をかっと大きく見開いたまま、よろよろと後ずさりした。なんの言葉もなかった。

その時、母親が階上から下りてきた。ぼろぼろの服を着た母親は以前と同様、弱々しく顔は青ざめている。しかも目に見えて老けてしまっている。母親はヴィドックを見るなりすぐに息子だとわかり、ひしと抱きついた。母の目に涙が溢れ、はらはらと頰に流れ落ちていった。

屋外でギロチンの刃ががしゃんと落下する音がした。野次馬連中は興奮のあまりに絶叫していたが、やがて潮が引くように次第に小さくなった。雷の後の夕立のように、ざわざわと呟く声だけが聞こえていた。

「お許しをいただくために戻って参りました」

ヴィドックの声はかすれていた。

「とっくに許していたわよ」

と、母が言った。

傍らに立つ父親は盗まれた金のことを思い出し、息子を許そうなどという気分にはならなかった。しかし息子の軍服姿を見た父親は言葉を失い、この泥棒野郎がいつか帰宅した暁には浴びせようと思っていた非難の言葉を押しとどめた。

泥棒であった息子が今や軍服姿の十八歳の将校になってここにいる。平手打ちを喰らわせることなど考えられなかった。

「全額弁償します」

と、ヴィドックは言った。

「そんな事、言わないで。戻ってくれて、よかったわ」

母親は息子の軍服の袖をさすった。

演習場にいる野次馬たちのわめき声は、高潮のように次第に大きくなってきた。というのも死への恐怖に満ちた男が、ギロチンの刃の真下に寝かされたからである。しかし、すぐに事は終わった。

「お父さんとお母さんの息子が泥棒である……いや、泥棒であったなどと恥かしい思いをしてほしくないのです。きっと町中の皆さんは知っているのでしょうけれど」

ヴィドックは続けた。

「誰も知らないわよ」

と、母が答えた。

「誰も。私たちは警察に言わなかったのよ。だって、あなたの人生を台無しにしたくなかったんですもの」

「警察に言わなかったんですか」

ヴィドックはびっくりして尋ねた。

外では、ギロチンが下りるその瞬間、民衆のわめき声がどっと沸き起こった。にやっとほくそ笑む死刑執行人に向けて、嵐のような拍手喝采が巻き起こった。その歓声が次第に収まるのに、前より時間がかかった。民衆の気分が高揚してきたからだ。

陽の光の入らない暗い店内でヴィドックは、うーっと呻きながら、どさっと椅子に座り込み両手で頬杖をついた。

「警察に言わなかったんですか」

と、彼は床をじっと見つめながら小声で繰り返した。思い出したのは、追っ手が盗人ヴィドックを追跡しているかも知れないという恐怖心に駆られ、ド・ブリサック少尉に偽名申告したあの一件である。

……嘘をつく必要なんてまるっきりなかったのか！　あの時、嘘をつかなければよかったのに。嘘のない新たな人生を始めればよかったのか。そうすれば、両親のおかげで、何の心配もなく将来を考えられたのか。すべて順風満帆だったんだ。軍隊で何もかも手に入れることができたんだ。総司令官にだってなれたかもしれない。ヴィドック総司令官だ、でもルソー総司令官なんて、そんなことありうるだろうか？……

この瞬間、前にもましてこの嘘が、いつか将来自分の破滅のもとになるだろうということを強く意識した。

……偽名は俺の人生の時限爆弾だな。いつかそいつが破裂するのだろう。そうなったらどうなるのだろうか……

屋外の興奮する民衆の叫び声で、窓ガラスががたがたと揺れた。処刑場ではどっと血が溢れ出る頭部がまた一つ、籠の中にごろんと転げ落ちていった。

ペテンの発覚

両親の家を訪れた一七九三年六月二十三日、ヴィドックは父と母から今後の無事を祈る言葉で見送られ、前線の部隊に帰還した。

貴族階級への迫害は軍隊の上層部においても収まることはなかった。貴族出身の軍司令官は失脚に追い込まれ、逮捕された。土壇場で首尾よく逃亡を図る者もいれば、ギロチンにかけられる者もいた。空席になった将校のポストには市民階級出身の有能な兵士が次々と着任した。そしてヴィドックもブルボン第一歩兵連隊の幹部将校に昇進した。

対仏大同盟戦争の最中、ヴィドックはいろいろな土地、様々な方面に遠征した。私生活でも幾つかの出来事が起こった。彼は何回か婚約し、マリー・アンヌ・ルイーゼ・シュヴァリエ何某という女性と結婚するに至ったが、これはしなかったも同然だった。というのも一七九四年八月八日の結婚式の五日後に召集され、新妻とは別居をよぎなくされ、彼女と再会したのは離婚してからのことだったからだ。

ヴィドックは刻一刻と状況が変化する前線に送りこまれたが、その頃パリで続く革命は収拾がつかない事態に陥っていた。恐怖支配の指導者たちは自ら招いた殺人衝動の熱狂の嵐の犠牲者となった。一七九三年七月二十三日、マラーは浴槽の中で貴族の令嬢シャルロット・コルデー・ダルモンの短刀で刺殺された。独裁支配を求めて突き進んだロベスピエールはダントンとフーシェを亡き者にしようと謀った。彼はダントンを襲って、一七九四年四月五日に死刑に処すことに成功した。もっともロビスピエール自身も数週間後には襲撃を受け、七月二十八日には断頭台の露と消えた。それはすべて黒幕として暗躍するフーシェの仕業であった。フーシェはテロリズムと人民独裁に対する反動に力を得ていた、いわゆる「総裁政府」の五人の代表者である新たな権力者に巧みにすり寄っていたのだ。一七九五年十月五日、コルシカ島出身の身の丈一メートル五五センチにすぎない市民階級出の総司令官ナポレオン・ボナパルトが、新たな王制の樹立を目指す王党派の蜂起を鎮圧した時、フーシェはこの男の卓越した軍事的・政治的才能を見抜いた。フーシェはコルシカ島出身のこの小柄な男が燦然たる出世街道を驀進(ばくしん)していく匂いを嗅ぎつけたのだ。狡猾な狐フーシェはさっそく裏から手をまわし、例の如く情報をこっそり耳打ちしながらナポレオンにすり寄っていった。友情などとはとても言えないが、この男は思慮深い先見の明で世界史に多大な影響を及ぼすことになる人間関係を築き上げていった。さらにフーシェは、フランソワ・ヴィドックの人生にも多大な影響を及ぼすことになるのである。

その頃ヴィドックは、率いる連隊とともにベルギーと国境を接するフランス北部の町リール近くに駐屯していた。

十月のある日、流しの床屋がその野営地にやって来た。床屋は遮るものの何一つない広々とした原っぱに椅子をおいて、客を待っていた。彼の羽織る黄色のビロードのマントは汚れきっていた。塔のように高々と幾重にも積み重ねられた巻き毛に、同業者組合ツンフトの目印である赤い色の櫛を刺し、それが遠く彼方まで照り映えていた。ヴィドックを従えた最初の客人の将校たちが整髪をしてもらおうとやって来た時、床屋はうやうやしく何度もお辞儀を繰り返した。

もちろん真っ先に椅子に腰かけ整髪をしてもらえる優先権があるのは、連隊の指揮官たる将軍である。床屋はくすんだ灰色の布を司令官の首にぐるっと巻きつけると、ふっくらとした見事な巻き毛の中から赤い櫛を抜き取り、客のまばらな薄い髪の毛を梳き始めた。それからハサミを手にした。手際よくさっと髪の毛を梳いているその最中、周囲で順番を待ちながらぼんやり突っ立っている面々に視線を向けた。その時、床屋が突然大声を上げた。

「えーまさか、いったいなんてこった。アラスのヴィドックじゃないか！」

ヴィドックはギクッと身をすくませたが、しかし声をかけられたのが自分ではないような素振りをみせた。将校たちは皆怪訝な面持ちで、互いの顔を覗きあっている。彼らは誰のことを言っているのか見当もつかないのだ。

「おい、ヴィドック」

と、床屋はハサミで彼を指差し、大声を上げた。

「あんた、この俺がわからないのかい」

ヴィドックは彼をよく知っていた。

……あいつは、アラスの床屋のブルセルだ……

ヴィドックはもちろん返事をしないことにした。

この出来事は皆の注目を引いた。将校たちはヴィドックに視線を注いだ。将軍は振り返り、

「ヴィドックというのは、さて、誰のことかい」

床屋に尋ねた。

「ほら、あの男ですよ」

ハサミはヴィドックを指し示した。

「ルソー士官」

将軍はヴィドックに尋ねた。

「どういうことなのか、説明してくれたまえ」

ヴィドックは黙っていた。

疑念を抱いた将軍は立ち上がると、汚れたエプロンを外し、ヴィドックの方に近づいてきた。

「ルソー士官、説明してくれたまえ。この床屋はなぜ、君の名前をヴィドックと言っているのかね」

「わかりません」

ヴィドックの声には人を納得させる力強さがなかった。

「ひょっとしたら思い違いかも知れません」

「思い違いだって！」

床屋の発したその言葉は怒気を帯びていた。

「俺は馬鹿じゃないんだぞ。見間違えなんかするもんか。こいつはアラスのヴィドックだ」

「ルソー士官、どうなんだ！」

将軍は返事にこだわっていた。

返事がない。ヴィドックは鼻の前をぶんぶん飛び回るハエを払いのけた。遠方から砲声が聞こえる。

「ルソー士官、答えたまえ。君はルソーなのかね。それともヴィドックなのかね。私はフランス軍将校として、君の名誉のために尋ねているのだ」

「はあ、自分はヴィドックと申します」

二時間後、将校たちが急遽召集され、ヴィドックは懲戒裁判の被告席でこれまでの諸々の出来事を陳述した。結果は軍隊からの追放と氏名詐称の廉(かど)での逮捕となった。

その日のうちにヴィドックはリールの監獄にぶち込まれた。ちょうど二十歳になったばかりのことであった。

ジンギス・カーンとの脱獄

リールの町の監獄は円形の高層建物で、「聖ペテロ塔」と呼ばれていた。大きな角柱の石材を何層にも積み重ねて作られた監獄の塔の窓には格子がはめこまれ、どの戸にも閂がかけられていた。塔から数歩の所には高さ約三メートルの堅固な壁がそびえ、監獄の周囲をぐるりと取り囲んでいた。塔と壁との間に挟まれた回廊では看守が日夜番犬を連れて巡回していた。脱獄はまったく不可能だった。

ヴィドックはほんの数時間前まで押しも押されもせぬ将校だったので自由がきき、兵士たちから敬意をもってうやうやしく遇されていたのに、今度はその彼が鎖に繋がれ、そのうえ警官に棍棒で小突かれながらよろよろ歩かされ牢獄にぶち込まれたのだ。その時彼は、さながら地獄にでも突き落とされたかと思った。取り調べ室は息苦しくなるほど狭かった。不機嫌な警部はヴィドックに一瞥もくれず、彼の名前をノートに記入した。

鎖が外され、服を脱がされると、けばけばしい真っ赤な囚人服に着替えなければならなかった。それから廊下を通り抜け、中世風の石造りの建物の奥の獄舎に連れて行かれた。通路の左右にある牢の重々しい扉は太い角材で不細工に組まれている。

ある扉の前で看守が立ち止まると、がちゃがちゃ騒々しい音をたてて閂が外された。その扉を開けるには二人の看守が肩を押し当てて押さなければならないほどの重量があった。

扉の蝶番が軋み音をたて、扉が開いた。部屋の中は薄暗く空気が淀んでいる。汗と汚物の入り混じった悪臭が鼻につんときた。

息をしようとヴィドックはもがき後ずさりした。だが彼は看守から拳骨を数発喰らってしまった。逃れることはできない。足蹴を喰らって暗闇の牢獄の中に頭からぶち込まれた。

次第に暗闇に目が慣れてきた。格子窓からは弱々しい一条の陽光が差し込んでいる。彼は大勢の服役囚が居ることに気づいた。骸骨のように痩せ細った囚人たちの顔や歯、落ち窪んだ眼窩には輝きのない目が見てとれた。彼らは大部屋の奥でごろごろしている。囚人たちの顔はまるで髑髏（されこうべ）のようだ。新入りの顔をもっとよく眺めようと面々がそろりと立ち上がった時、辺りにはぞっとする無気味さが漂っていた。

「ヒッペック　イム　クナスト！」

ヴィドックの前に座っている老人がしわがれた声で彼に呼びかけてきた。聞き覚えのある言葉ではあったが、嫌な気分になった。それはアラスの暗黒街で習い覚えた悪党仲間の隠語だったからだ。もう二度とその手の言葉は聞きたくなかった。なのに、「牢獄にようこそ！」と隠語で歓迎を受けたのだ。

　ヴィドックは絶望的な気分に襲われた。

「イッヒ　スメルクス　ダダ　ニヒト　パシュルケ（俺はこんな所は我慢がならんのだ）」と、ヴィドックの口から隠語がぽろっとこぼれ落ちた。彼は老人の前でがくっとくずおれた。

「マン　スメルク　モンデ　パシュルケ」と、老人は骸骨のような手をヴィドックの肩に置いて声をかけてきた。つまり老人は、「たいがいのことは我慢できるさ」と言っていたのだ。

　数分すぎにはヴィドックは逆境を乗り越えようとしていた。生への意思がふつふつと蘇ってきたからだ。しばらくすると再び自分を取り戻した。

「ギープツ　プレッケル　ツァマラシーレン（脱獄のチャンスはあるかね）」と、ヴィドックは老人に尋ねた。

　老人は落ち窪んだ口元に指を置いて囁いた。

「バッチュ　フレッス。ゾンスト　シュンデット　デッヒ　アイナー　デン　フリーゼルンー（小声で話せよ。そうしねいと誰かに裏切られて看守たちにばらされてしまうからな）」

「ここには牢破りしようという奴は誰もいないのかい」

　と、ヴィドックは小声で尋ねた。

「とんでもねえ」

　という答えが返ってきたが、老人の声はかろうじて聞き取れるほどにか細かった。

「向こうにいるジンギス・カーンはその気満々だがね。あいつが脱獄するつもりでいるその魂胆を知っている奴は誰もいやしない。俺以外誰も知らないのさ」

老人は窓辺の近くに座っている男を指差した。男の風貌はかなりはっきり見分けがついた。ジンギス・カーンというその男の唇は厚ぼったく、両目は閉じたような細目で、眉はアーチを描き、カールした長い髪を花輪状に編んで頭に巻きつけていた。そして他の連中よりも栄養状態がよくたくましかった。

ヴィドックはジンギス・カーンに近づき、傍らに腰を下ろして隠語で話し始めた。隠語は信頼感を得るのに役に立った。

ジンギス・カーンという渾名のその男はフランス人だった。押し込み強盗の廉(かど)で懲役十年の刑を喰らったこの男は、ヴィドックにすぐに脱獄計画を耳打ちしてきた。隠語で「シュライフグランツェ」と呼ばれるヤスリを隠し持ち、このところ囚人仲間のいびきに合わせてたいそう苦労して、窓の格子に切り込みを入れるのに成功した、と打ち明けてくれた。準備万端整っている。あとはただ脱獄の相棒を見つけることだけなんだ、というのである。

「いっしょにやるかい」

と、その男は話を持ちかけてきた。

「ああ、やろうぜ。いつやるんだ」

「明日の晩だ」

その夜のうちに二人はベッドカバーを細長く短冊状に引き裂いて結び合わせ、ロープを作った。

深夜三時頃、ジンギス・カーンはヤスリで格子の鉄棒をそっと切断した。彼らはじっと待機していたが、パトロール中の看守が番犬とともに牢獄の窓の下を通り過ぎ、姿が消える頃合いを見計らって格子を外し、空いた隙間をするりとすり抜け、回廊の敷石の上にひょいと飛び下りた。ヴィドックもそれに続いた。

時間の無駄は許されない。ヴィドックは取り決めたとおりに「盗賊はしご」をかけた。回廊と牢獄の外との境にある高さ約三メートルの塀に寄りかかり、両手を組み合わせて、要するに鐙（あぶみ）のようなものを作った。ジンギス・カーンはまず左足をこの鐙にかけ、それから右足をヴィドックの肩に乗せた。そこから弾みをつけて一気に塀の上によじ上った。彼の目の前には自由な世界が広がっていた。

突然けたたましく番犬が吠え、非常警戒を呼びかける叫び声が聞こえ、さらに警報ベルがけたたましく鳴り響いた。脱獄が発覚したのだ。ヴィドックは上を見上げた。

……ジンギス・カーンの奴、俺を見捨てて一人で逃げるつもりなのかな……

悪魔の如き恐ろしい番犬が背中の黒い毛を逆立て、歯をかっとむき出しにしてヴィドック目がけて回廊を疾駆してきた。犬の後ろからは二人の看守が銃剣を肩からはずしながら追い駆けてきた。ジンギス・カーンは脱獄仲間に仁義を立てた。彼は単独で逃げおおせたにもかかわらず、塀の上からヴィドックめがけて代用ロープを下に垂らした。両手でロープを摑んだヴィドックは、それを手繰り寄せ、塀をよじ上った。間一髪だった。跳びかかってきた番犬の歯は虚しく空をがぶりと嚙みつくことになった。

二人は塀から露に濡れた草むらに飛び下りた。それから二人の脱獄囚は海のように広がるリールの町中に向かって疾走し、路地をやみくもに突っ走っているうちにお互いを見失ってしまった。

三発の大砲が闇夜に轟いた。ヴィドックはひたすら走り続けながら、せきたてられるようにあたりをぐるっと見回した。三発の大砲は脱獄の合図（しらせ）であり、それはまた一般市民に対して囚人服を着た脱獄囚を容赦なく追跡せよという号令であり、さらには「脱獄囚を捕らえよ！　奴らを連れ戻せ！　生かすも殺すもどちらでもかまわぬ。結果いかんにかかわらず、報奨金あり！」を意味していることを
ヴィドックは知っていた。

家々の窓ガラスに、灯りがぱっと点った。あわただしく服を着込む人影が目に入る。

……数分もすれば町中の連中に追いかけられ、何人かの男に縛り上げられ、めったやたらにぶん殴られ、挙げ句の果てに殴り殺されてしまうのか。なにしろ三連発の大砲のあの号令は、特別許可の合図だからな。多勢に無勢だ……

ヴィドックはある建物の裏手に通じるアーチ型の通路をくぐり抜け、その裏庭に入り込んだ。庭の敷石に座っている老人を目撃するや、はっとして後ずさりした。どうやら老人はたった今しがた号砲で目が覚めたばかりの様子。先のとがった顎髭を生やしたその老人は黒のズボンをはいている。上着はすり切れていてあちこちほころびているものの、仕立ての良さが今もなお見てとれる。

……行商を兼ねた藪医者かもな。脇にあるケースには、いろんな薬瓶が入っているのだろう。物がいっぱいに詰まった袋を見ると、このじいさんは古物商も兼ねているのだろうな……

ヴィドックは踵を返し、急ぎ足で表通りに戻ろうとしたその矢先に老人の呼び立てる声を耳にした。
「へ、ユンゲルヒェン、ノヴェントニー　ハット　デッヒ　ブリンケルト。スペン、ダ！（おい、にいさん、お前さんを見かけた奴なんか誰もいやしないさ。ここに居なよ！）」

隠語を耳にして、ヴィドックはほっと胸をなで下ろした。彼は立ちすくんでいた。老人が悪党仲間の手合いなら、ひょっとしたら助けてもらえるかも知れない、と彼は思った。

老人は袋の中をひっかき回して、中から上着とズボンを探し出した。

「ほら、このぼろ服に着替えな、急げよ」

老人はヴィドックに服を差し出してくれた。

ヴィドックは飛び跳ねるように走り寄り、それを掴もうと手を伸ばしたちょうどその瞬間、まるで渡す気などないかのように老人はすぐに引っ込めてしまった。

「どういうことなんですか」

と、ヴィドックは切羽詰まって問い質した。

「くれないんですか！　時間がないんです」

「あげるよ。でもなあ、俺と一緒に旅回りの仕事をすると約束してくれないと駄目だね」

「そうします」

ヴィドックの足元にぽいと服が放り投げられた。彼はひと目でばれてしまう囚人服を破り捨て、ズボンをはき、上着を身につけた。

その合間に老人は、ヴィドックが脱ぎ捨てた囚人服を袋の中に詰め込んで隠してくれた。ヴィドックはいかにも眠そうに目をしばたたかせながら、老人の傍らに腰を下ろした。表の通りからは右往左往して走り回る足音や呼び声が聞こえる。脱獄囚の追跡は今まさにたけなわなのだ。ナイフ、棍棒、斧、縄を手にした男たちが時折、二人のいる裏庭を覗きこんだが、それもほんの数秒にすぎなかった。というのもそこに居るのは旅回りの外科医とその若い助手だけであり、囚人など居合わせていないことが一目瞭然だったからである。

呪術師の秘密

クリスチャンという名のこの藪医者は、人間や動植物に危害をもたらす黒魔術を取り除くことができると言い触らし、我こそがこの世でもっとも優れた医者であるなどと豪語していた。要するにこの男は、近代の犯罪捜査学上の表現を用いるならば、心霊術師、つまり民衆の信じる迷信を逆手に商売する詐欺師なのだ。

当時は、この手の詐欺師が生きていくのに苦労はなかった。大方の人々が魔術や悪霊を呼び出す黒魔術を信じていて、病気には自然法則に基づいた原因があるなどとは思いも寄らぬことだったからだ。例えばインフルエンザに感染したのは、黒魔術にかけられ邪眼につきまとわれたからだとか、あるいは魔術をかけられてしまったからだ、と信じ込んでいた。雌牛から乳が出なくなると、それは呪いにかけられたためであるとか、あるいは呪文のせいでこうなってしまったのだ、などと信じられていた。そうした手合いの言うことによれば、悪霊退治するには、ただ単に薬を飲めばいいのではなく、ありとあらゆる呪文を唱えて始めて、人間や動物の健康が取り戻せる、というのである。

要するにクリスチャンは医者であると同時に呪術師であった。こうしてヴィドックは翌朝老人と一緒に郊外へと向かったのである。すでに評判を得ていたこの藪医者が、どこへ行っても畏敬の念を持ってうやうやしく迎えられているのを目の当たりにして、ヴィドックは驚いた。

ヴィドックの仕事は薬瓶の入った重い商品箱をロープで首から吊るし、腹でかかえて持ち運ぶことであった。さらに老いたクリスチャンが呪文を唱える儀式の最中には、助手の役割を演じなければならなかった。この偉大な医者が病人の目の前で瞑想に耽ったり、あるいは呪文をブツブツ唱えるたびに、ヴィドックはロウソクに火を灯しては花火を爆発させ、見物人たちをあっと驚かせ、後方にのけ反らせていた。この年老いた呪術師が呪文を唱えて手にするものに疑いを挟む余地はなかった。なにしろ人々はクリスチャンがかける魔法の威力を信じ込んでいたので、彼らが患っていたどうということもない軽い病気――発熱、インフルエンザ、頭痛やそれに似た類の病から、それまでよりずっと速やかに快復できたからである。

家畜の治療の場合は、もちろん別の方法を用いなければならなかった。彼の治療方法は特異なものだった。ある村ないしある屋敷を訪れる二日前に、ヴィドックが先発して、こっそり先方の家畜小屋にもぐり込み、ある粉薬を餌に振りかけるように、と藪医者から指示を受けた。

「その仕事をする時には、人に見られないように気をつけるんだよ」

と、ヴィドックは藪医者からきつく言い渡されていた。

「どうしてそんなことをするんですか。いったい何のためなんですか。この粉薬は何なのですか」

「あんちゃん、この薬にはちゃんと効き目があるんだよ。そりゃー、たいした粉薬なんでね。でも、投与してから二日経過しないと効目が出てこないんだ。効果は即刻、目に見えなきゃならんだろ。そこで、俺が到着する二日前に、この粉薬を病んでいる家畜に投与してほしいのさ。そうすりゃあ、俺が村に着いたら、時間どおりに薬の効き目が現れてくるという計算なのさ。着いたら俺は呪文を唱え、錠剤を二、三粒飲ませる。すると、長いこと患っていたあいつらが突然ピンシャンしてくるというわけさ。わかったかい」

ヴィドックにはすべてが少々奇妙に思えたが、このペテンを見破るまで長いこと命令されるがままに振る舞っていた。というのも、農民たちから何度となく聞いた話では、家畜は彼ら二人が村に来る前の二日間、つまりヴィドックが餌の中に粉薬を振りまいたその時点から調子が悪くなったというのだ。そこで突然、ヴィドックの頭にぴんとひらめくものがあった。

「クリスチャン」

比較的長い旅を終えてリールの町に近づき、町を囲む城壁が見えるようになったその頃、彼は口火を切った。

「クリスチャン、あんたはたいした山師だね」

老人は反論もせず、侮辱されたというよりむしろお世辞でも言われている気分だった。いたずらっぽくにたにた笑いながら応じた。

「どうしてわかったのかい、そいつを聞かせてくれないか」

「僕が餌の中に混ぜた粉は、薬じゃなくて毒ですよね。そいつは健康な家畜を病気にしてしまったんだ。だから、偉大な医師という肩書のあなたが病気の牛がいる村にやって来ると、あんたは心からの歓迎を受けることになる。あなたは家畜の病の原因を知っているから、治療ができるんですよね。特効薬を投与すれば家畜は再び健康を取り戻すことになる、というわけですよね」

「よく観察したね、あんちゃん。だがたった一点、お前は思い違いをしていおるぞ。俺が出す特効薬には何の効き目もないのさ」

「じゃあ家畜はどうして元気になったんですか」

「お前さんが餌に混ぜた毒は二日しか効かないんだ。二日後に家畜は自力でぴんしゃんするという寸法なのさ。ちょうどその頃俺がやって来て、薬を施してちちんぷいぷいと唱えれば、世間の連中はみんな、この俺が病気を治したと思い込んでくれるというわけさ」

クリスチャンはそう言って笑った。

「こんなインチキはもう御免です」

と、ヴィドックはきっぱり言い放った。

クリスチャンは驚いて立ち尽くした。

「馬鹿な奴だ！」

彼は怒った。

「こんなうま味のある商売は二つとないんだよ。俺の助手なら、とにかくなんとかうまくやってゆけるだろ。それに俺ももう年だから、いつかお前に後釜になってもらおうと思っているんだ。そうしたらお前は一人でがっぽり稼げるんだよ」

「そんな話は結構です。僕はまっとうな人生を送るつもりでいますから」

老人はせせら笑った。

「脱獄囚のお前がどうやって生きてゆくつもりなのかね。話を聞いた以上、まっとうな人生なんかどうして勧められる。馬鹿な奴だ。とにかくお前にはそんなことはできないね。お前はいつまでも逃げ回っていなければならんのだよ。いつまでも裏社会で生きることになるのさ。そうしなければお前はしょっぴかれてしまうからな。本名で世間に出ても、裏切者に足を引っ張られるのがオチだね。どこかで職人仕事に就いても、もう一度鎖に繋がれるのは時間の問題だ。堅気の生活を送るチャンスなんかありゃしないぜ。でも俺は、お前がのんびり暮らして行けるようにしてやるつもりでいるんだよ。

お前には才能があるし、手際がいいからな。これまで誰にも捕まったことがないし、役者の才能もあるしね。俺たちがやっているトリックには、こいつはたいそう重要なことなんだ。身の程をわきまえるんだ！」

「思い通りにならないことはわかっています。でも僕は堅気の生活を始めるつもりなんです」

「脱獄囚のお前が将来成功する見込みも、チャンスもまるっきりありゃーしないね」

「ここでお別れします。ごきげんようクリスチャン」

「待て、あんちゃん！　あそこの町外れの城壁の外にある家が見えるかい」

クリスチャンは一軒の荒れ果てた建物を指差した。その家は近くの蒸留酒製造所からの煙で煤けていた。

「ええ」

「あそこに俺の仲間が何人か住んでいるんだ。そこへ一緒に行こう。しばらく寄ってみなよ。ひょっとしたら気に入るかも知れんぞ」

ヴィドックは肩をすくめた。

……数時間ぐらいなら一緒にいてもかまわないか……

黒く煤けた盗賊どもの巣窟

その家には部屋が一つしかなかった。こけら葺きの屋根に開いた穴の隙間から陽の光が部屋に差し込み、壁は煤けている。土間の焚火の周りには、肌の黒い黒髪の男たちが色鮮やかな異国風の服を着てごろごろ寝転んでいる。クリスチャンとヴィドックが家の中に入ると、全員が一斉に起き上がった。そこにいる男も女も身につけている安っぽい装身具が炎を受けてきらきらと輝いている。部屋の隅からギターを爪弾く音が聞こえてきた。

「やあみんな、新入りを連れてきたぞ」

と、クリスチャンが大声を上げた。

一瞬のうちにヴィドックはぐるりと取り囲まれた。男たちは握手を求め、女たちは抱擁してきた。彼は無理やり床に座らされると、片方の手にはラムの焼き肉を、もう一方の手には半分空になった赤ワインの瓶を押しつけられた。彼らはヴィドックたちを取り囲むように腰を下ろした。

「おい、あんちゃん、みんなが気持ちよく受け入れてくれたことがわかるだろ」

と、クリスチャンが言った。皆と同じように飲食物をわけてもらった彼はむしゃむしゃずるずると音をたてながら、いかにも美味そうに飲み食いしていた。

食後しばらくしてクリスチャンはヴィドックを部屋の隅に引っ張ってゆき、そこで話を続けた。

「こいつらは皆、どこからやって来たかわからん連中なんだ。でもなあ、この一味は一家を構えて団結しているんだよ。俺の紹介でお前はみんなに受け入れてもらえたんだぞ。この組織のメンバーになれるということだ。これはとっても名誉なことなんだ。それに、いい機会でもあるのさ。お前が生きるための唯一のチャンスなんだぞ」

それからクリスチャンは組織のメンバーをそれぞれ紹介した。

彼の話によると、メンバーは女占い師、女手相師、ナイフを飲み込む大道芸人、操り人形師、綱渡りの曲芸師、熊に大道芸をさせる芸人だった。彼らは押し込み強盗団と手を組み、五人から八人でグループを作って各地を旅するのだが、長くても二週間で再びリールの町外れにある黒く煤けたこの家に戻ってくるという。つまり芸人たちが村の広場で披露する大道芸は、観客の関心を住民の自宅からそらすためにすぎないのである。占い師、綱渡り芸人、曲芸師、熊使いの芸人が観客を楽しませているその最中に、仲間が誰もいない家に忍び足で侵入する。番犬がいようがドアに鍵がかかっていようが、連中にとってはそんなことはとりたてて問題ではない。というのもこの一味にはどんな難題にも対処できる専門家がうち揃っているからさ。針金一本あればどんな錠もこじ開け、また元どおりに戻せる奴も控えている。すべては家宅侵入がすぐに発覚しないようにするためにたいへん重要なことだからだ。犬の手なずけ方法を心得ている男はどんな獰猛な番犬でも、それはそれは見事におとなしくさせ、準備しておいた肉の餌をやって眠らせてしまう。さらに一味の中には千里眼と言っていいほどの眼力で戸棚や引き出しの中、あるいは床板の下や羽目板の中から秘密の隠し戸棚を見つけ出し、へそくりや正真正銘のお宝を見つける才能をそなえた連中が幾人かいる。盗みの最中に誰か一人は、家主が帰ってこないかどうか見張り番をして、家に入り込んでいる仲間にそれとなく合図を送る、という話であった。

クリスチャンは最後にヴィドックを奮い立たせるような調子でつけ加えた。

「あんちゃんよ、お前は見習いとしてこの一味に受け入れてもらえるんだよ。ここで気の利いたことを学ぶといい。例えば錠前の外し方や猛犬のなだめ方、人様のポケットから時計や財布などの役に立つ物をちょいと失敬する方法をたくさん学んでもらいたいね。お前は頭がいいし、動作も機敏だし、結構な大物になれるよ。俺の言うことを信じるんだな。お前には素質がある。畏怖の念を持って国中の人々の口の端に上る大物になれるよ」

クリスチャンの思惑とは裏腹に、ヴィドックはそんな名声が得られる見通しにまったく心が動かされなかった。

「いいえ、結構です。僕には別の目標がありますから。ごまかしのないまっとうな人生を歩むつもりです」

と、ヴィドックは断った。

「おい、青年！」

クリスチャンは馬鹿なことを口走る愚か者をなだめすかすように、ゆっくりと話を続けた。

「あんちゃん、そんなやくたいもない計画はおやめ。まっとうな人生を送るにはもう手遅れなんだ。お前は自分の過去を取り消すことはできんのだよ。堅気の人生を始めたって、その時点でおしまいだな。言うなればお前は、お天道様の光を浴びる間もあらばこそ、警察にしょっぴかれる破目になるのさ。とにかく破滅に向かって突っ走るんじゃないよ。悪党になれ。そうすれば、俺はお前を豚箱ゆきにならないようにしてやるから……」

「僕が捕まらないように守ってくれると言うのですか」

「もちろん」

「へえ。いったいどうやって僕を守ってくれるんですか」

「俺の言うことをよく聞け！　さっきも言ったように、俺たちはありとあらゆるいかさまのプロを揃えているんだ。身分証明書の偽造ができる奴もいる。まずは、お前に偽の身分証明書を手配してやろう。こいつがあればもう大丈夫だ。何の問題もない。俺たちの申し分のない組織のことを忘れるんじゃないよ。たとえお前にとって何か不利な証言があったとしても、俺たち一味が口裏を合わせてお前を守ってやるんだよ。誰かがやって来て、お前の名前がヴィドックだと言い募っても、仲間の二人が雁首揃えて、違う、とどんな誓いでもしてくれるのさ。お前に不利な証言をする証人を警官が二人連れてきて、お前が町の西部地区でよからぬことをしでかしたという供述があっても、俺たちはお前を不起訴にできる三人の目撃者を出廷させて、犯行時には現場とは違う別の町の東部地区に居た、などとアリバイの口裏合わせをしてくれるのさ。俺たちはいつだって少なくとも一人は余計に証人を準備するんだ。まあ、偽りの証人なんだがね。いい加減俺の言うことを信じろよ。証人が偽りであろうがなかろうがそんなことはどうでもいい。証人の人数が事態を決定するのさ。三人の証人が偽りの証言をすれば、あとの二人の証言がたとえ正しくても、最初の三人の言うことを信じてもらえるんだ。俺たちの仲間に加わりさえすれば、お前はもう二度と牢獄に入ることはないのさ。俺たちの仲間に加わらないのなら、破滅も同然だがね」

ヴィドックは納得できなかった。

「ここを出ます、クリスチャン。あなたのご好意にはたいへん感謝しています」

そう言ってヴィドックは家を出ていった。

「あんちゃん、ムショでお前の顔を知っている奴に見つかり次第、お前はしょっぴかれることになるんだぞ！」

と、クリスチャンは別れ際に大声で叫んだ。

ほどなくヴィドックは逮捕された。たまたま鉢合わせした警察官に脱獄犯であると見抜かれてしまったのだ。

「止まれ！　手を上げろ！　回れ右！　前へ進め！」

両手を上げたヴィドックの背中には銃身が押しつけられ、他人の不幸を喜ぶ人々の嘲笑と罵詈雑言を浴びながら、町を抜け、「聖ペテロ塔」に向かって行進することになった。

取調室でヴィドックは署員から再会できて嬉しいなどという皮肉まじりの挨拶を受けた。ある警官から聞かされた話によると、例のジンギス・カーンは脱獄直後、街中で人に気づかれて、その場で殴り殺されたという。捕物劇に参加した連中は、脱獄犯捕縛の報奨金を手にしようと、ジンギスカ・カーンの遺体を牢獄まで運んだというのだ。

「この一件をお前さんは教訓とするんだな」

と、受付の警官が諭した。

「再度脱獄したら、お前も同じ目に遭うことになるからな。誰の目にも受刑者だとわかるように、さあ、この囚人服を着るんだ。あんな馬鹿げたことはやらんように、充分に分別を持って行動してくれよな」

ヴィドックは警官が差し出した、誰の目にも素性がわかるその獄衣をじっと見つめた。どうしたらいいのだろう、と彼は精神を集中させてあれこれ考えた。

……こいつを着てまた監獄の奥深く、モグラの巣穴に押し込まれてしまったなら、もうチャンスはいずれにしても今よりはずっと少なくなってしまうよな……

彼はぐるりと見回した。警官たちは注意を払っていない。なぜならこの取調室から脱走を企てた者はこれまでいなかったからだ。身柄拘束をした輩が脱走などという大胆不敵な行動に打って出るとは思いもよらぬことだ。それゆえ、警官たちはヴィドックの挙動にほとんど気にも留めていなかった。ヴィドックはまるでバネでパチンと弾かれたように出口に向かって突進して行った。もちろん、それまで無関心だった警官たちははっと我に返った。ヴィドックは、あっけにとられている警官の一人から銃を奪い取るや戸口に向かって突っ走り、その銃で脅して守衛の動きを封じ、さらに素早く門を引き抜いてドアを開け、中庭に向かった。監獄の門はちょうど開け放たれていた。それは監獄の外から戻ってきた囚人たちを中庭に入れるためであった。ヴィドックは門の傍らに立っている完全武装した二人の門衛の脇を猛然と疾走していった。唖然呆然の門衛たちは肩から銃をはずして、ヴィドックに向けて狙いを定めようにも、もたもたしてしまった。門衛たちが引き金を引こうとしたときにはもう手遅れだった。もし彼らが発砲していたら、その弾丸はヴィドックの疾走する方向であんぐり口を開け、ぽかんと突っ立っている何人かの市民に命中していたかも知れない。

結局のところ発砲という事態には至らなかった。しかし、わめきながら追い駆ける警官たちの靴の音、けたたましい非常警報ベルの音、猛犬の吠え声が聞こえた。実はこの犬は逃亡者のみならず、誰であろうと相手かまわず襲いかかる習性があるので、引き綱を放してけしかけるわけにはいかなかった。

ヴィドックは強奪した銃を放り投げた。横丁をめったやたらに駆け抜け、何回かは急に向きを変えて疾走し、やがて追いかけてくる人影が見えなくなった。そこで彼はやっと走る速度を緩めた。脱走に成功したのだ。いま重要なのは再逮捕されないように注意することだ。

彼はあえて働き口を探さなかった。食堂で警官とばったり鉢合わせすることの不安から、その手の場所にはいっさい近づかなかった。道路に面していない家の中庭をうろうろすることもあったが、家の住人に不審がられることもあり、再び気づかれぬように姿を消した。

このままでは立ちゆかないとすぐに悟った。

……でも、どうしたらいいのだろう……

彼はあのクリスチャンたちの一味の所に戻る気はなかった。戻ればもちろん助けてもらえるだろうが、しかしそれには条件があった。すなわちそれは鍛えてもらったうえで、畏怖の念をもって国中の人々の口の端に上るような大物の悪党にならなければならないというのだ。彼はあの呪術師の教訓を思いだした。それは、年老いたクリスチャンの今なお彼の耳に残ってる言葉、「堅気の人生を始めたって、その時点でお前さんはおしまいだな。言うなればお前は、お天道様の光を浴びる間もあらばこそ、警察にしょっぴかれる破目になるのさ」という教訓だ。

ヴィドックには年老いたクリスチャンの言うことが正しいように思えた。

長いことあれこれ考えをめぐらした。住民の誰もが陽の光を避けるあの暗黒の魔界に保護を求める以外、なす術が思い浮かばなかった。まずは悪党が出入りする居酒屋のボーイの職に就こうと思った。そういった酒場には秘密の抜け穴があることを経験的に知っていたからだ。そんな場所なら警察の手入れから身を守り、安全と安らぎが手に入るものと考えたのだ。

リールの町の暗黒街を探しだすことはたやすかった。ひと目見ればそいつが悪党なのかどうか見分けられたからだ。鼻をクンクンいわせてあたりの臭いを嗅ぎ、獣道を探る猟犬さながらに、自分の勘を頼りに悪党のたむろする場所にただひたすら導かれて行きさえすればよかった。

居酒屋「愉快な偽証亭」

まもなくヴィドックは悪党のたむろする一郭に隠れ家として手頃な居酒屋を見つけた。その小さな居酒屋は薄暗くて埃っぽく、三カ所に秘密の脱出口を備えていた。「高級茶寮エウロペ」などという尊大な名称を名乗っていたが、常連客からは「愉快な偽証亭」と呼ばれていた。彼はそこでボーイ兼皿洗いとして雇ってもらった。

読み書きができるという噂が広まると、悪党連中から恩赦の嘆願書、諸々の請願書、金銭無心の手紙、私信、さらには隠語で「カシバー」と呼ぶ囚人向けの秘密の通信文などの文書作成の依頼が舞い込んできた。

ヴィドックはたちまち一目置かれる存在となった。皆が彼の学識と分別を褒めちぎった。暗黒街の帝王の一人で、罵詈雑言の限りを尽くす性癖のゆえに「毒づき大将（ジュエルバッセル）」と呼ばれていた男から、彼の率いる組織の幹部になってほしいと言われたこともあった。それはある押し込み強盗の計画を立案する元締めのポストであった。ヴィドックはその申し出を丁重に断ったが、「毒づき大将（ジュエルバッセル）」はひどく驚いて口汚く罵ってきた。

しばらくするとヴィドックは居酒屋の馴染み客の誰からも信頼されるようになった。別に意図したわけではなかったが、国際的な規模の悪党組織の極秘情報の数々を耳にすることになった。彼が聞き知ったところによると、犯罪者は皆等しく同等というわけではなく、厳しい階級的差別があった。居酒屋「愉快な偽証亭」は盗っ人だけの行きつけの飲み屋にすぎなかった。詐欺師、乞食、辻強盗、殺し屋はこの店に立ち入ることは許されなかった。一方、盗っ人は強盗のたむろする居酒屋に立ち入ることは許されなかった。それ以外の別の同業者はそれぞれ別の専用の居酒屋に出入りしているという話であった。

泥棒の仲間うちにもまた、細かな区別があった。盗っ人が皆、等しく同じ盗っ人仲間ということにはならないというのだ。「ブーカルディエ」という泥棒仲間は夜間に店に侵入し、「ドゥトゥルヌール」という盗っ人の一味は同じ店でも店内が混雑している昼間に盗みを働いた。「ルールティエール」一党は走行中の馬車の荷台からトランクや旅行バッグをくすねていた。それに対して「フルウール」はスリに特化していた。

悪党はどこまでも自分の流儀に忠実でなければならなかった。スリはスリ家業に徹しなければならず、押し込み強盗たちと競うことは許されなかった。押し込み強盗は行商の馬車の荷物を盗むことは許されなかった。

ヴィドックはこういった情報を偶然、耳にしてしまった。それに悪党どもが居酒屋で破廉恥な悪行の数々をいかにも自慢げに吹聴したり、あるいは狙った押し込み強盗の実施計画をいかに練り上げてゆくか、その手口も小耳に挟んだ。だから、連中がどんな犯罪に手を染めたのか知っていたし、いつどこで押し込み強盗が発生するか、あらかじめ承知していた。彼は盗賊団の親玉、犯行現場での見張り番、盗品の売却先の業者とも顔見知りであった。もし仮にヴィドックがその知識を活用する気になりさえすれば、彼はリールの暗黒街の組織の半分を壊滅させることができたかも知れない。

警察はこうした悪党にまるっきり対応できていなかった。警官は人目につく制服姿で行動するので、その存在はすぐにわかってしまう。警官が現れると、暗黒街の非常警報の全システムが作動し、ただちに予防的な対抗措置が講じられていた。警官は犯罪組織やその計画についての予備知識もなく、悪党の親玉の顔も知らなければ、盗品買い取り屋の知り合いもなく、暗黒界の隠語も知らなかった。さらに大昔から警官は、悪党どもの間ではごく普通に使われていた秘密の符号についても皆目知識がなかった。ヴィドックはもちろんこの手の符号を知っていた。居酒屋「愉快な偽証亭」で、空き巣狙い専門の老人からこの符号についても教えてもらっていた。

秘密の符号とは、悪党どもが家々の戸口に目立たぬように記した印であり、それはその家の住民についての諸々の情報を悪党仲間に伝達する国際的な暗号であった。この秘密を知っている者にとって、どの家もいわば頁の開かれた書物も同然だった。たとえばある家に警官が住んでいる場合、その家のドアの脇には、警告の印として一本の縦棒に三本の横棒を引いた記号が印された。正方形の真ん中に点を一つ打ってあると、家主が武器を所持していることを意味する。三角形が一つの印は、その家の住人が女性だけであるということだ。三重丸は住民がたいそう裕福であることを、ジグザグな稲妻の印は、その家に噛みつき癖のある猛犬が控えていることを、さらに一本の波型の印は、その家の住人が間抜けなお人好しであるという合図であった。三角形の中に波線が一本ある印は、逃亡の際に助けが期待でき、半円形に斜線の印は、この家に盗品買い取り屋が住んでいて、ハート形の印は女の魅力でこの家主を簡単に篭絡できる合図の符号であった。

どこかにハート形の印が刻まれた家があると、盗賊団の女性たちは行動に打って出た。家主が女たちの艶っぽい会話に引きずり込まれている最中に、押し込み強盗どもは家の中のものをひそかに運び出してしまうのだ。彼女たちは「出撃命令」がない限り、居酒屋「愉快な偽証亭」でヴィドックのそばに腰をおろして座っていた。それは〝密輸業者の男装のマドレーヌ〟、〝火酒（シュナップス）のリリー〟、〝アブサンのアンジェリカ〟、〝アメリカ女〟、〝破綻招きのポーレット〟、〝マドリードのモニック〟の面々で、例外なく関わりは遠慮したいおあ姉さんたちであった。

ところが、時々店にやって来る素性のわからないフランシーヌという娘がいた。彼女は控え目で、親切で謙虚、しかも少々はにかみ屋だった。彼女が何で生計を立てているのか、ヴィドックには皆目見当もつかなかった。そもそも窃盗などできるとはとうてい思えなかった。彼にとってこの女性は市民階級、つまり慎み深さと秩序ある健全な世界の化身であった。そんな娘に心惹かれたヴィドックは幸せにも彼女と婚約することができた。ところがある日、彼は暗黒街とは別の地区に足を伸ばした。その時、その一郭の喫茶店で、フランシーヌがきちんとした、値のはる服を着こなした見知らぬ男といるのを目にした。

彼は嫉妬に駆られて彼女に釈明を求めた。彼女は彼をなだめ、人目を避けようとした。ところがその見知らぬ男は飛び跳ねるようにして席から立ち、銀ボタンのついたチョッキの裾を摑んでしゃきっと正すと、横柄な態度で怒りもあらわに無礼な振る舞いはよせ、と言い放ってヴィドックの首根っこを摑んだ。事はただでは済まなかった。その態度にヴィドックは自制心を失い、今度は彼のほうから男の絹のネクタイを摑んだ。すると相手の男はアッパーカットを次々と放ってきた。ヴィドックの鼻から血が滴り、左の目が青紫色の痣になって腫れ上がった。見知らぬ男の口の中からは、折れた歯が飛び出してきた。ところがヴィドックは、駆け寄ってきた男たちに羽交い絞めにされ、ロープで縛り上げられ、「聖ペテロ塔」に突き出されてしまった。

「しがない庶民をぶっ飛ばした輩をしょっぴいてきましたぞ！」

と、連中は大声を張り上げた。

「たいそうな獲物を捕えましたなあ。こいつは二度も脱獄を図った、あのヴィドックですぞ」

と、留置場の事務室の警官は彼らを褒めそやした。

冤罪で喰らった有罪判決

ヴィドックはその日のうちに裁判官の前に連れ出された。彼は行動のすべては怒りの発作に突き動かされて制御不能に陥ってしまったためであり、そうした所業のすべてに今は心から後悔していると深い懺悔の言葉を述べたが、その思いは裁判官には通じなかった。というのもフランシーヌはヴィドックが思っていたほどには、奥ゆかしくも、控え目でも、はにかみ屋でもなく、身過ぎ世過ぎの金と引き換えにある種のサーヴィスの仕事に関わっていて、その最中にあちこちでものをくすねていた女であることが公判の過程で明らかになったのである。それゆえ裁判官は、ヴィドックの暴行事件は偶然ではなく、いざこざでもめている最中に相手から物をくすねてやろうという魂胆の八百長芝居である、と断定した。

この一件に関して下された判決は窃盗の廉(かど)で禁固刑三カ月だった。これは明らかに誤審である。

そのすぐ後、ヴィドックは再び誤審の犠牲になった。それは次のような成り行きで起こった。ヴィドックは当時「脱獄の天才」という芳しからざる名声を博していた。それゆえ、刑務所の幹部職員たちはヴィドックを他の囚人たちと同じ牢獄に閉じ込めず、「雄牛の目」という名の脱獄不可能な独房に収容するのが得策と考えた。ちなみに「雄牛の目」という呼称の由来は、その独房にある格子付きの丸窓が雄牛の目を思い起こさせるからである。ヴィドックの独房は「聖ペテロ塔」の六階にあった。そこから脱獄を図るためには、各階の検問所を突破しなければならない。さらに留置場の取調室、塔の出入口、牢獄の出入口のそれぞれにチェックポイントがある。この関門を突破して脱獄に成功した囚人は、これまで一人もいなかった。窓をすり抜けての脱獄も、ヴィドックには不可能同然に思えた。というのも窓の格子を切断するヤスリもなければ、下りるためのザイルもなかった。そのうえ日々監視人がやって来ては、ひょっとしたらヤスリで鉄格子に切り込みを入れていないかどうかを点検していたからである。

彼は窓辺で何時間も突っ立ったまま、丸窓越しに秋風にそよぐ木の葉を眺めていた。

ある日のことエルボーとグルーアールという二人の囚人が彼の牢獄に連れられてきた。かぎ鼻で眉間が狭く、目に落ち着きのないエルボーは大げさな身振り素振りで、言葉巧みに次のような事情をヴィドックに聞かせてくれた。彼によると、ある大部屋の牢獄に大家族を抱える年老いた貧しい農夫セバスチャン・ボワテルという男が収監されているというのだ。この男は種芋の窃盗の廉(かど)で禁固六年もの刑に服さなければならず、そのため一家の大黒柱を奪われ、とり残された彼の妻子は、そのうち生活破綻の憂き目に遭うことになるだろうという話であった。

そこでエルボーとグルーアールは手を組んで、この哀れなボワテルが一刻も早く恩赦にあずかれるよう、嘆願書を出してやろうと決意を固めたというのである。ところがエルボーやグルーアールがいる大部屋では、練に練った嘆願書を書き上げるのに必要な静寂が欠けているので、監獄の幹部に嘆願して、この「雄牛の目」に牢替えしてもらったというのだ。顔が青ざめ、どこか無頓着な様子のグルーアールはエルボーに促されると、「そうそう、そのとおり」などと舌足らずに相づちを打っていた。

ヴィドックは少しでも話し相手ができたことが嬉しかった。彼はみずから協力を申し出た。ところが二人は大袈裟といっていいほど丁重にその申し出を断ってきた。彼らは取り組んでいる書類作成がヴィドックの目に触れぬようにしていたが、二人とも自分たちが認めているその書類がいかにも羨ましくてならぬとでも言った風な様子だった。

数日後エルボーとグルーアールはヴィドックの房を離れた。彼らは書類を受け取りに監獄にやって来たボワテル夫人にそれを手渡した。聞くところによれば、パリに送付するということであった。実は、その書類を受け取った夫人は、この二人の詐欺師に法外な額の謝礼金をこっそり手渡したのだが、当時それに気づいた者は誰もいなかった。

殊のほか早急なことに、二日後にはボワテルの兄弟二人が、パリの消印のある雄々しい筆致の署名が記された政府発行の恩赦状を携えてやって来た。それをすでに予想していたのかボワテルは、当日の朝方には早々に自分の手荷物をまとめ出所支度を整えていた。監獄の執務室勤務の警官はボワテルを出獄させてから、その恩赦状を監獄の所長室に提出した。

口髭をはやし、顔が真っ赤で肥満体の刑務所長は絶えず目をむく癖があり、そのうえ癇癪持ちのため所員全員から恐れられていた。翌日、所長がその恩赦状に目を通すと、彼はひと目でこの書類の文言はもとより、パリの消印の日付や署名がことごとく偽物であることに気づいた。要するに、エルボーとグルーアールがヴィドックの房で起草していたのは嘆願書などではなく、恩赦の旨を記した嘘偽りの書類であったのだ。怒りのあまりに逆上した所長に、尋問を受けた二人の詐欺師は知らぬ顔の半兵衛を決め込んでいた。エルボーは弁舌さわやかに嘘偽りを申し立てたのだ。「グルーアールと私には文章を書く能力なんぞまったく持ち合わせておりません。でも『雄牛の目』の囚人ヴィドックならおそらく、その手の技には充分精通しているはずです。だからこそ我々はヴィドックに恩赦願いの文書を起草してもらうために、あの男の房に部屋替えしてもらったのです。ところがあの男は、嘆願書を書くどころか恩赦状を偽造したとうかがって、実に驚愕しております。いやそれどころか我々は腹を立てております。当方としては、そういった類のことに関与するつもりもありません。なぜなら公文書偽造はどれほどの大罪であるか、重々承知しているからであります」

グルーアールも相棒の言うことに嘘偽りはない、と請け合った。尋問に引っ張り出されたヴィドックは最初、すっかり頭が混乱して、怒り心頭に発した刑務所長が彼に何を聞こうとしているか、その理由（わけ）がわからなかった。訴えられた罪状の意味が最終的にはっきりわかった時、彼はすぐに否認したが、しかしそんな事は何の役にもたたなかった。二人の証人が彼に不利な証言をしたからである。万事休すであった。

一七九六年十二月二十七日の法廷尋問でエルボーとグルーアールの双方は、自分たちの陳述は真実であり、ありのままの事実以外は何も言っていないと宣誓した。ヴィドックは無実を訴えたが無駄であった。彼は自分が執筆者ではないという証拠提示のために、自分の筆跡と例の文章に記された明らかに異なる筆跡を鑑定してくれるよう必死で懇願したが、裁判官はうんざりした表情を見せながら手を振って拒絶した。

「そんな当節流行の鑑定なんぞ持ち出さないでくれたまえ。この席にはお前に不利な証言をしている証人が二人もそろっておるのだぞ。それでもう充分だ」

裁判官はヴィドックに強制労働八年の有罪判決を下した。

八年の強制労働——これは鎖に繋がれ、八年もの長きにわたって重罪人と一緒に、つらく厳しい労役に服さなければならない。つまり八年もの間、フランスでもっとも恐れられている悪名高き三つの牢獄のうちのどこかに収監されることを意味した。聞いた話によれば、八年もの強制労働に耐えて生き延びることはほとんど不可能である、という。たとえ生き延びても、その人は精神的にも肉体的にも病んでしまい、命尽きるまで廃人のままでいる、という話であった。

ヴィドックは二十一歳になっていた。

彼はひとたび鎖に繋がれて牢獄に監禁されてしまったならば、二度と脱獄はありえないことを承知していた。だからこそ、たとえ不可能であったとしても、彼は牢獄「雄牛の目」から今すぐにでも脱獄しないわけにはいかなかったのである。

「雄牛の目」からの脱獄

ヴィドックは窓辺に立って格子越しに外を眺めていた。戸外では雪が降っていた。その時、錠前を外し、閂を抜く騒々しい音が背後から聞こえてきた。振り返るとドアが開き、二カ月の禁固刑からつい最近釈放されたばかりのフランシーヌが入ってきた。彼女は盗品とおぼしき高価な狐の毛皮の防寒用マフを手にはめていた。看守が彼らを二人だけにしてくれたその時、彼女はやおらマフの中からくちゃくちゃに丸めた包みを取り出した。ヴィドックは包みを解いてみたが、最初はそれが何なのかよくわからなかった。だがすぐに警察の幹部職員専用の、ダークブルーの制服の上着であることがわかった。金ボタンのついた上着には襟と袖の折り返しには赤布が使われている。

「どこで手に入れたんだい」

彼は尋ねた。

フランシーヌは彼の視線を避けた。

「聞かないで。それよりも早く隠しなさいよ」

ヴィドックはその上着を丸めて、ベッドの藁の下に押し込んだ。まさに絶妙のタイミングであった。というのも看守がちょうど戻ってきて、面会時間の終了を告げたからだ。フランシーヌはヴィドックに手を振りウインクしながら牢獄を去っていった。

その日の夜も警官たちはたいそう入念に窓の鉄格子を点検した。

「お前の女狐さんがヤスリを持ってきても、そいつでいじくり回してはならんぞ。逃げようたって、すぐにわかるんだからな」

「ごもっとも」

と、ヴィドックは会釈しながら返答した。

それから数日のうちに、フランシーヌは次から次へと例の制服のパーツを運んできた。最初はつばを三カ所折り返した三角帽子、それからダークブルーのズボン、ブーツの付属品の拍車、最後にはありがたいことに短めの黒のブーツを持って来てくれた。もっとも軍人用の長めのものだと、マフの中に収めきれなかっただろう。

一七九七年一月のある日、制服一式が完璧に取り揃えられた。ヴィドックは手頃なチャンスを見つけ次第、脱獄を図ろうと腹をくくった。

ある時、看守が無防備にも「雄牛の目」の出入口をしばらくの間、開けっ放しにしていた。看守がそうしたのも、合計八つもの関門を突破できる脱獄犯はありえない、と思っていたからである。ヴィドックはその一瞬の隙を突いて素早く例の制服に着替えると、独房を抜け出し、苦虫を嚙み潰した高圧的なしかめっ面を装い、足を少々高めに上げ、コツコツと床を強く踏みしめ、ブーツの拍車をかたかたと鳴らしながら力強い足取りで六階の監視所に向かった。看守は来るはずのない幹部職員が立ち去るのを少々訝しく思ったものの、即座に反射的に直立不動で敬礼した。とにかくヴィドックの着ている制服のせいで、看守の頭は麻痺していた。看守は何か過ちを犯してしまわないかといった恐怖心に駆られて、じっと静かにしていた。

ヴィドックはあわてず騒がず自信たっぷりな態を装い、堂々たる態度で階段を下りていった。さらにすれ違いざまにうやうやしく敬礼をする看守の傍らを次々に通り過ぎ、四階、三階、二階、一階へと階段を下りていった。その時、監獄のあちこちらで警報ベル、叫び声、犬の咆哮が耳をつんざくように響(どよ)もしていた。六階にいた看守は通気用の導管に向かって叫んだ。

「警報だ……囚人脱走……ヴィドックが逃げたぞー……奴はまだ建物内にいるはずだ……非常事態発生！」

その声は管の中でくぐもって鈍く響き渡った。

……俺は目下この脱獄作戦で一番危ない局面に立たされている、ということだな。これまで通過してきたチェックポイントの看守たちは、俺のことを知らぬ連中だった。だがあとは取調室の警官たちと直に顔を突き合わせることになる。あの連中はこの前の脱獄の一件以来、俺のことをよく記憶しているはずだし、俺の顔の特徴もきっと覚えているだろう……

彼はとまどうことなくブーツの踵をかちゃかちゃと鳴らしながら、取調室に向かって突き進んでいった。警官たちを欺くために、彼は居酒屋「愉快な偽証亭」で習い覚えた詐欺師のトリックを使った。まず彼は頬っぺたをへこまして、顔が細長く見えるようにして、口唇が異常なほど前に突き出るようにひと工夫した。片方の目は閉じ加減に細め、もう一方の眉を吊り上げ、いかにも猜疑心に満ちた厳つい印象を醸し出そうと努力した。そうして彼は取調室に足を踏み入れた。警官たちはあたふたして走り回っていたが、その中には所長の姿もあった。ヴィドックを見かけた警官は即座に直立不動の姿勢を取った。

所長はほんの少し前にヴィドック相手に怒号を張り上げ尋問していたのにもかかわらず、目の前の男が当の本人であるとは露知らずに、いかにもうやうやしく愛想笑いを浮かべて彼に向かって近づいてきた。ヴィドックを政府の御偉方の刑務所特高検閲官と思い込んだ所長は、ただひたすら懸命に応対に相努めた。

「恐れながら申し上げますが、実は囚人の一人が脱走を企てまして。ヴィドックという輩です。こいつめは懲役八年の強制労働の有罪判決を受けたまったくの悪党なんです。すでに二回も脱獄をはかった無法者ですが、今回、奴は遠くに逃げてはおりません。まだこの建物の中におります」

「そいつに逃げられんよう、気をつけたまえ。貴殿のためにも、そうあってほしいものだな」

と、ヴィドックはむにょむにょ、もぐもぐといった口調で応対した。頬を奥歯と奥歯の間でしっかり噛んで、元に戻らぬように気を使っていたので、めりはりをつけて話すことが困難だった。

所長はぎくりとして、身をすくめた。ヴィドックが言葉にひそませた脅迫を所長は聞き逃さなかったからだ。さらに加えて所長を不安に陥れたのは、言語障害者のような、ヴィドックのもごもご口ごもるその話し方だった。そうした気まずいひっかかりのある障害をかかえた高官は、部下に対して殊のほか自制心に欠ける嫌いがあったからだ。否、それどころかひょっとしたら、あっという間に癇癪玉を破裂させてしまいかねないのだ。そこで所長はずっと背中をかがめた姿勢のままで応対に相努めた。

「閣下におかせられましては、この大の無法者ヴィドックの脱獄はないものとお約束いたします。なにせ彼奴(きゃつ)めは、まだこの施設内におります。私どもはきっとあのならず者を取り押さえてお見せします！」

ヴィドックは突然身体の向きを変えた。左の上下の奥歯の間に挟んでいた頬がするっとはずれて、元に戻ってしまったからだ。そこで目立たぬようにそっと頬をしっかりと噛み直した。彼は所長には一瞥もくれず、取調室を出ていった。

足音高く横柄な態度で挨拶をしながら、彼は塔の門と牢獄の門の守衛の傍らを通り過ぎていった。リールの町中に入ったヴィドックは、それからは急ぎ足で勝手知ったる暗黒街へと向かった。警察署の幹部到来という情報で、あたり一帯は最高の警戒態勢に突入していた。悪党どもは皆、警官に変装したヴィドックの前から姿を隠した。彼は一人きりになって人気(ひとけ)のない横丁を通り抜けた。一帯はまるで死に絶えたようにシーンとしていた。

彼が居酒屋「愉快な偽証亭」に足を踏み入れると、あちこちの秘密の出口の扉の蝶番がぎいぎい軋む音が聞こえた。酒場の中には人の気配がない。酒場の主人は額に冷や汗をたらたら流しながら、台所で立ち尽くしている。

ヴィドックはテーブルに腰を下ろすと、正真正銘の隠語で大声を張り上げた。

「ヘー、クリッチマリ、アイン・グレールヒェン・シュナウツフンケル、アバー・デリダリ！（おい、おやじ、ワインの赤をグラス一杯くれよ！　急ぎだ！）」

赤ワインを注いだグラスを片手に制服の男に向かって、ふらふらのろのろ歩いてきた酒場の主人はヴィドックをまじまじと見つめた。

「ヴィドックじゃないか……」

と、彼は呟いた。

「お前さん、この俺にどうしてこんな手荒な悪ふざけができるのかよ！」


横丁の連中を一掃させてしまった警察幹部は、実は変装したヴィドックであったという噂が瞬時に一帯に広まった。隠れていた悪党どもはこの快挙にヴィドックに賛辞を送ったが、しかし警察は、刑務所幹部と警官たちが受けた屈辱に報復せんがために、警官を多数動員してヴィドックを追跡するはずなので、このことを肝に銘じるようにと彼に注意を促した。連中によれば、警察の次の手入れが行われる前にリールの町を離れたほうが賢明だということであった。

そこでヴィドックは夜がふけるや、今度は一般庶民の服を着てこっそり町から出ていった。

数日間はうまく身を隠すことができた。しかしヴィドックは規則正しい生活、人に尊敬される市民として生きる生活、それも誰一人知人のいないどこかの田舎で、職人かあるいは商人として一生懸命に誠実に働くことができる、そんな生活を手にしたいという思いで彼の胸はいっぱいだった。親しみ信頼できる人々に会いたくてたまらなかった。母が懐かしかった。フランシーヌが恋しかった。

ヴィドックは自分の置かれた状況の中で、どんな困難があろうとも、可能な限り早急に定まった住居を手に入れようと決意を固めた。それから母には自分と一緒に住んでもらい、穏やかな晩年を送ってほしいと思った。そしてフランシーヌを暗黒街から連れ出し、彼女とともに新しい人生を築きたいと思った。偽名でなく、フランソワ・ウジェーヌ・ヴィドックという実名で嘘偽りのない生活を送りたかった。この目的を実現するためには、ヴィドックという名前に犯罪や前科を結びつける人が誰もいないはるか遠い地へなんとしても移住しなければならなかった。それは例えば南フランスか外国、最善なのは海外への移住であるかも知れなかった。この夢を実現するための意欲に溢れた彼は、すべてを速やかに整理しようと思った。前途にもはや不安はなかった。

フランシーヌを取り戻すために、彼はまたしても犯罪者と接触せざるをえなかったが、こうするのもこれで最後にしようと思った。

リールの町に行けば、ありとあらゆる危険が待ち構えているのはわかっていたが、それでも彼はその町に向けて出発した。

目的地を前に彼はリールの町はずれの食堂に入った。ところがそこで二人の警官を目にした。顔を上げてヴィドックを目にした警官たちはびっくりして飛び跳ね銃を構えたが、ヴィドックもあわてて後ずさりした。

「奴が来たぞ、我らの愛すべきヴィドックだ！」

警官の一人が嘲笑(あざわら)うように叫んだ。

「逃げるな。逃げたら蜂の巣にしてやるからな。さぞかし我らが刑務所長殿は貴様との再会にそれはもう大喜びするだろうぜ！」

殺人犯の集団大脱獄

ヴィドックの姿を目にして刑務所長の怒りは頂点に達した。目は大きくかっと見開き、顔が朱に染まり、その怒りは言語に絶するものがあった。彼は何か言いたげな顔をしていた。口はまるでオタマジャクシさながらに、ぱくぱく開いたり閉じたりしていたが、喉元からは息苦しそうなぜいぜいごろごろという雑音だけが聞こえてきた。しばらくすると、ようやく所長は獣のようなしわがれた大声を発した。

「まあ、待て！」

所長は息苦しそうであった。

「とりあえず、待つのだ！」

と、彼は繰り返した。それから護衛の警官たちにヴィドックを連行するよう手招きで合図した。

「奴をブタ箱にぶち込め！」

と、ぜいぜい喘ぎながら命じた。

ヴィドックは地下深く窓のない牢獄「ロッホ」に送り込まれた。およそ人間の住む所とは言えない五メートル四方のこの地下牢は鉄の扉で閉ざされていた。この扉の向かいにはがらくたがうず高く積み上げられた大きな部屋があった。同じように鍵がかかっていて、その部屋に通じる階段には四人の看守が立っていた。

一本のろうそくの灯りのもとに、牢獄には二十人もの重罪犯がうずくまっていた。彼らは例外なく殺人を犯した人間の屑だった。

ヴィドックがまたもや囚人服を着せられ牢獄「ロッホ」にぶち込まれた時、彼は囚人たちから心からの歓迎の挨拶を受けた。というのも、彼の名前は囚人たちの間でよく知られていたからである。ヴィドックは牢獄破りの王、脱獄の天才と言われていた。

重罪犯の中には、ヴィドックも名前に聞き覚えのある連中が数名はいた。例えばデフォッスとかサランビエという、ぞっとする響きのある名前である。八回に及ぶ殺人で訴えられたデフォッスは、死刑を覚悟しなければならない重罪犯だ。片手のサランビエは「ムッシュー豪胆野郎（アントレピデッテ）」と呼ばれていた。

この男がかくの如き異名で呼ばれるようになったのは、それだけの充分な根拠があってのことである。ある夜、泥棒行脚の最中に、彼は押し込み強盗用に仕掛けてあった罠に右手を引っかけてしまった。これは誰も逃れることができない「輪型の鎖」という罠である。そこで彼はためらうことなく右手を関節からざっくり切り落として、うまく逃げおおせることができたというのだ。

この雑居房の囚人の全員が「大ぼら吹き一家（ブラースバルクツィーアー）」という泣く子も黙る一味の組員だった。パリに拠点を置くこの一味は、はるか遠くの田舎へ出かけては、集団強盗を働いていた。刑務所長の厳重監視下にあるこの牢獄にヴィドックを押し込んだのは、ここでなら脱獄の可能性はまったくないものと考えてのことであった。しかしヴィドックは実際にはそこでまさに最大のチャンスを手にしたのだ。というのもこの連中は共犯者が密かに持ち込んだナイフや斧などの道具を隠し持っていたからである。彼らはその道具を使って牢獄の向かいのがらくたの詰まった物置部屋に脱獄用の通路を掘ろうと考えていた。問題は鍵のかかった鉄の扉をくぐり抜けて、その部屋に入ることである。

「ヴィドック、そのための方策を何か考えてくれないか」

と、サランビエが頼んできた。

「だってお前さんは脱獄の天才だろうが」

そこでヴィドックは三日間、看守たちが出入りする動きをじっくり観察した。彼らは日に一回食事を運んできた。それからさらにもう一回、チームを組み大挙して牢獄内の点検にやって来た。その際、囚人たちはがらくたを収めた向かいの物置部屋に追い払われ、銃を構えた警官たちに監視された。一方、二人の監視人はその間、脱獄を企てようとしている形跡がないどうか、牢獄内を隈なく点検していた。この確認作業の最中、監視人は鍵を牢獄の鉄扉の鍵穴にさしたままにしていた。

「ちょっとしたチャンスがあれば、鍵を抜き取って型を取り、元の鍵穴に戻しておくという方法がありますね」

ヴィドックは仲間に説明した。

「型はいったいどうやって作るんだい」

サランビエが尋ねた。

「だって粘土がないじゃないか」

「そいつは問題ありません」

ヴィドックは答えた。

「パンと水とジャガイモを使って、粘土の代用になる生地が作れます」

「頭がいいね、お前さんという奴は。ヴィドック、お見事。でも、鍵の複製を作るための材料がなければ、型を取ったって何の役に立つっていうのかい」

「錫（スズ）のスプーンがあるじゃないですか。それにロウソクもある。スプーンを何本か溶かして、その溶かした錫を型に流し込むってわけです。おわかりいただけますか」

「もちろん！　ねえ、ヴィドック、お前さんは誰からそんな知恵を授けてもらったんだい。どうしてそんなことがわかるんだ」

「誰からも教えてもらったことはありません。こうしたアイデアは俺の頭の中からおのずと浮かんでくるんです」

「なあ、ヴィドック」

と、サランビエはさらに迫ってきた。

「娑婆に出たら、俺たち『大ぼら吹き一家（ブラースバルクツィーアー）』と手を組まんかね。お前さんならすぐ幹部になれるぜ。どうかね。お前は大物になる素質があるぜ」

ヴィドックは昔クリスチャンから同じような話があったことを思い出した。彼はヴィドックに悪党としての大出世を予言してくれていた。

「それには、まずは娑婆に出ないと」

などと、彼は適当にはぐらかした。

囚人たちはヴィドックの計画に沿って、まずは鍵の鋳造にこぎ着けた。彼らは看守の巡回が途絶えると、そのたびにその鍵を使って向かいの物置部屋に移動することに成功した。彼らはがらくたの背後に身を隠し、まずは側壁から正方形の石を取り外し、それから脱獄用の通路を掘った。こうして三週間めにはとうとう牢破りの準備ができた。ある夜、囚人たちはもぐらのように地表に這い出て、牢獄の外の草地を匍匐（ほふく）前進し、逃亡した。今回ヴィドックが抱えた問題は、自分に付きまとい、夜通しの強行軍でパリの「大ぼら吹き一家（ブラースバルクツィーアー）」の本部に連れていこうとするこの一味の目をくらまし、連中といかにおさらばするかであった。リールの南西にあるドゥエーの町の近くで連中から逃れることに成功した。

　この小判鮫を撒（ま）いて振りきったと確信した時、彼はドゥエーの森の中の切り株に腰を下ろし、ひと息入れながら、今後の取るべき方針について考えた。フランシーヌを呼び寄せるために、リールに戻るべきか、それとも大脱走の大騒ぎが沈静化するまで、じっと待つほうが得策だろか、と彼はあれこれ自問した。

　だが、あれこれ考える必要もなかった。背後から突然、「手を挙げろ！　怪しいマネをするんじゃない！　さもないとぶっ放すぞ！」、という威嚇命令がヴィドックの耳に飛び込んできたからだ。

　彼は飛び上がってぐるりと振り返った。脱獄犯追跡中の二人の歩兵隊兵士が銃を構えていた。

「脱走でもしたのかい？」

　一人が尋ねた。ヴィドックは頷いた。

……何と答えればいいのだろう？　囚人服のせいでばれてしまったんだな……

　ほどなくしてドゥエー刑務所の門がヴィドックの背後で閉じられた。

策謀に長けた「狡猾野郎ジャン」

　ドゥエーの刑務所所長は近視用メガネをかけた神経質な小男だった。男の目の輪郭はメガネレンズのせいでぼやけていた。ヴィドックの脱獄の様々な手口について承知していた所長は、さっそく部下に特別警戒体制をとるよう命じた。そのためヴィドックが投獄された牢獄には看守による二時間ごとの徹底した監視が義務づけられた。

この雑居房には特に脱獄の恐れのある五人の囚人が入れられていた。その一人に「狡猾野郎ジャン」と呼ばれる男がいた。ヴィドックはリールの町の暗黒街にいた頃からこの男を知っていた。

そもそもこの渾名がついたのも、昼間店で窃盗に及ぶ時の、この男の狡猾さと巧妙さに桁外れなものがあったからだ。その成功譚が話題になったこともあり、男の名は暗黒街ではあまねく知れ渡っていた。男は仕事の合間をみては、時折、彼自身の表現を借りるなら「神経の骨休み」のために物乞いをして食い繋いでいた。この男が乞食に変身すると、そのたびに奇妙なことにいつも顔と両手に無数の潰瘍ができているので、どうやらその姿が通りすがりの人々の同情心をかきたて、そのおかげで彼は施しをたっぷり恵んでもらえるというのである。密かに囁かれている話では、「狡猾野郎ジャン」はこの役に立つ皮膚病を、予定の期日通りに発症させることのできる何か特別な技を会得しているというのであった。

ヴィドックが「狡猾野郎ジャン」から聞いた話によると、フランシーヌはリールの町にはもう住んではおらず、何年も前から彼女に思いを寄せていた竜騎兵の将校と結婚するために、パリに移住したということであった。ヴィドックはこの話を耳にすると、棍棒で頭をぶん殴られたようなショックを受けた。数日間、地下室の壁にもたれて座ったまま、ぼんやりしていた。

「狡猾野郎ジャン」はヴィドックの気分をほぐしてやろうと様々試みたが、差し当たって何の効果もなかった。それからジャンは泥棒行脚の際に評判になった彼の窃盗方法、つまり目くらまし作戦、計略、トリック、陽動作戦などあの手この手の手口について聞かせてくれたが、その頃にはヴィドックも注意深くジャンの話に耳を傾けるようになっていた。最終的にすっかりこの話の虜になってしまった彼はフランシーヌのことを思いわずらう心の痛みを忘れていた。

彼は「狡猾野郎ジャン」の話にじっと耳を傾けた。もともと悪人どもの巣くう暗黒街について相当な知識を蓄えていたが、ジャンに繰り返し根掘り葉掘り質問を繰り返しては、魔界に関しての驚くほど微に入り細をうがった知識をいっそう豊富に積み上げていった。こうした折に彼は、どうすればある特定の時期に潰瘍を発症させることができるのか、その方法までも伝授してもらった。ジャンの話によると、まずタバコと石灰と簡単に調達できる添加物とを調合して作った煎じ汁をあらかじめ作っておき、それをわざと作った小さな切り傷に日々すり込むと、傷口が腫れ上がり、その炎症箇所から膿が噴き出てくるというのである。そのため、それを目にする人の心に同情心を呼び起こすというのだ。

数日後のある朝、ヴィドックは獄中から出され、刑務所の前で猛獣の檻にも似た格子付きの荷馬車に乗せられた。それは囚人護送用の搬送車であった。ヴィドックは厳しい監視のもと、一緒に同乗する囚人もなく、ただ一人ブルターニュ半島西先端部の港湾都市ブレストにある恐怖の監獄のどれかに送られ、そこで鎖に繋がれて、不当に下された八年間の強制労働の刑に服することになった。

翌朝、夜明けとともに移送の旅が始まった。馬の足取りはのろのろとしていた。この馬が全速力で走るのは、御者が大声で「それ行け！」とかけ声を張り上げた時だけであった。囚人護送用馬車がノルマンディー地方を南西に向かいブレストに到着するまでには、おそらく一週間はかかるだろうとヴィドックは推し量った。

……この馬車から脱走するには、昼夜合わせて七日七晩の時間があるということだな……

ヴィドックはがたごと音をたてて走る荷馬車の中で、四六時中脱走方法をあれこれ考えていた。時折、不機嫌な顔で鉄柵越しに二人の警官を見上げた。彼らは御者の両脇に実弾を充塡した銃を腕に抱えて座っていた。恐怖の脱獄王から一瞬たりとも目を離さぬよう命じられていたからだ。

とはいうものの警官たちの注意力も次第に散漫になり、ほどなく監視の厳しさはさほどに感じられなくなった。彼は狸寝入りをしながら馬車の揺れに身を任せ、前後左右にゆさゆさ揺すられているふりを装った。しかし、実際には彼の頭は冴えわたっていた。護送車の鉄柵を何度も確かめるうちに、最終的に斜交いの鉄棒が一本緩んでいるのを確認した。その鉄棒が引き抜けるかどうか注意深く確かめてみた。

……うまく行きそうだ……

今必要なのは脱出に好都合な時の到来を辛抱強く待つことであった。

荷馬車が森の中を走行中、ヴィドックはチャンス到来とみた。素早く例の鉄柵の棒を引き抜き、できた隙間から強引にすり抜け砂利道に飛び降りると、「それ行け！」と大声を張り上げた。馬は全速力で走り始めた。そのため、前後左右に激しく揺れる車上の警官たちは、疾走するヴィドックに銃の照準を合わせることができなかった。警官は撃ち損じてしまった。御者が全速力で走る馬の手綱を引いて馬車を停止させた時には囚人の姿は消え失せていた。

翌日、ヴィドックはかなり遠方で野営中の陸軍中隊のテント村を見つけた。そこで素性がわかってしまう囚人服を脱ぎ捨てると、兵士たちのたむろするあたりに向かって走っていった。そこで彼は、数年前コット・コムスのサーカス一座からの脱走後、ド・ブリサック少尉率いる中隊に出くわした時と同じように、自分は強盗集団に襲われ身ぐるみはがされ、そのうえ身分を証明する類の書類の一切と金品を強奪されてしまった、という身の上話を述べたて、できることならお宅の軍隊で剣術指南として働かせていただければ、これに勝る喜びはないなどと弁舌をふるった。そこで彼は兵隊たちから放り投げるようにして衣類一式をもらい受けた。こうして彼は証明するために剣術の技を披露すると、中隊長からさっそく雇ってもらえることができた。もちろんジャン・レノアという偽名を使ってのことである。

今回は何のやましさも覚えず、作り話が苦もなくぽろぽろ口をついて出た。この瞬間、自分がすでにどれほど道を踏み外してしまったかを悟った。前科者、札付きの犯罪王、警察のお尋ね者の脱獄犯として偽名を名乗ることは、彼にとってごく当たり前のことになってしまったからだ。

数カ月は万事が順風満帆であった。兵士教育を担当したヴィドックは、まず下士官に昇進し、それから少尉、さらには中隊長代理と這い上がっていった。彼の能力は際立っていた。再び将校としての輝かしい大いなる出世が眼前に迫っていた。しかしそれは一七九七年の十一月のある日の定期査察の際、二人の幹部将校によって正体が見抜かれるまでのことであった。高い評価を受けていたレノア少尉の化けの皮がはがされ、実はこの男は偽名の廉で数年前、軍務から不名誉な追放処分を受け、加えて警察から追われている前科者フランソワ・ヴィドックその人であることが、将校の査察によって暴露されてしまったのだ。

今回はもちろん、即刻の脱走という事態はなかった。ヴィドックはヴィドック自身によりきわめて入念に教育された兵隊たちによって、パリにあるフランス最大の牢獄ビセートルに護送(おく)られることになった。

「ガレー船奴隷」の烙印

牢獄ビセートルは縦横約二五〇メートル四方の正方形の六階建ての巨大な建物である。その施設には千二百人の囚人を収容する、暗くむっとして息詰まるような囚人房と、さらに特別な使用目的で利用する幾つかの中庭があった。囚人たちに多少の運動をさせ、新鮮な空気を吸わせるための「大きな中庭」と呼ばれている広場では、囚人たちはまるで動物の群れのように追い回されていた。「犬専用の中庭」という名の広場では、ブラッドハウンド犬が吠えたて、猛り狂っていた。囚人服めがけて飛びかかるように訓練されているこの猛犬は、囚人を確実に護送するために投入されていた。「矯正専用の中庭」からは、囚人たちが鞭打ち刑を喰らって泣き叫ぶ絶叫・悲鳴が聞こえてきた。「愚者専用の中庭」では、精神を病んだ囚人たちが口も利かずに円を描くようにぐるぐる歩き回っていた。そして「鎖専用の中庭」の囚人たちは烙印を押され、鎖に繋がれていた。

ヴィドックはビセートル牢獄に到着したその翌朝には坊主頭にされ、ズボンははかせてはもらえたものの、上半身は裸のまま四人の看守の手で独房から連れ出され、階段を下り「鎖専用の中庭」に連行された。そこではすでに数人の囚人が堆(うずたか)く積み上げられた薪の山の勢いよく燃え盛る炎の前で列を作っていた。先頭に立つ男は、焼き鏝(ごて)係りの獄卒によって、様々な識別符号文字の組み合わせからなる、真っ赤に燃えた焼き鏝を右肩に押しあてられた。例えば「ＡＳＳ」という焼き印は「ａｓｓａｓｓｉｎ（殺人）」の略であり、「ＢＲＩ」は「ｂｒｉｇａｎｄ（強盗）」を意味した。罪人に下された刑の宣告に沿って罪科の特徴を明示する刻印は、全部で八種類あった。

ヴィドックはその列の最後について整列していなければならなかった。

……俺が不当な有罪判決を喰らったのは偽証のせいなのに、それなのに重罪犯の烙印を押されてしまうのか。とにかく今さら何の手立てもないよな……

ヴィドックの監視のために特別に派遣された四人の看守は、彼の身体をしっかり押え、目を離すことがなかった。

ヴィドックは、目下の出来事にまるで何の関心もないかのように振る舞っていた。彼はやっと二十二歳になったばかりだというのに、すでに自分の人生に決着を着けてしまったかのように見えた。彼は燃え盛る炎に向かって一歩一歩前進していった。

目の前には囚人はもう誰もいなかった。順番がやって来た。焼き鏝係りの獄卒がヴィドック用に選び取った焼き鏝を火の中に入れて待機していると、鏝の刻印がぼおーっと紅蓮の炎を放ち始めた。炎の中から焼き鏝を取り出した獄卒は、ヴィドックに向かってきた。

顔を上げたヴィドックは、赤々と燃え盛る焼き鏝のアルファベット文字に目を向けた。

そこにあるのは「ＧＡＬ」という文字であった。

……逃げろ！……

この思いが一瞬脳裏にひらめいたまさにその瞬間、彼はありったけの力を振り絞って看守の手を振り切って、逃げようとした。

四人の看守に押さえつけられたが必死に抗った。だが、逃れられなかった。必死の抵抗を予想してあらかじめ身構えていた看守たちは、素早くかつ手際よく彼の両腕をねじ上げたので、彼は自分の身体がまるで万力(まんりき)にでも挟まれ固定されてしまったかのように感じた。数秒後には焼き鏝担当の獄卒がヴィドックの右肩に鏝を押し当てた。ジュージューと音をたて、焼き焦げる肉の匂いがする。悲鳴をあげないようにじっと堪えた。力のすべてが肉体からすーっと抜けていった。どおっとくずおれたヴィドックは、抑え込みに成功して満足げににたにた笑っている男たちの手にもたれ、支えられていた。肩の血まみれの火傷の跡が「GAL」というアルファベットの文字となってくっきりと浮き上がってきた。

一七九七年十一月二十日、朝の八時頃、この一件は監獄ビセートルの「鎖専用の中庭」でこんな風に行なわれたのである。これからは「焼印のある札付きの罪人」としての運命を背負って行くことになることを、ヴィドックははっきりとわかっていた。

……もう取り返しがつかないんだ。この体から烙印を消せる奴は誰もいやしない。濡れ衣なのに、重罪人であることを証明する「GAL」の三文字を、一生涯この右肩に負っていかなければならぬのかよ……

「GAL」という表記は「ガレー船奴隷」、つまりガレー船のオールの漕ぎ手である囚人を表す略字である。船の左右両舷に長いオールを備えた中世の軍艦であるガレー船(Galeere)に由来している。ガレー船には、二十本のオールが並ぶそれぞれの位置に、肩に「GAL」の烙印のある囚人が六人一組で互いに鎖で繋がれたまま並んで腰を下ろし、一艘につき総計百二十人の囚人が乗船していた。骸骨のように痩せこけた囚人たちは船が最高の速力が出せるように、鞭打たれながら全力を尽くしてオールを漕いだ。彼らは陸に上がっても鎖に繋がれたまま、「バニョ」と呼ばれる暗くじめじめした海辺の牢獄に閉じ込められた。この牢獄はフランスの他の港町ブレスト、トゥーロン、ロッシュフォールと海を介して繋がっていた。

ヴィドックが生きていたその当時、もはやガレー船は存在していなかった。しかし強制労働の判決を下され、焼き鏝で「GAL」の烙印を押された囚人を「ガレー船奴隷」と呼び、彼らを互いに鎖で繋いだまま「バニョ」に閉じ込めておく習慣は残っていた。

一七九七年十一月二十日、監獄ビセートルの中庭で焼き鏝を押された後、ヴィドックとその他二十五名の囚人たちは、ブレストの監獄への一括移送のために、互いに鎖で繋がれる破目になった。このために長さ約三〇メートルの鎖に一定の間隔でヤットコの様に開いている、どっしりした鉤爪形の二十六個の鉄製の首輪が固定されていた。首輪は人間の首に取り付けるには充分な大きさだった。囚人たちは一列に横並びに整列し、鎖を自分の肩の上に持ち上げ、さらに鉤爪形の首輪を自分で自分の首にかけなければならなかった。命令を拒否するものは鞭を打たれ、無理矢理指示に従うよう強いられた。そこへやって来た鍛冶屋が、ヤットコ形に口の開いた鉤爪をハンマーで叩いては首輪の形になるように仕立て上げていった。

ヴィドックの頭と首のすれすれの所に鍛冶屋のハンマーが打ち下ろされるたびに、トンカン・トンカンという音が鳴り響いていたが、彼はその間、じっと体を動かさないように努めた。ほんのわずかでも身体が動いたら、頭蓋骨に致命的な一撃を喰らうかも知れなかったからだ。

「ガレー船奴隷」たちが全員鎖に繋がれるまでには数時間が費やされた。

午後になり、出発ということになった。ヴィドックと二十五名の囚人たちは、重武装した監視人から足蹴を喰らったり、監視人の握った綱をぐいぐい引っ張る三匹のブラッドハウンド犬に脅かされながら、やっとの思いでよろよろビセートル牢獄の門をくぐり抜けた。この光景はたまたま出くわした誰の目にも見物ではあったが、身の毛もよだつ代物であった。囚人たちは日中歩き、夜間は野宿した。ヴィドックにとって状況は以前にもましてつらく厳しいものとなった。それにもかかわらず彼が考えることといえばただ一つ、脱走することだけであった。

オーベルジュ「盗賊らのおっかさん」

一週間後、鎖につながれたヴィドックと囚人たち一行は黄昏時にブレストの町に入り、監獄に向かってよたよた歩いていたが、その頃には誰もが疲労困憊の極に達していた。巨大な角石で建造された中世風のその監獄の窓は城壁の矢狭間(やざま)のように狭かったので、格子をはめる必要もなかった。監獄の敷地は海と直に接していて、あたり一帯は湿っぽい潮の香りと腐敗臭とかび臭い匂いが入り混じっていた。それとは別にヴィドックの鼻につんとくる匂いがあった。それは鉄製の首輪がすれてできた傷が化膿して、膿と鉄分とが入り混じった牢獄特有の異臭だった。

どの雑居房にも五、六十人の囚人たちが入っていた。互いに繋ぎ止めている鎖が絶えずがちゃがちゃと音をたてていた。

翌朝、太陽が昇った直後、薄いスープを与えられただけで囚人たちは強制労働のために郊外に連れ出された。そこで囚人たちは鞭をぶんぶん振り回す監視人たちに絶えず追い立てられながら、大きなゴミ捨て場を掘らされた。昼食時にはスープのほかに干からびた古いパンが配られた。

日が沈むと苦役から解放された。囚人たちはがちゃがちゃと音をたてながら雑居房に戻ってきた。疲労困憊した囚人たちのほとんどは夕食のスープに手もつけず、ばたんと倒れるように眠りに落ちた。

ヴィドックは寝ずにせっせと脱獄の準備をしていた。葉巻タバコを細かく切り刻み、壁を削っては石灰をかき落とし、鉛製の皿からは鉛の屑を削り取り、これらすべての材料を囚人仲間がこっそり牢獄に持ち込んでいた、ブランデーのたっぷり入ったグラスの中に混入し、この調合液をそのまま翌朝まで寝かしておいた。

こうして囚人たちが翌朝目覚める前に、ヴィドックはあらかじめへし折っておいた錫製スプーンの尖った先端で両手や顔面を引っ掻き傷付け、その傷口に、一晩で粘液質の液体に変質した、タバコとブランデーの混じった匂いのする溶液をすり込んだ。要するにヴィドックは「狡猾野郎ジャン」が乞食に化けた折、自分の体に潰瘍を発生させた、あの処方箋どおりに実践したのだ。

ところがヴィドックは、明らかに配合を誤ってしまい、そのため効き目が強くなり過ぎてしまった。そんなわけで強制労働の最中にたちまち悪寒に襲われ、全身から力が抜けて倒れ込んでしまった。彼は監視人に鞭を喰らっても立ち上がって働く気力がもてなかった。そのうえヴィドックの両手と顔には紫色や黄色の潰瘍が現れ、監視のリーダーはやむを得ず、ヴィドックはもとより、ヴィドックと同じ鎖に繋がれている二十五人の「ガレー船奴隷」を牢獄に帰還させることにした。ヴィドックは死ぬかと思うほど惨めな気分だった。行進しながらの帰り道、彼は何度もがくっとくずおれた。まるで死刑執行人の手になる絞首台の首輪に繋がれているかのように、何度も首が絞めつけられてしまったため、ついには呼吸困難に陥ってしまった。それでも無理矢理最後の力を振り絞って皆と歩調を合わせ、直立姿勢で歩いた。彼は生きているというよりは、むしろ死人のような姿で牢獄にたどり着いた。翌朝になってようやく医者の診察を受けることになった。

朝方、体調は昨日よりはかなり回復していた。しかし監獄の所長にともなわれてやって来た医者が狭い窓から入ってくる薄ぼんやりとした陽光のもとでヴィドックを診察している最中、ヴィドックはまるで失神したかのように、息苦しそうにのどをぜいぜい鳴らし喘いでみせた。医者は潰瘍に一瞥をくれただけで、すっくと立ち上がると、ひどくびっくりした顔で、ずずっと後ずさりして所長に囁いた。

「レプラだ！　ハンセン病にかかっておりますぞ！　こいつはまずい」

「ここでは大勢がくたばっているんだ。たいして珍しいことじゃないぞ」

と、所長が答えた。

「でも、あの男の病は他の連中に感染しますよ」

「本当かい。そいつは困ったことになるな！」

所長は不安のあまりに我を失った。

「もしヴィドックの病がほかの連中に感染したら、多くの労働力が失われてしまう。そうなるとたいそうまずいことになるぞ。こいつを追っ払ってしまわなければ！」

所長は監視人を呼びつけ、即刻ヴィドックの鎖をはずさせて、隔離病棟に移送するよう指示した。

ヴィドックは相変わらず失神した振りを装い、耳をそばだてていた。

……どうやら俺の計算どおりになりそうだ。鎖を解かれて病院に運ばれるのだな。そこからの脱走なら、こいつはなんの問題もないよな……

すぐに鍛冶屋がやって来た。鍛冶屋は感染防止のために死刑執行人から借りた黒の革手袋をはめていた。鍛冶屋はどっと溢れ出る汗をたらたら流しながら悪態をつきつき、三十分ほど費やして鉄の首輪のあちこちにヤスリをかけ、割れ目を入れた。次にえいやとばかりに振り上げたハンマーは、一つ打ち間違えると生命の保証はないのだが、それでも男は狙いを定めて数回ハンマーを振り落とし、耳をつんざくほどの音をたてながら、最終的に首輪を真っ二つに打ち割った。

「さあ、ヴィドックには出ていってもらおう」

と、その間ずっと脇で見物していた所長は命じた。

「あいつには、牢獄の外で往生してもらいたいものだ。そうしてくれたら、遺体処理の面倒な事務手続きの必要もなくなるしな。建前としては病院が奴の監視をせねばならんのだから。監視人一人で充分だな。どのみち、あいつは今晩にもくたばるだろうさ」

ヴィドックがその夜、死なずに脱走したのは言わずもがなのことである。

彼は何の疑念も持たない監視人が居眠りを始めるまで、じっと時機到来を待っていた。それからシーツを引き裂いて繋ぎ合わせて作ったロープを伝って、窓の下に広がる墓地に下りると、ほっと胸をなで下ろした。

月光が墓場のある丘や墓標の十字架を青白く照らしている。彼の身体は凍えていた。身につけているのはシャツとズボンだけだった。それが囚人服であることは明々白々。頭は丸坊主。このままでは誰の目にも脱獄囚とわかってしまうので、経験上彼に残されている避難所はただ一つ、暗黒街だけだ。

ヴィドックは何度も牢獄にぶち込まれたが、その折に何度も耳にしたのはならず者どもの秘密の溜まり場、つまり警察の目から絶対守ってくれるという、「盗賊らのおっかさん」というオーベルジュであった。ヴィドックはそこへ行こうと思った。もっともその宿泊設備を備えたレストランはナントの町にあった。ナントはブレストから二〇〇キロ以上も離れている。

だが彼はこれも首尾よくやってのけた。一週間後、彼はシルクハットをかぶり、パルトという元々は仕立てのいいすり切れた紳士用マントを羽織って、息も絶え絶えに「盗賊らのおっかさん」という名の小さな店に入った。シルクハットとパルトは、ある館の裏庭のごみの山で見つけた代物だった。

黒ずくめの衣装を身にまとった「盗賊らのおっかさん」は、きゅっと引きしまった小柄の女性だったが、年齢は皆目見当もつかなかった。女将は不審な眼差しでヴィドックをじろじろ見ていた。ヴィドックはシルクハットをちょっと上にあげ、自分が信用に値する人物である証拠として坊主頭を見せた。さらにマントを脱いで囚人服が露わになると、そこで女将は初めて溢れんばかりに相好を崩し、彼を迎え入れてくれた。そして羽目板に組み込まれている秘密の扉を開けてくれた。扉の向こうには階段があり、そこを下りると、それはロウソクで照らされた地下室に通じていた。部屋には不敵な面構えの連中がたむろしていた。

ヴィドックが自己紹介すると、驚いたことに自分の名前がこの悪党連中にも知られていることがわかった。

「ヴィドック、彼の名うての脱獄囚ヴィドック様よ！　光栄の至りよ！　歓迎するぜ！」

そんな声があちらこちらから聞こえてきた。

足裏焼き拷問一家(フースブレンナー)

ヴィドックが悪党どもから受けた名声は、実はかえって足手まといなことがわかってきた。「盗賊らのおっかさん」の客人はヴィドックを兄弟分として受け入れてくれた。もちろん連中はヴィドックが自分たちのためにその才能を発揮して集団強盗の計画を立て、自分たちとともにその計画を実行に移してくれるものと期待を寄せていた。ヴィドックはかわすのに四苦八苦した。そのうちに……などと言いつくろって、必ずみんなの計画に参加するからなどと言い包めた。でも獄中でつらい目に遭ったし、ナントまでの長旅の疲れもあるので、さしあたってはゆっくり骨休みさせてほしいと頼み込んだりもした。

悪党どもは最初のうちは天才的な発想をひねり出すためには、音に聞こえたヴィドックさんでもその頭脳回復のための休息も必要でしょうなあ、などと言って理解を示した。しかし、そのうち連中は計画の実現を急かすようになってきた。ヴィドックは窮地に追い込まれていた。一方彼は、この一味はじきに自分にとって危険な存在になるだろうと予感したが、それと同時にシルクハットなしで表通りを歩くためには、素性がわかってしまうこの丸坊主頭に髪が生えてくるまではじっと我慢し、時が熟したその時点で、この盗賊団の巣窟から脱出しようともくろんでいた。

彼は日夜、地下室にずっと籠っていた。居眠りしたり、トランプゲームに加わったり、悪党どもの話に耳を傾けたりしていた。その際に彼はこの連中が「足裏焼き拷問一家(フースブレンナー)」なる殊のほかタチの悪い残忍な一味であることを知った。「足裏焼き拷問一家（フースブレンナー）」という名は、この連中が強盗に押し入った時、真っ赤に燃え盛る鉄棒を侵入先の住人の足裏に押し当て、責め苛んでは住民が隠し持つ財宝や現金の隠し場所を強引に白状させるという、その手口に由来していた。襲撃を受けた住民は苦痛極まりない拷問を受け、挙げ句の果てにたいていの人は歩けなくなってしまったという。

ヴィドックはこうした話に嫌悪感を覚えつつも興味津々にじっと耳を傾けていた。

二週間も過ぎるとヴィドックを取り巻く状況はさらに危ういものになってきた。連中はこれまで多かれ少なかれ友好的な態度で一緒に仕事をしようと言ってきたが、ヴィドックは何もせずただぼんやり座って耳を傾け質問をするだけで、犯罪行為へのいっさいの関与を拒んでいたので、連中は突然彼に疑惑の視線を向けてきた。彼らがヴィドックに抱いていた畏敬の念は軽蔑の念に変わり、ついには怒りのまじった感情に様変わりしたのだ。挙げ句の果てに大声を張り上げ議論を始めた。自分に向けられた多くの不審の念に侮辱を覚え、ヴィドックはすっと立ち上ってシルクハットをかぶり、短いダブルのパルトを羽織って地下室から外に出ようとしたその矢先、連中に強引に引き留められてしまった。

以前にも増してヴィドックは自分の命が危いと思った。彼らの手を振りほどき、押し分けかき分けロウソクのある所までなんとかたどり着くと、その明かりをかき消し、暗闇に乗じて地下室の階段を手探りで探り当て駆け上った。激怒した悪党どもに追いかけられながらもヴィドックは秘密の扉をするりとすり抜け店の中に飛び込み、びっくりして両手を頭上でパチンと叩く「盗賊らのおっかさん」の傍らをするりとすり抜け屋外へと脱出した。

横丁をやみくもに突っ走ってロアール川の岸辺までやって来た。そこで立ち止まり、ハーハー息を切らしてぐるりと周囲を見回した。あたりには追いかけてくる連中の姿はなかった。彼は一味を振り切ったのだ。

街路灯に寄りかかりながら、彼は今後の方針をあれこれ考えた。

近くの家からクッキーやビスケットを焼く芳香が漂ってきた。クリスマスがもう間近なことに気がつくと、アラスの町や両親、さらには父の経営するパン屋の焼き立てのパンの薫りがなつかしくなった。母に会いたいという切ない思いで、胸が詰まった。

アラスに向けて出発したヴィドックは、道中クリスマスを迎える心穏やかな気分に包まれていた御者に出会い、金も払わずに馬車に乗せてもらうことができた。北東に向かう道中の道路は凍てつき、しかも一部は雪に覆われていたが、御者たちの好意のおかげでクリスマスの四日後には故郷に到着した。喪服を着た母が彼に抱きついて嗚咽しながら父が最近亡くなったと教えてくれた。ヴィドックは自分が母を助けなければならないし、もう母をひとりぼっちにしておくことは許されないと自覚した。今は彼自身にとっても母にとっても新たな生活の基盤を築くことが必要だった。

今ではアラスの町でも脱獄王という厄介な名声を得てしまっていたので、自分を知る人が誰もいないパリの近郊に向けて旅をする決心をした。母との別れ際に、すぐに迎えに来ると約束した。道中あれこれ苦労しながらパリの南西数キロのところにある、フランス国王の王宮のあったヴェルサイユの町にたどり着いた。そこで彼はピエール・ブロンデルという偽名で差し当たってパン屋の助手として働き、それからわずかばかりではあったが貯めた小金を元手に、行商の商いの一歩を踏み出した。

商売に弾みがつき成功すると、まもなく有名なヴェルサイユ宮殿からそれほど遠くないラ・フォンテーヌ通りに住居と倉庫付きの一軒家を借り、ついに母親を引き取ることができた。彼が二頭立ての荷馬車に乗って市場から市場へ移動している間は、母親は借家で暮らしていた。

裕福になると、かつて願っていたように素敵な服を母親にプレゼントした。さらに母親が二度とひもじい思いをしないように、肉、果物、野菜を購入した。そして自分が万が一逮捕されるような緊急事に備えて、母親にそれなりのお金を工面して手渡した。ピエール・ブロンデルという偽名は変えずにそのままにしておいた。

一七九九年の十二月中旬までの二年間はなにもかもすべてが順風満帆であった。だがヴィドックがずっと恐れていた事態が起こってしまった。聖カンタン中央広場で彼は背中に小銃をつきつけられたのだ。振り返ると背後に警官がいた。彼は以前、約八〇キロ離れたリールの町の刑務所の看守をしていた警官で、ヴィドックと面識があったのだ。

ヴィドックは両手を挙げた。

結局、クリスマスは聖カンタンの刑務所で送ることになった。誤審ではあるものの八年間の強制労働に服役するために、彼はブレストの牢獄に送られることになった。

火薬庫爆破計画

ヴィドックのその後の数年間の生活についてあれこれ書き連ねても、それは無駄なことだろう。そこではこれまでに起こった出来事の相も変わらずの繰り返しだったからだ。もちろん彼は、またもや聖カンタン刑務所を脱獄して、一時暗黒街に身を隠してからまもなくそこを去り、警察にはいまだ知られていないヴェルサイユの母のもとに帰ってきた。それからまた行商の旅に出たのだが、すぐに正体がばれて監獄にぶち込まれ、再び脱獄してはしばらく暗黒街に身を隠した。そこは勝手知ったるパリの犯罪者のたむろする魔界だった。それから再び小間物の行商を始めるのだが、またもどこかで正体が見破られてしまう、という繰り返しだった。正体を見破る相手はたいてはかつての囚人仲間、要するに牢獄から釈放されて娑婆に戻っていた連中であった。彼らは密告により数フランの報奨金を稼いでいた。そんなふうに毎年毎年同じことが再三再四繰り返されていた。

ただこうした時代の幾つかのエピソードは、その後の驚嘆すべき運命の転換からすれば重要なので、省略するわけにはいかないのである。

例えば火薬庫爆破計画の一件がある。それは以下のような経緯をたどった。一八〇五年十月末のこと、ヴィドックはドーヴァー海峡に面する北フランスの港町ブローニュ・シュル・メール近郊で逮捕された。またもや牢抜けすると、海岸地域に駐留していた荒くれ者の海兵部隊に出向き、ルベルという偽名を名乗り剣術指南に雇ってもらった。そこで彼は脱獄後に起こった最初のひと騒動が沈静化するのをじっと待とうと思っていた。というのも一八〇五年十月二十一日、トラファルガー岬の沖でイギリス艦隊の攻撃によりフランス・スペイン連合艦隊が壊滅的な敗北を喫したばかりであったから、警察が脱獄犯の捜索でフランスの軍隊を不安に陥れることはないだろうと踏んでいたからである。彼は一カ月以上はそこに留まるつもりはなく、この大騒動が沈静化してからヴェルサイユに戻る腹づもりでいた。

ヴィドックは能力が見込まれ、たちまち少尉に昇進すると、ブローニュ近郊の火薬庫として用いられていた、幾つかの塔の監視を任されることになった。イギリスのスパイが密かに上陸して、塔を爆破させるのではと危惧されていたからである。

ある晩、火薬庫の一つで火災が発生したが、しかしそれは瞬時に消し止めることができた。煙が消えた時点で、ヴィドックは出火原因の究明に取り掛かった。火薬庫に入った彼がランタンのちらちらする灯りのもとで確認したのは、予想とは違って火事が起こったのは塔の中の火薬庫ではなく、その隣の小部屋であったという事実である。そこに積み上げられていた書類の一部が炭化し、一部は焼き焦げてしまっていたが、それ以外は無傷のままだった。床には燃え尽きたマッチ棒と引火せずじまいの導火線が転がっていた。これらの事実は、この火災が放火であることの確かな証拠である。

本来ならヴィドックはこの一件を警察に通報しなければならなかったのだが、しかしそうはしなかった。通報により自分の素性が露見して逮捕される危険があったし、それに彼の経験から判断すると、警察がすることと言えば、放火の一件をただ書類に記録し、イギリス人の破壊工作として処理する以外は何もしないことがわかりすぎるくらいわかっていたからである。ひょっとしたら警察は、「あの何某が犯人である」などという垂れ込み情報を期待しているのかも知れなかった。そうして密告された何某が逮捕され、その男がほんとうに犯人であろうとなかろうと、即刻有罪判決を受けてしまうのだ。

どんな捜査であっても、犯罪が放火、殺人、強盗あるいは窃盗であるのかどうかは一切関係なく、当時はこうした処理が一般に取られていたのであるが、このような方法では犯罪の立証は不適切であるように思えた。そこで彼は、これとは異なる別の方法で犯行の立証を試みた。

まずヴィドックは、現場に足跡が残っているかどうか床を隈なく調査した。さっそく、鋲打ちの不揃いな、泥だらけの右足の靴跡を発見した。彼はその靴跡を部下の兵士にスケッチさせた。

それからヴィドックは放火犯がなぜ火薬庫ではなく、書類の保管されている隣部屋で導火線を設置したのか、その理由を考えてみた。その結果、犯人の狙いは火薬庫の爆破ではなく、たまたま隣部屋に保管されていた書類の破棄にあったのではないか、という結論に達した。従って火薬庫爆破未遂事件ならば嫌疑の対象になるはずのイギリスの破壊工作者は下手人の対象からは除外できる。なぜなら、犯人がイギリスの破壊工作者であるなら、彼らの目的は書類ではなく、当然戦争に不可欠な弾薬の爆破に向けられていたはずであるからだ。書類はほとんど焼けることなく、大半は判読できたので、ヴィドックはあくなき好奇心をもって書類の中身の検討に取りかかった。書類を読みすすめるにつれて、それはブローニュの食料倉庫に保管されている軍用の糧食に関する全目録であることが確認できた。

……こいつは謎のある一件だな……

ヴィドックはよくよく熟慮した末に、あれこれ自問自答した。

……放火犯は軍用の糧食に関する書類を、なぜ燃やそうとしたのだろうか。あの書類の中身が犯人にとってあぶり出されてはまずい何かを証明しているのだろうか。あの書類は何を明かしてくれるのだろうか。備蓄用の食料がなくなっているということだろうか。ドアをこじ開けずに食料を運び出せるのは何者なのか。できるのは、倉庫の鍵を管理する者だけだな。鍵を持っているのは誰なんだ？

……

ヴィドックは軍隊の幹部に問い合わせて、疑問の答えを求めた。そして次のような回答が引き出された。鍵を持っているのはただ一人、その倉庫の管理人である。窃盗犯人にして放火犯人の嫌疑をかけるべきはその男である。今やその男の疑惑を証明することが肝要なのだ。

こうして急遽容疑者の家に向かったヴィドックは、その家に盗んだ糧食で満杯の倉庫を発見した。さらに彼は、例の右足の靴底のスケッチと男の右足の靴底とを照合して、男が犯人であると突き止めることができた。靴底に打ち付けられた鋲とスケッチの鋲の跡はすべて細部に至るまで寸分たがわぬ正確さで一致したのである。

熟慮の末に容疑者の捜査範囲を限定し、様々な手がかりを基に犯人を一歩一歩確実に絞り込むこの捜査手法は、ひとえにヴィドックのアイデアから生み出されたものである。彼以前にこうした手法を用いた警官は一人も存在しなかった。この手法はヴィドックによってさらに進化し洗練され、のちには「犯罪捜査上の技術」、あるいは「探偵の手法」と呼ばれ、犯罪撲滅に効果のある捜査方法の一分野となるのである。

さらにヴィドックは逃亡中の数年間の間に、何度か探偵もどきの能力を発揮せざるをえない破目になった。だが次の一件では彼の命までもがかかっていた。

カリオストロの手法

当時フランス南部の港町トゥーロンの牢獄から脱獄したばかりのヴィドックは、とりあえず暗黒街に身をひそめ、そこで悪党どもがたむろする居酒屋を見つけた。秘密の脱出口を三カ所備えているその酒場は、潜伏している彼にはうってつけの隠れ場であるように思えた。

この居酒屋で彼は辻強盗二十五人と遭遇した。それぞれ警察のお尋ね者である彼らは手を組んで組織を形成していた。強盗に特化したこの一味が強奪するものは、基本的には郵便馬車に積まれた公金、あるいは旅先の外交官の所持金のみであった。連中はどんな抵抗にも暴力で応じた。彼らが出没した現場にはいつも遺体が転がっていた。連中はともかく、スケールの小さな悪事に手を出すことはなかった。

彼らはヴィドックを大いに尊敬していた。というのもこの頃のヴィドックは悪党どもにとって伝説の人物となっていたからである。フランスの悪党仲間うちではどこでも、ヴィドックにかかわる身の毛もよだつほど恐ろしい噂話が語り継がれていた。彼が手を染めたこともない絵空事の悪事にさらに根拠のない枝葉が継ぎ足され、彼が実際乗り越えてきた危険な冒険や華々しい脱獄の話などは空想を混えて誇張され尾鰭(おひれ)がついていた。まさにスーパーマンか、もしくは神秘の能力を備えた魔術師と思われていたのだ。彼は監獄の扉を開けられる魔法の鍵を持っていて、看守の眠りを誘う魔法の呪文を熟知しているという話にまで膨れ上がっていた。そもそもかつてドイツで錬金術師ファウスト博士がそうだったように、彼も悪魔と結託している、などという噂がまことしやかに流布していた。

そんなわけでトゥーロンの辻強盗の連中も、そうした噂を知っていた。しかもこの連中はたいそう迷信深かったので、ヴィドックには黒魔術の能力までも備わっている、と心底信じ込み、かつ畏怖の念を抱いていた。

南フランスの沿岸地域のもっとも凶悪な強盗と言われていたロマン何某というこの悪党一味の頭目は、ヴィドックのオカルト的な能力を利用せずに放って置くつもりは毛頭なかった。そこでこの悪党は、次はヴィドックの神秘的な力を借りて、本来なら手を出さない途轍もない悪事に手を染めてみよ

う と腹を固めた。すなわちそれは、パリからやって来る三人の大臣が乗った、監視の厳重な馬車の襲撃であった。

ヴィドックはロマンに計画の実行を思い止まらせようと説得を試みたが無駄であった。数日後には計画の準備が着々進行していた。ロマンの命令一下、ヴィドックはこの一味とともにトゥーロンの西方に広がる森の中で待ち伏せする破目になった。翌朝、大臣たちを乗せた馬車は人気(ひとけ)のない街道沿いのその森を通過する予定であった。

ヴィドックは夜中に雲隠れして、大臣の乗る馬車の御者に注意を促そうと思った。しかしその日の夕方、森の中でそうこうしている最中に事件が勃発した。ロマンは自分の財布が盗まれていたことに気づいたのだ。怒り心頭に発したロマンは考えもせずに、泥棒はヴィドックだと決めつけてきた。

「財布を返せ！」

ロマンは彼に突っかかってきた。

ヴィドックは厄介な事に巻き込まれてしまったと思った。

「そんなもの盗んだりしませんよ」

「盗んだのはお前だ！　てめえ以外の誰がやるって言うんだ。仲間のことなら、俺はよーくわかっているからな。こいつらは悪党で辻強盗だが、みんな性根は正直な奴らよ。だがてめえという奴は！てめえはこの三日間、この俺にずっと楯突いてきたじゃないか。俺に歯向かう奴は俺のものをちょろまかすことだってあるさ。てめえにはほとほとうんざりしているんだ。さあ、金を返せ！」

彼はピストルを取り出してヴィドックに向けた。

ヴィドックはピストルの黒々とした銃口をじっと見つめていた。自分の眉間がぴりぴり動くのを感いた。

しかし心はすっかり落ち着いていた。のっぴきならぬ事態になってしまったが、自分の思考をしっかり掌握し、しかも冷静にものが考えられることに気づいてびっくりした。この絶体絶命のピンチで、いかに命の危機を回避できるかをあれこれ考えていると、突如、あるアイデアが脳裏にひらめいた。

「やめてくれよ、ロマン！」

ヴィドックが頼んだ。

「あんたの手元に金はきっと戻ってくるから。約束するよ」

「金はどこにあるんだ！」

「ここにはないが、でも盗人の犯行を証明して見せてやるよ」

「何を言ってるんだ！　どうやって、そいつを証明するっていうんだよ？」

ロマンはそう言いながらピストルを下に向けた。

「俺の言うことをよく聞いてくれ！」

ヴィドックは自分を取り囲む悪党どもに向かって言った。

「皆も知ってのとおり、俺は正真正銘の魔法使いよ。魔術を使って犯人を割り出してみせてやるからな。数年前、今は亡き彼の偉大なる妖術使いにして錬金術師カリオストロ様より直々に伝授してもらった魔法で、そいつをご覧に入れよう」

ヴィドックは身をかがめて麦わらのストローを数本拾い、ナイフできっかり同じ長さに切断した。

「見てのとおり、麦わらのストローを同じ長さに切ったよな。一本を除いてそれぞれ親指と小指を広げた長さだ、一ミリたりとも違いはない。ただ一本だけは例外なんだ。こいつは他のより一センチ丈が長いのさ。この長めのストローには不思議な仕掛けがあるんだ」

ヴィドックはもったいぶって間合いを置くと、切り揃えたストローの束を握り拳の中に収めた。拳から皆に見えるのはストローの先端部だけである。

いかにも何か曰くありげにもったいつけて話し始めた。

「さてお次は、この丈の長いストローにどんな仕掛けがあるのか、ぜひとも知ってもらいたいね。まあ、すぐにわかるさ。これからみんなに、俺の握り拳の中からストローを一本ずつ引き抜いてもらうよ。順番にだぞ。神秘の力が働いて、みんなの手を自然に誘導してくれるだろうさ。良心のある者は、同じ長さのストローしか摑めないんだ。だが、盗っ人なら、たった一本しかない長いのをおのずと引き抜く破目になるぞ。さあ、一歩前に出てこのストローを引いとくれ。全員が抜き終えるまで、ストローは握ったまま隠しといてくれよな。お頭にはそのストローを全部回収してもらって、そいつを見比べてもらおう。そうしたら財布泥棒の犯人は確定ってことだ」

ヴィドックは悪党どもの顔をこっそり覗き見た。

……こいつらは俺のはったりにうまく引っ掛かってくれるかな。俺の運はこのストロー一本にかかっているんだ……

渋っていた連中も互いに顔を見合わせ、目をすがめて肩をすくめた。結局一人が一瞬ためらいながらもストローを一本引き抜いて、後ろに下がった。次の男も前の者に習ってストローを一本引き抜き、その次の男もそれに習った。こっそり逃げ出す者は一人もいなかった。すべてが計画どおりに進行していった。

全員がストローを引き抜いた後、ヴィドックはロマンの傍らに並んで語りかけた。

「さあ、一歩前に出て、ストローの返却だ。ゆっくり一人ずつ順番どおりにしてくれ」

ロマンはストローを受け取ると、すぐに並べた。最初の二人のストローは同じ長さ、三人目も四人目のものも皆同じ長さ、さらに十二人目……十三人目……待て！　十四番目のストローは長さが違っている。ジョゼフ・オリオール何某という男から渡された十四番目のストローは一センチ短かった。

「貴様だな、泥棒は！」

ヴィドックが怒鳴った。その大声は力に満ちていた。

ジョセフ・オリオールはぎくりと身をすくませた。おののきふるえている様子が見てとれた。口をぱくぱくさせて喘ぐこの男は、最初から否定しようともせず、がくっとくずおれると大声を上げた。

「どうかおゆるしを！　金は返します。どうか命だけはお助けを！」

彼は四つん這いになり、木の根元まで這っていった。彼はロマンの財布をその木の根元に埋めておいたのだ。

「どうかおゆるしを！」

と、男は哀れっぽく懇願した。

ヴィドックはロマンに連れられて、その場から引き離された。二人の話が皆に聞こえない所まで来ると、頭目は切り出した。

「俺にはわけがわからんよ。泥棒なら皆のより一センチ長い奴を引くと言っただろ」

「そうです」

「でも、彼奴(あいつ)が引き抜いたストローは、皆のより一センチほど短かったじゃないか！」

「そのとおり」

「わけを話してくれ、ヴィドック」

「気をつけて聞いてくださいよ、いいですか。私はストローを全部同じ長さに切りました。ストローは全部まったく同じ長さだったのです。例外なんかありゃしません。さらに私は、泥棒は皆より一センチ長いのを引くと言いましたよね。どのストローもすべて同じ寸法だったのに、私はそう言ったのです。おわかりになりましたか」

「そうさなあ、完全にわかったわけではないがね」

「まあ、すぐにわかるでしょう。奴は私を魔術師だと思い込んでいたんですよ。ですから魔力に操られて、ほんとうに一センチ長いストローを抜いてしまったと思い込んでいたんです。彼の立場になって想像してみてくださいよ。お頭がもし仮に奴の立場だったら、どうしますか」

「俺だったらそうだなあ、自分が引いたストローを他の連中と同じ長さにしようと、そいつを一センチ短くするだろうなあ」

「ところが、実際にはストローの長さはすべてまったく同じだったので、短くしてしまった泥棒のストローは、必然的に他のものよりも短くならざるをえなかったのです。こうして犯人は自分で正体を暴露してしまったというわけです」

　事の真相を呑み込んだロマンはにやにや笑い始めた。

「なんてこった、ヴィドック。お前さんは実に頭がいいよ。お前が警官でなくて、俺はほんとうに運がよかったよ」

　と、ロマンは讃嘆した。

「ヴィドック、想像してみろよ、お前さんが警官になったその姿を！」

ロマンは自分のこのひと言がたいへん素晴らしい発言だと悦に入り、彼はヴィドックが警官となったその姿を思い浮かべてみた。

ヴィドックにとってはまったく滑稽な話とは思えなかった。というのも彼はこの言葉を聞いた瞬間、沈黙し、じっとしたまま誰を見るともなくぼんやり前方を眺めていたからだ。

数時間後の夜中になるかならぬかといった頃、彼は辻強盗の一味からの離脱に成功した。そんなわけでロマンは襲撃強盗を中止することにした。ヴィドックの助けがなければこの企ては危険過ぎたからだ。

ストローを使ってのこのトリックが使えるのは、迷信深い泥棒が相手の時だけであった。しかし犯罪者の心中に身を置き、自分が彼らの立場にいたらどのように行動するかを考えるこの基本的な手法は、ヴィドックにより発展し、ひいては犯罪捜査のもっとも重要な手法の一つになる定めにあったのである。

だが、現実はまだその段階には至ってはいなかった。ヴィドックは相変わらず犯罪者と見なされていた。警察も相変わらずヴィドックを逮捕しては牢獄にぶち込まなければならなかったのだ。

エルボーの死刑執行

ヴィドックは旅の途中で何度も逮捕されたにもかかわらず、警察は彼の偽名ピエール・ブロンデルはもちろんヴェルサイユのラ・フォンテーヌ通りの彼の家も探り出せていなかった。ヴィドックは脱獄するたびに母親や貴族出身の若い有能な妻アネットのもとに戻った。ちなみにアネットは革命の最中、実家の伯爵家の苗字は用いないことにしていた。ヴィドックはその後の人生を彼女とともに送ろうと思っていた。もちろん偽名のままでは結婚はできない。アネットはヴィドックの素性を知っていた。彼が追われる身の上にあり、逮捕される危険に晒されていることも承知していた。それでも彼女は夫が社会から締め出されようと、彼の味方になり、人生を分かち合おうと心に決めていた。ラ・フォンテーヌ通りのヴィドックの家が警察に発覚しないように気を遣うことは彼にとって大変重要なことだった。なぜならそこが彼の心の故郷になっていたからだ。こうして彼の生活は落ち着き、隣人たちに周囲の人々と同じ一般市民と見なしてもらえるようになっていた。ヴィドックは、この住まいを「パラダイス」と呼んでいた。

だが彼はこの「パラダイス」から追放されてしまった。運命の転換点は一八〇九年の春のことである。ある朝、ヴィドックは家から表に出たその出会い頭に、すり切れた黒マントを着た通りすがりの男とぶつかってしまった。見知らぬその男はもぐもぐ詫びながら、顔を上げヴィドックの顔を見るなり、驚いて眉をつり上げてこう言い放った。

「おやまあ、ヴィドックじゃないか!　なんとまあ、あんたに会えるとはなあ!」

ヴィドックはぎくっとして身をこわばらせ、男の顔をじっと見つめた。

……いや、こんな男とは会ったことないよなあ……

見知らぬ禿げ頭のその小男はまるで突っかかってくる雄牛のように、てかてかの頭を下げたままにしていた。男はヴィドックを下から見上げた。ヴィドックはひと目で男がプロの悪党であると見抜いた。

「思い違いですよ」

と、ヴィドックは突っぱねた。

「私はピエール・ブロンデルという者です」

「何言ってんだ！　誤魔化されんぞ。だって俺はあんたを知っているからな。お前さんの右肩には俺と同じ『GAL』という焼き鏝の烙印があるはずだ」

ヴィドックは驚きのあまりに息を呑んだ。見知らぬその男はさらに続けた。

「俺もあんたと一緒に、牢獄ビセートルの『鎖の中庭』で肩に烙印を喰らったのさ。あんたがえらく抗っていたのを覚えているぜ。それと一七九七年十一月二十日という日付もな。たとえ十二年経っても、そういうことは忘れられないもんさ。あんたは俺のことを覚えていないのかい。俺はあんたと一緒に鎖に繋がれていたんだよ。顔に見憶えはないのかい」

「ありません」

「それもわかるけどなあ。なにせ俺は単なるこそ泥にすぎんし、お前さんほど有名な悪党(わる)じゃないからね。俺は国じゅうの牢獄や悪党がたむろする居酒屋で話のタネになっている、あの脱獄王じゃないからな。おい、ヴィドック！　お前さんは白昼夢でも見ているのかよ。目を覚ませ！　お前の名前はヴィドックだぞ！」

「私の名前はピエール・ブロンデルで、ヴィドックじゃないと言ったでしょうが」

「そいつはいい名前だ。俺の名前と似たような響きがあるよな。俺はポール・ブロンディという名前だ。この名前をよく覚えておいてくれよ。俺もピエール・ブロンデルという名前を頭に叩き込んでおくぜ。ここの住所ラ・フォンテーヌ通りもそう簡単には忘れんよ。ここはお屋敷街だよな。あんたもたいした出世をしたもんだ、ヴィドック！」

そう言って彼は足を引きずりながら去っていった。

ヴィドックは家に戻った。ポール・ブロンディなる男に間違いなく見抜かれたかどうか自問した。

……もし見抜かれてしまったのなら、どうしたらいいんだろう……。

ヴィドックは先の見通せない不確かなこの問いを長いこと自問し、思い悩む必要はなかった。というのも、さっそく翌日の午前十時頃、ブロンディは二人の男を引き連れ、ラ・フォンテーヌ通りの彼の家の戸口に現れて、「おい、ブロンデル！」と呼ばわったからだ。

表に出たヴィドックは、ブロンディの連れの二人の男をじっくり観察した。こいつらは正真正銘のならず者だ、と彼は思った。

ブロンディはヴィドックに近づいてきた。

「紹介してもいいかい」と、彼は嘲るような調子で続けた。

「こちらは彼の有名な脱獄王フランソワ・ヴィドック様ですぞ。だが当地ではピエール・ブロンデルというお名前を名乗るのを好まれているようですな。このご両人は非常に口の固い友人シュバリエとデュリュックという方々でして。それはそうと、この両人は貴殿のことを存じあげておりますぞ、ヴィドック。あなたは超有名人ですからね」

ヴィドックはこの言葉を否定しても意味がないと悟った。これから何が起こるかもわかっていた。

……要件を尋ねるなんて野暮なことだ。極道ならさっそく本題に入るところだけどな……。

ブロンディは嘲笑気味な声で、さらに続けた。

「俺たちがいただきたいのはちょっとばかりの公平さであって、それ以外のものは何もないんだ。つまり、この地上の財貨の公平なる分配とでもいうことですかね。ねえ、ヴィドック、あんたは順調に商売している金満家らしいね。俺たちは近頃このあたりで聞き及んでいるんだよ。あんたは裕福で小金を貯めこんでおられるんだよな。それなのに俺たちときたら、つい最近ムショから出てきたばかりの哀れな身の上でね。できれば隣人愛を実践してもらい、懐のものを当方に少々恵んでもらえたなら、こいつは公正公平なるお振る舞いということになるんだけど。気の利いた話じゃないかね」

「もっとはっきり言えよ」

と、ヴィドックは言った。

「そいつは好都合。もし今日の正午までに六百フランを用意してくれなければ、俺たちはあんたに一発お見舞いしなければならんということだな。正午きっかりにまた来るぜ。用立ててくれたら、もう二度と顔を合わすことはない。もしそうしてくれなかったら、ヴィドック、お前はおしまいだな」

連中はわざと心を込めて「それじゃ、また会おうぜ」などと言って別れを告げた。

考える必要はなかった。メリケン粉を入れていた櫃(ひつ)の中に三千フランを貯めて鍵をかけておいたが、その箱を開け、中から仕方なくゆすられた額を取り出した。

正午を告げる鐘が鳴ると、ブロンディは時間きっかりに姿を現した。彼は一人でやって来た。仲間はおそらく近くで見張っているのだろう。ブロンディは口止め料を受け取ると姿を消した。

ヴィドックはブロンディが再び現れ、新たな要求を突きつけて来るのではと恐れ、それから数日間はあえて行商に出ることを控えた。彼は途方に暮れて家に籠っていたが、時折ヴェルサイユの町中をあちこち散歩した。ある時、こんな出来事があった。

裏通りで突然、死刑囚を護送する荷馬車がりんりんと鐘を鳴らしながら近づいてきた。通常そうした馬車は死刑判決を受けた囚人を乗せ、監獄から公開処刑場に護送していた。彼は一頭の痩せこけた馬に引かれ、がたごと音をたてて行くその護送用荷車を先に行かせようとして道路の脇によけ、興味深げにじっと立ち止まっていた。銃を両手に抱え、いつでも発砲できる態勢で身構えた警官がその荷馬車の両脇に控え、足並みを合わせて歩いていた。ヴィドックは警官の目に触れぬよう、野次馬の背後に回って身を隠した。

護送車には囚人服を着た三人の男が鎖に繋がれてうずくまっている。ヴィドックは囚人たちを繋いでいる聞き覚えのあるかちゃかちゃと鎖がすれる金属音を耳にした。坊主頭の囚人たちの眼窩は深く落ち窪み、唇からは血の気が失せている。迫り来る死を眼前にして、恐怖心に駆られた罪人たちの顔はぞっとするほど不気味だった。

ヴィドックはその時、息が止まるかと思った。死刑囚のうちの一人が誰であるか、たった今気づいたからだ。

……エルボーじゃないか！「雄牛の目」にぶち込まれていたあの男だ！　一七九六年、俺に不利な偽証をした詐欺師だ。不当にも八年もの強制労働の有罪判決を喰らう破目になったのはこの男のせいだ。エルボー、こいつこそがあらゆる不幸をもたらした元凶なのだ。あの時のこの男の偽証――あれが十三年も前からまるで呪いのように俺に付きまとって離れないのだ。俺は一八〇九年の今に至っても偽名を使って、社会から疎外され、肩には「ＧＡＬ」の烙印を押されたまま、娑婆に戻って生活する希望もなく生きてゆかなければならんのだ……すべてはこの偽りの証人エルボーの悪魔の仕業だ。ところが今、あの男は死刑囚護送用の荷馬車に乗せられ、顔には死の恐怖を滲ませて処刑場に向かっているではないか。こいつの人生も終わりだな……

ヴィドックは車輪の音、馬の蹄の音、囚人を繋ぐ鎖のすれる音、馬車の鐘の音を聞きながら、白昼夢でも見ているような気持ちでその馬車の後をついていった。その道は断頭台のあるヴェルサイユの中央広場に通じている。そこでは人々がごった返していた。

ヴィドックはあたりの光景を眺めていた。三人の囚人は断頭台に引っ張り上げられた。初っ端がエルボーだった。死刑執行人たちはこの男をしっかりと押さえつけている。

ギロチンの脇に立つ警察官はこれから読み上げる死刑判決の文言が記された巻物状の公文書を広げた。「セザール・エルボーはヴェルサイユの未亡人マチルデ・ザーゲロイ夫人殺人の廉で死刑判決が下されたる死刑囚なり。本状により刑の執行を行なう」という文言をヴィドックは耳にしたが、その声はまるで遠くの彼方から聞こえてくるような気がした。

それから先は死刑執行人の任務である。ヴィドックは踵を返した。ギロチンがざざーっと音をたてて落下し、その衝撃音と野次馬の悲鳴が彼の耳に届いた。

彼は家路についた。

ゆすり屋ブロンディ

ヴィドックの自宅前ではブロンディが揉み手して、にやにや笑いながら立っていた。この男はあけすけに本題に入り、金をまた要求してきた。これは当然なことなのだが、恐喝を飯のタネにしているこの手の輩は、一回限りで終わりということは決してないのだ。ブロンディは、今回は千フランもの金をせびってきた。ヴィドックにはメリケン粉用の櫃の中から要求額を出す以外に手がなかった。

一週間後にもまたブロンディが戸口に現れて、これで最後だからと、千五百フランを要求してきた。もう二度と来ないからと彼は誓った。

ヴィドックは櫃から残りの最後の千四百フランを取り出し、それに財布の中にあったなけなしの百フランを加えた。

「これでもうびた一文もないからね、ブロンディ。また来ても無駄だよ」

ブロンディは金を受け取るとすぐに帰った。

一週間後、彼はまたもややって来た。

「ヴィドック、千フラン頼むよ。これで最後だから」

「もうないんだ、ブロンディ」

「ヴィドック、俺は嘘が嫌いなんだ」

「誓って言うけど、もうないんだ、ブロンディ。あんたは俺の有り金全部持っていったんだよ」

「嘘を言うんじゃない、ヴィドック。出さなきゃ地獄行きだぜ。千フラン頼むよ、これで最後なんだから」

「あれば、そうするけど、でももうないんだ」

ブロンディは続けた。

「あんたはたいへんなことになるぞ。ほんとうに。ああ、えらいこっちゃ。この素敵な家を見てごらん。あんたが快適に暮らしているお宅の部屋とビセートルの牢獄を比べてみろよ。あんたはまさか、あっちのほうが気に入っているわけじゃないだろ。あんたは趣味人だから、きっと快適な生活が好みだろう。それともあんたはここから出ていきたいのかい」

話を聞きながらヴィドックは、長年住み慣れた我が家をじっと見つめていた。ここはすでに彼の故郷になっていた。それについ最近、ドアと窓の枠を緑に塗り変えたばかりだ。

ブロンディはさらに続けた。

「あんたの年老いたお袋さんと可愛い奥さんのことも考えてもみるんだな。この前二人を拝ませてもらったが、魅力的な人たちだね。それとも『ガレー船奴隷』の仲間のほうがずっと気に入っているのかい。ヴィドック、あんたはこの二人の女性とこれから八年間会わなくてもいいのかい」

ヴィドックはこの言葉を聞いて恐怖を覚えると同時に、このゆすり屋に首根っこをすっかり押さえられている事実に愕然とした。ヴィドックは切々と訴えた。

「ブロンディ、もちろん俺はいつまでもここにいて、穏やかな生活を送っていきたいと思っているよ。でもほんとうに、もう先立つものがないんだよ。最近は行商にも出ていないんだ。だって、あんたがまた来るんじゃないかと、気が気じゃなかったからさ。出せるものなら出すつもりだけど、でもまずは稼がないと。田舎に出掛けて仕事をしないわけにはいかないんだ。こっちに戻ったらその時、金は渡そう。それまでは勘弁してくれないか」

と、彼は懇願した。

「俺は堪え性がないんだ、ヴィドック。金が必要なんだ。だからお前さんから手に入らないとなれば、俺はサツにちくって金をもらうことになるんだよ。我らが尊敬措く能わざるパリの警視総監アンリ閣下におかせられては、なんとしても成果を上げようとせっぱ詰まっておられるからな。それに、みんなが知っていることだが、お尋ね者の脱獄囚についてのたれこみには、閣下は十二分に報いてくださるんだよ。ヴィドックのような大きな獲物が網にかったとなれば、そりゃあどれほど閣下がお喜びになることか。さて、俺はいったい誰から金をもらえばいいのかな、そいつを考えてみてくれ。あんたからなのかな、それともサツのほうからかな？」

「ブロンディ、堪忍してくれ、もう金がないんだ。いったいどうすればいいんだ。あんたの前で土下座すればいいのかい」

「俺がほしいのは謝罪じゃないんだよ、千フランの現ナマだね。そいつを用意してくれれば、あんたはいつまでも自由でいられるのさ。でも金を按配してくれないとなれば、あんたの住所をサツにたれこむことになるぞ。そうするとあんたの行き着く先はブタ箱になる。自由気ままな暮らしはあんたにとっては千フランの価値もないのかい」

「もちろん自由のほうがずっと価値があるさ。でも、肝心要の金がないんだよ。だってあんたは俺から三千フランもの金を持っていったでしょう。やっとの思いで貯めたひと財産なんだ。もうほっといてくれ！　お願いだからたれこみなんかしないでくれよ！　このラ・フォンテーヌ通りでのささやかな幸せを壊さないでくれ！」

「めそめそするじゃねえよ、ヴィドック。それよりも千フランを用意するんだな。めそめそ泣き言を言うんじゃねえ！」

……〝めそめそ泣き言を言うんじゃねえ〟だと！……

ヴィドックの頭にかっと血がのぼった。卑劣なゆすりを繰り返したその挙げ句の果てに「めそめそ泣き言を言うじゃねえ！」などと言われ、追い詰められてしまった。ヴィドックはぐっと拳を握り締めた。

ブロンディは頭に血が上って真っ赤な顔をしたヴィドックの握り拳を目にするや、とっさに後ずさりした。

「あんたは分別があるよな」

と、ブロンディが口を挟んだ。

「知ってのとおり、俺に歯向かうチャンスなんかないぞ。ヴィドック、あんたが俺たちを殺したいと思っていることぐらい、わかりすぎるほどわかっているさ。だから予防措置を講じておいたのさ。口の堅いシュヴァリアとデュリュックは目下ある秘密の場所で待機しているんだ。もし約束の時間までに俺が戻らなければ、奴ら二人は真っすぐ警察に行き、お前さんをたれこむ手はずになっている。なかなか頭のいい作戦だろう。だからあんたと対峙しても、俺の身の安全は確かなのさ。もっともあんたに分別があることは承知しているから、大丈夫だとわかっているけどな」

「心配しなくていいよ、ブロンディ！」

ヴィドックはなんとか自分を抑えながらかすれ声で応じた。

「あんたを片づけるつもりはないさ。だって俺はならず者じゃないからな。そんなびっくり顔で見ないでくれよ、ブロンディ。俺が極道じゃないことぐらい、わかっているよな。この十三年、間違ったことは何一つしてこなかったのに、偽りの証言で不当な有罪判決を喰らってしまったんだ。身に覚えのない罪であったればこそ俺は脱獄を図ったのさ。回数を数えてみたのだが、これまで合わせて二十五回になる。前に話したことがあるよな。逃走中、何度も繰り返しあんたのようなならず者がたむろする居酒屋にもぐり込んでいた。でも俺の居場所はけしてそこじゃなかった。俺の世界はそんな所ではなかったのさ。何度でも言うけど、俺は罪人じゃあない。そういうことさ。俺がもしも悪党だったなら、生活に苦労はしなかったね。もしそうだったら、あんたとあんたのダチ公が最初に来た時点で、即手にかけていたね。素早くかつひっそりと始末していたはずだ。もしかして、あんたらのようなごろつき野郎に手をかけなかったとでも思っているのかい。てめえはゲスで小者の悪党だな。てめえは俺の金のすべてを巻き上げてくれたよな。もう一度金を手に入れるために、一から始めなければならないだろう。なんらかの方法があるだろうし、また口止め料をあんたに払うこともあるだろう。でも、あんたはチャンスをくれないじゃないか。目の前で泣き言を言うほど追い詰めているじゃないか。そうだろう、ブロンデイ。こんなにまで俺を追い込んだんだぞ。でも今度は俺の言うことを聞くんだ」

素早くブロンデイに詰め寄ったヴィドックは、彼の黒いマントの襟を掴み、恐怖のあまりにかっと見開いたブロンデイの目を見つめた。

「ブロンデイ、言うことを聞くんだ。これから警察に行け、下衆野郎！　警視総監アンリ閣下のところに行って、ラ・フォンテーヌ通り地区にヴィドックが住んでいるとたれこむがいい。行って、閣下に、ヴィドックを逮捕できます、と言えよ。『ガレー船奴隷』で、長いことお尋ね者の犯罪王ヴィドックを、ってな。ちくって報奨金を手に入れるんだな。そしてサツをこっちに差し向けるんだ。誓って言うけど、そうしてもらえれば御(おん)の字ってもんよ。兎みたいな真っ赤なお目目で俺を見るんじゃない、俺が怖くてふるえているのか！　誓って言うが、密告してくれたほうがありがたいのさ。断言しておくが、くそったれ、てめえはきっと後悔することになるぞ。てめえだけじゃない、てめえと仲間の野郎どももな！　てめえとダチ公のシュヴァリアとデュリュック、それにてめえらごろつき野郎どもも全員、殺し屋に盗人、押し込み強盗全員だ。見損なうんじゃねえ、俺はてめえらの生活をぶち壊してやるからな。ブロンディ、さあ警察に行くんだ！　全速力で行けよ！　警察が来てくれるのが早ければ早いほど、俺には都合がいいんだ。とっとと失せろ！」

ヴィドックはブロンデイを突き飛ばした。

地面に転がったゆすり屋は起き上がろうとしたが、広がったマントに足をからめ取られてしまった。それでもやっとの思いで立ち上がるや、悪魔にでも追いかけられているかのように、後ろを振り返らずに一目散に逃げていった。

みずから望んで牢獄入り

ヴィドックが踵を返して家に入るや、台所にいる二人の女性に歩み寄って言った。

「アネット、俺の身の回りの物をまとめてくれないか」

「今日のうちに行商に出るとでも言うのかい」

母が尋ねた。

「いいや、刑務所に入るんだ。今、警官を呼びに行った奴がいてね。俺はまもなくしょっぴかれることになるんだ」

二人の女性はあっけにとられていた。

先に気を取り戻したのはアネットだった。

「あんた、本気でそう思っているの。牢に入るっていうの？　それもみずから進んでそうするなんて」

「そうなんだ」

ヴィドックはがくんとくずおれるように椅子に腰をおろした。背中を丸めて肩を落とし、うな垂れ落ち込んでいた。

アネットは大きな声で尋ねた。

「まあ、いったいどうしたの。どうして逃げないのよ」

「いや、逃げない。もうこれ以上、嫌なんだ。俺の人生を変えなければならんのさ。今までのような人生には、これ以上付き合いきれないんだ」

「あなたの人生の何を変えるというのよ」

アネットは暗澹たる気持ちで大声を上げた。

「あるのは二つの可能性だけよ。八年の強制労働で罪を償うか、それとも逃げて裏街道で生きてゆくかのどちらかでしょ。逃げなさいよ。それ以外に別のチャンスはないわよ！」

「別のチャンスか」

ヴィドックは呟いた。

「別のチャンスか……そいつがないといけないんだ。お願いだからそっとしておいてくれないか。じっくり考えてみるよ」

彼は立ち上がると背筋をぴんと伸ばし、ひと言も口にせず、じっと前を見据えて、あちこち歩き回っていた。すると、屋外からせわしなく歩き回る足音や何かを命令する声が耳に入ってきた。

どたどた歩き回る足音がやんだ時、ヴィドックはドアを開けて表に出た。警官たちが至る所で配置についていた。家の前の通りに、向かいの家の中、我が家の戸口の両脇、さらには近くの洗濯屋の屋根の上から、皆、身構え見張っていた。警官の銃口が一斉にヴィドックに狙いを定めた。

「なんとまあ、名誉なことですな！」

と、ヴィドックは近くで待機している指揮官に向かって、からかい半分に言い放った。

「私もすっかり身がひきしまる厳粛な思いでおりますぞ。赫々たるこのパレードは、すべて私のためにお膳立てしてくださったというわけですか。かくもたいそうなお出迎えをしていただけるとは、ありがたいことですな！」

「そんな風な口幅ったいひやかしを、いつまで言っていられると思っているのかよ」

指揮官はそう反撃してヴィドックに手錠をかけた。


ビセートルの刑務所でヴィドックは刑務所長の前に連れて行かれた。所長はどんな脱獄をも阻止せんがために、さっそくヴィドックを鎖につなごうとした。けれどもヴィドックは、パリの警視総監宛にすこぶる重要な手紙を書かなければならないのだと言い張った。ヴィドックは当時の公僕に見られる卑屈な根性を知り抜いていたので、もし仮にこの手紙の執筆を邪魔されるようなことがあったら、所長は間違いなくお上から面倒なお達しを受けることになりかねませんよ、などと脅しをかけた。所長はすぐにヴィドックにペンとインクと紙を渡すよう指示した。さらに所長は、ヴィドックを鎖で繋ぎ留め牢獄にぶち込むかどうかについては、ヴィドックの手紙に対する返事が警察本部から届いた時点で最終的な判断を下そうと腹を決めた。

ヴィドックは湿っぽい石壁で囲まれた窓のない独房に押し込まれた。そこで彼は、二人の警官に四六時中監視されながら、ロウソクの灯りのもと、机に向かって手紙の文案についてあれこれ思慮を巡らした。

彼がつづりたい内容は頭の中でははっきりしていた。ただそれをどのように上申するか、その表現方法が頭痛のタネであった。この構想はここ数日間に感じた諸々の出来事を受けて出来上がったものだった。なんといってもエルボーとの出会いが発端だった。

ヴィドックは十三年前、この男の笑いながら述べたてた偽証により、公文書偽造の濡れ衣を着せられてしまったのだが、ところがこの男はある未亡人殺害によりヴェルサイユの中央広場で斬首された。それゆえヴィドックは、エルボーの処刑により間接的ではあるにせよ、自分の被った偽証の復讐を成し遂げてもらったかのような思いを抱いたのである。さらにエルボーが有罪判決を受けるにあたって尽力してくれた警察、司法当局、さらに刑罰にかかわった刑務所職員全員に対して感謝の念を覚えた。さらに何年も恐れ逃げ回っていた不倶戴天の敵である警官、裁判官、それに刑務所の看守らが、ヴィドックの想念の世界で突然変貌を遂げ、肯定的な役割、つまり盟友ともいうべき役割を果してくれているように思えたのである。

同時にヴィドックはブロンディとの交渉の際、なす術もなく犯罪者に首根っこを押さえられ、このゆすり屋の前では卑屈な思いで哀願することしかできず、搾取され辱めを受けた。この一件の意味するところを骨身に沁みて感じざるをえなかったのだ。恐喝男ブロンディは他の殺し屋、強盗、盗賊、詐欺師と同じ穴のむじなである。ヴィドックは脱獄後、常に悪党のたむろする所に潜伏せざるをえなかったが、しかし彼はいつもこの手の輩との深い付き合いを避けてきた。ゆすり屋ブロンディと関わって、ただ単に自分がこれらの犯罪者を拒否しているだけではなく、彼らを嫌悪し、彼らを敵対者と見なしていると自覚するようになってきた。

なのにどうして暗黒社会にかくも興味を覚えるのだろうか、と彼は自問しないわけにはいかなかった。

……悪党の世界の組織と手口についてまさに学問的と言ってもいいほど、精緻極りない研究にどうしてかくも心が惹かれるのだろうか？　悪党の世界の何がこれほどまでに俺の心を魅惑するのだろう？　どうして俺は奴等すべてをとことん知り尽くしたいと思うのだろうか？……

数時間もの間あれこれ熟慮してようやく、その答えを見いだした。まず犯罪者を撲滅したいとの思いがあるからであり、さらに犯罪者との闘いの中でその知識を投入するためには、なによりもその世界についての知識が必要であるからだ。

もちろんすでに二回、つまりブローニュの火薬庫の塔とトゥーロンの森の中で驚くべき着想の豊かさで犯人を明らかにし、その成果に彼は誇りを覚えていた。だが当時の彼はこういった方面に自分の能力があるとはまったく自覚していなかった。エルボーとブロンディに遭遇して以来、いま初めて、自分が生まれながらの犯罪者追跡の狩人である、という思いを深く自覚した。さらにだからこそ彼は警察官になろうという思いを抱くようになった。加えて彼は、さらにそれ以上のもの、つまり着想もなく、それゆえ成果もない現在の警察を改革し、新しい手法を駆使して犯罪者に対して戦闘力のある組織に強化しようと思ったのだ。

八年間の強制労働の有罪判決を受けた「ガレー船奴隷」の身分の者には、この目論見は途方もない構想にして身の程知らずの思い上がりであり、実現不能に思えた。ただただ笑止千万ものであったのかも知れない。しかし気狂いじみて、尊大で、一見無理難題と見なされた多くのことを彼はこれまでの人生ですでに実践してきた。それゆえ、パリの警視総監に共同作業を提案し、そうすれば犯罪撲滅のさらなる成果が上げられることを約束してみようと腹を決めた。その計画はすでに彼の脳裏にはあった。警視総監から誇大妄想狂の大ぼら吹きと思われないよう、提案を如何に具申すればいいのか、前にも述べたように、ただただその表現手法だけが相変わらず彼の悩みのタネであった。

かなり長時間に渡って熟慮した後、自分のアイデアを具申するのははなはだ僭越ではあるが、尊崇の念に溢れた感情をない交ぜにして表現すればよいだろうという結論に達した。鵞ペンを執った彼はインク壺にペン先を浸け、上申書の執筆に取りかかった。

ビセートル刑務所、独房四十二号室
一八〇九年五月八日

尊敬措く能わざる警視総監殿！

某(それがし)の名前はヴィドックと申します。警視総監殿におかせられましては某の名前はすでにご存知であられるかも知れません。と申しますのも某は、過去十三年の間に合計二十五回にわたってフランスの監獄から脱獄を繰り返してきたからであります。某は今のままの状態であれば、この記念すべき記録を更新せざるをえないのであります。しかしながらその脱獄の前に、警視総監閣下の職務に対して大いに敬愛の念を払うことにやぶさかではありませんが、あえて一つ尋常ならざる提案をさせていただく所存でおります。某をどうか警察官の身分でお取り立てくださいますよう心よりお願い申し上げる次第であります。

某が我が身の紹介状がわりにお示しできることと言えば、某が警察を振り切り絶えず脱獄と逃亡を繰り返してきた過去十三年この方、みずからは犯罪と名のつくものは何一つ犯していないこと、さらにこの間、裏社会の奥深い知識を習得してきたということであります。某はフランスでこれまたもっとも悪名の高い一味の首領らとは個人的に面識があり、しかも一味の隠れ家がどこにあるかも存じております。某は誰にも増して、殺人鬼、辻強盗、泥棒、押し込み強盗、ペテン師の手口を熟知しております。要するに暗黒社会に通じておるのであります。さらにまた、悪党どもの秘密の言語、つまり隠語は完璧に駆使できますし、さらに連中の秘密の記号・目印についても熟知しております。この方面の某の成果に関して、警視総監殿におかれましては報告書を介してよくご存知であらせられますゆえ、その点を鑑みていただければ、フランスの監獄からの某の脱獄の可能性についてこちらから情報をあれこれ申し上げる必要はないものと確信しております。

某の計画は警視総監殿のご支援をいただいて、この悪の伏魔殿に対抗すべく魔界についての某の知識を開陳させて頂くことであります。ただし、それは計画に沿って実施していただけなければなりません。

ところで、某はまさについ最近までその方法についてあれこれ熟慮して参りました。この方法を用いますれば望外の成果を達成し得るものと確信しております。そこで、尊敬措く能わざる閣下には、某の諸々の提案を縷々詳細に申し上げる機会をいただけますよう、僭越ながら閣下に拝顔の栄に浴す機会を賜りたくお願い申し上げる次第であります。

なお某の八年に及ぶ強制労働の懲役刑の判決は偽証に基づくものであり、ビセートルの牢獄への投獄は不当極まりない処分であることを、この手紙の末尾に私の名誉にかけて断言してペンを措かせていただきます。

敬白
フランソワ・ヴィドック

この手紙は翌日パリの警察総監の手元に届いた。

暗黒街の「リンネの体系」

パリの警視総監ムッシュー・アンリは殊のほか痩せ細っていた。この男は襟と袖口が赤いダークブルーの制服をたいそうありがたそうに着ていたが、それというのも、制服の肩にある重々しい房つきの肩章が彼をがっしりした体格に見せてくれたからである。警視総監はきびきびしているもののどこか無愛想なところがあり、必要以上に厳めしく振る舞うので、見かけは肩肘張ったイギリス人のカリカチュアのように見えた。そこで「サー・アンリ」などという渾名までも贈られる始末だった。おまけにお高くとまった堅苦しい男なので、夜も制服のままで寝ているんじゃないかなどと、パリじゅうでそんなからかい半分の噂話が飛び交っていた。

「サー・アンリ」はこのところ眉間に皺をよせいかにも心配でたまらぬといった様子だった。というのも仕事の成果が上がらず、切羽詰まっていたからである。アンリの一番上の上司は警察大臣ジョゼフ・フーシェである。フランス革命の際には冗談の通じぬ人物として知られたこの大臣から、アンリはパリの犯罪撲滅政策で目に見える成果を出すよう発破をかけられていた。パリ警察が今年に入って四カ月少々の間に逮捕できた犯罪者数は十七名そこそこという有様だったからだ。フランスの首都には犯罪者がうようよしていて、毎日ありとありとありゆる犯罪が起きている現実を前に、この逮捕者数はお笑い種であった。

アンリはなんとしても業績を上げないわけにはいかなかった。しかも即刻に、と急かされている。彼の地位は非常に危うかったのだ。指導的な立場にある者が成果を上げられず、無能であると判明すれば、その当時は丁重にお引き取り願って、生活保障のある引退生活に入るとはならず、運がよくても罵詈雑言の限りを浴びせられ、挙げ句の果てにクビになるか、最悪の場合、投獄あるいは即刻斬首刑に処せられるかのいずれかであった。なにより、フーシェは冗談の通じない手ごわい相手である。

それゆえ、ヴィドックのこの手紙を不遜に思いつつも、興味深く目を通したのである。なぜなら手紙には警視総監が喉から手が出るほどほしかった、仕事上の成果を確約していたからである。彼は決断力がなかったので、プリエという慢性の蓄膿症を患っている年老いた秘書を呼び寄せた。この老人は状況判断の確かさや、人間を見抜く鑑識眼では本能的な勘の鋭さで一頭地を抜いていたからである。

「プリエ、この手紙の差し出し人をどう思うかね」

アンリは秘書に手紙を渡しながら尋ねた。

秘書は鼻をぐずぐずさせながら、手紙に目を通した。そして彼は口をもごもごさせながら述べた。

「ヴィドックというこの男は天才、もしくは誇大妄想狂のどちらかでしょうなあ。私めでしたらこの男に会ってみます。もっとも用心のために予防措置は講じておきますが」

翌日、ヴィドックは独房から連れ出されるや、パリの中心部のシテ島にある警視総監の飾り気のない執務室に通された。その部屋の窓からはノートルダム寺院が見える。

ムッシュー・アンリはこの囚人と二人きりで話そうと思い、屈強な四人の警官を部屋の前に待機させ、必要とあらばベルの合図ですぐに部屋に突入するよう命じておいた。

警視総監は自分の目の前に立つ囚人服を着た男をじろじろ観察した。三十四歳になっていたヴィドックは、落ち着いた冷静な印象を与えた。彼は貴族出身の妻から、そつのない礼儀作法を会得していたのだ。さらに彼はかなりの一般教養も身につけていた。そうしたことがその場の安心感を生んだ。

警視総監は自分の机から八歩ほど離れたところにある椅子をヴィドックにすすめ話を切り出した。

「さあ、まずは座ってくれ。それから君が言わんとするところを述べたまえ」

ヴィドックは話し始めた。

「私の見解を披瀝させていただく前に、まずは私の経験から見た現況の警察組織についてひと言述べさせていただきたいと思います。もしこちらの見解に誤解がございましたら、敬愛する警視総監閣下、どうか訂正してくださいますようお願い申し上げます。

警察は今日(こんにち)、雑然とした一群の人々と申しましょうか、目立つ制服を着た男の集団であり、近視の人でも遠方からすぐにそれと見分けがつきます。殺人であれ、スリあるいは詐欺であれ、犯罪の解明を必要とするとき、警察はただ一つの手順しかご存じないのであります。つまり警察が当てにしているのはもっぱら密告者であります。誰かがやって来てある人間を犯人だと名指し、さらに犯人の隠れ家を密告してくれるのを待っているのが実状です。それに警官たちは立派な制服を着てサーベルをがちゃがちゃと音をたてながら勤務しておりますので、彼らはいとも訳無く誰にでも察知できます。そこで悪党どもは当然のことながら隠れ家から脱出して雲を霞と逃げ去ってしまうことになります。ですから成果なんぞほとんどありません。さらに密告制度そのものには危険な点があります。すなわち密告者の告発は、たいていの場合数フランの報酬を手に入れんがための行為であります。それに密告者は犯人については、ただ漠然とそう信じているにすぎないのです。否それどころか、そうした連中は自分で犯した犯罪の責任を、意識的に無実の人間に転嫁することも少なくありません。私めの場合は、まさにそうしたケースだったのであります。警察は偽りの証言者の言葉に信を置いて逮捕可能と喜んだがゆえに、私と同様多くの無実の人々が有罪判決を受けてきたのであります。今日の警察は……」

「私がお前をここに来させたのは、捜査の不備不足の批判にじっと耳を傾けるためではないぞ」

アンリは神経質に指で机をトントンと叩きながら彼の言葉を遮った。

「お前が言っていることは遺憾ながら間違いではない。だが、肩に『GAL』なんて焼き鏝の烙印のある男からそんな話を聞かされるのは我慢ならん。お前から聞きたいのは、暗黒街での諸々の体験をとおした提案なのだ。手紙の中に闇の魔界の組織について触れていたではないか。私の関心事はそちらのほうだ。いい加減本筋の話を始めてくれたまえ」

「かしこまりました」

ヴィドックが応じた。

「私の意見をご説明申し上げるために、まずは閣下がリンネによる植物の階層分類の体系についてご存知かどうかお尋ねいたしたく存じます」

警視総監は顔色一つ変えなかった。ヴィドックは続けた。

「リンネはスウェーデンの自然科学者でありまして、彼が提唱した植物の分類体系によりますれば、植物は主としておしべと心皮、つまりめしべを構成する特殊な葉の枚数とその配列で分類が可能ということであります。この植物階層分類の体系を比喩として説明してもよろしいでしょうか」

警視総監の視線は虚ろになってきた。ヴィドックはかまわずに説明を続けた。

「警視総監閣下、もしリンネの階層分類の体系があまりお好みでないようでしたら、とりあえず比喩として説明させてください。この体系に沿って動物界を分類すれば、哺乳類、鳥類、両生類、魚類、昆虫類といった区分が可能になります。哺乳類はさらに草食性と肉食性に分類され、そしてさらに細かく区分されてゆくことになります」

警視総監はヴィドックを、みずからを預言者モーゼと言い張る狂人とばかりに見つめていた。——このヴィドックという奴は天才などではなく誇大妄想狂だな。犯罪者について報告すると約束したはずなのに、いったい何について話しているのだ。哺乳類や虫、それに魚の話をしているじゃないか、とアンリは訝しく思った。

警視総監の指先は手探りしながら呼び鈴ボタンの方にすっと伸びていった。ベルが鳴って四人の警官が部屋に突入してきたら、この狂人を捕らえて外に連れ出すことになる。

ところが運のよいことに、ヴィドックの話がタイミングよく本題の犯罪者の話になった。ヴィドックは更に続けた。

「つまり、動物界が幾つかのグループと、その下にさらに細分化されたグループに分類できるように、犯罪者の世界も分類が可能なのであります。例えば、殺し屋、強盗、盗人、性犯罪者、詐欺師などの大きな集団があります。盗人はまた、多くのグループに区分けすることができます。幾つか実名を挙げるならば、まず夜中に商店を荒らす押し込み強盗を専門にしている『ブーカルディエ』という一味がおります。また、『ドゥトゥルヌール』なる一派は同じように商店で窃盗を働くのですが、しかし明るい昼間に限るという点に違いがあります。この一味一党が仕事に利用するのは店内の混雑であります。『ルールティエール』というグループは走行中の荷馬車からトランクを盗み取る技にかけては、それはそれは見事に習熟しております。『フルウール』という一味、つまり巾着切りのこのグループは他人様の財布の中からこっそり金を抜き取る指先のあざやかな連中であります。さらにその他諸々のグループがおります。暗黒の魔界にうごめく犯罪者集団やその下部組織のすべてを、リンネ風に体系化し列挙して、閣下を退屈させるつもりは毛頭ございません。むしろ私が指摘したいのは、ある重要な特徴であります」

警視総監は前のめりになってきた。どんな言及があるのだろうかと興味津々でその言葉を待ち構えていた。

ヴィドックの話はさらに続いた。

「従来犯罪者は、思いつきあるいは偶然の成り行き任せで、ある時は殺人を犯し、また別のある時は窃盗を犯すといった具合に悪事に手を染めるもの、と考えられてきました」

警視総監は頷いた。

「こうした見解は誤っているのです」

ヴィドックはさらに続けた。

「実際には、悪党連中はその一味特有の一定の犯行しか実行しないのであります。草食動物、例えば馬がけして肉を食べないのと同様、詐欺師は殺人を犯しませんし、スリは夜間に押し入り強盗を働くことはありません。これが意味するところはつまり……」

「それは本当かね」

と、警視総監は口を挟んだ。どうやら驚いているようだ。

「信じられん、闇社会の組織というのは。いったいこの組織を支配しているのは誰かね」

「闇社会には名誉にかかわる不文律、要するに人生裏街道を歩む野郎どもがこだわっている掟が存在するのです。それは悪党どものプライドであり、犯罪者の縄張りに対する権利意識であります。解釈はお好きなようになさってください。さらにこれは気質の問題でもあります。それは草食動物の気質をそなえた馬が肉食を嫌うがゆえに、いかなる肉も口にしないのと同じなのです。まったくもってそれと同様に、温和であっても、狡猾で下卑た詐欺師の気質をそなえた犯罪者は、流血の惨事を忌み嫌い拒否します。それに反して流血の惨事は、残酷な気質の殺人鬼特有の犯罪行為であります。ちなみに殺人鬼は詐欺やいかさまの窃盗には目もくれません。ですから、ある殺害を解明する場合、これまで事実そうであったのですが、犯罪者全員に嫌疑をかける必要はありません。犯人究明にはただ、殺人犯の集団にのみ捜査を限定すればいいのです。詐欺師や盗人等のグループで、殺人犯を探す必要はありません。それは鶏小屋で雄鶏が喉首を噛みちぎられた時、馬に嫌疑をかける必要がないのと同じことであります。こうして被疑者の大半を除外できれば、犯人捜査の範囲が狭められることになります。ここに警察の好機があるのです。まだ先があります。詐欺師には縄張りというものがあります。詐欺師は自分に優先権のある特定地域で悪事を働くのですが、それは連中が互いの仕事の邪魔にならないようにするためです。パリのモンマルトル地区のみに限定している巾着切りがいます。あるいは襲撃場所をパリの北部の郊外と限定している辻強盗もいます。すると当然下手人グループの範囲は狭まってくるというわけであります。もし私がモンパルナス地区の殺人の捜査に関わるとすれば、その範囲はモンパルナスの押し込み強盗集団でもなければ、モンマルトルの殺し屋集団でもなく、ただモンパルナスの殺し屋集団のみに限定することになるのです」

「実に興味深い、ムッシュー！　だが今後私に……」

「閣下、失礼ながら話の腰を折らないでいただけたらありがたいのですが」

と、ヴィドックは警視総監に物言いをつけ、右の眉毛を吊り上げた。

「あらゆる疑問を解き明かすことが私の意図するところであります。とにかくご質問は後にしていただくようお願いいたします。さしあたっては本質的な事柄について述べさせていただきます。犯罪者にはみな一定の仕事の方法、つまり言うなれば彼らのスタイルがありまして、この特徴を私は長年観察して参りました。閣下、ここで比喩を使うことをお許しください。美術の専門家なら、表現様式のある種の特徴に基づいて画家クロード・ロランとヴァトーの絵画を区別することができますが、それと同じように犯罪者の世界に通じたプロであるなら、家宅侵入の手口を手がかりにして、誰がその侵入を企てたのか見極めることができるのであります。もしそれが不可能な場合でも、少なくともその筋のプロなら犯罪技法に長けたグループを探り、犯人を見つけ出すことができるのです。具体的に申し上げるならば、ある押し込み強盗は特殊な器具を使ってドアを蝶番(ちょうつがい)から外します。また別グループの押し込み強盗は木工用のノミを使ってドアをこじ開け、またそれとは別のグループは針金などで鉤状の合鍵を作って錠前を開けます。したがってモンパルナスでの合鍵を使った押し込み強盗事件を解明するには、合鍵で家宅侵入を企てるモンパルナスの押し込み強盗仲間のみに捜査を集中すればいいわけです。一般的な道具を使って強盗を働く一味は考えなくてよいのです。そうすると捜査対象はさらに限定できることになります。容疑者はひょっとすると一人ということになるかも知れません。また、せいぜい四、五人になり、とにかく従来のように捜査対象が無限に広がるようなことにはならないのです」

「こいつは素晴らしい。全くもって革命的だ。実に感動的だ」

警視総監は大声を上げた。

「閣下、お褒めのお言葉を頂戴いたしましても、それは閣下の質問と同様に私の思考の流れを妨げることになってしまいます。かようなご発言はどうか差し控えていただき、私の話をさらに先へと続けさせてくださいますようお願い申し上げます。要するに押し込み強盗どもは犯行現場に自分流の様式、つまり自分の個性的な仕事のスタイルの痕跡を残すのであります。しかも、それだけではありません。連中は従来警察がまったく捜査対象として見向きもしなかった痕跡を残していきます。例えば汚い靴の足跡です。あるいは犯人がうっかりどこかに引っ掻けて、千切れて残った上着の小さな切れ端です。ですから、従来のように詰め所で被害者の告発を受理してすべてよし、とするのではなく、現場に足を運び、その手の証拠を探し求め、押収し、保管しておかなければなりません。例えば、犯行現場で押収した布地の切れ端が被疑者の上着のかぎ裂きに、ぴったり納まったとしたら、それで犯罪は証明されたも同然でありましょう」

「しかし、もし……」

ムッシュー・アンリが口を挟もうとした。

「どんな質問にもお答え申し上げます」

とヴィドックは彼の言葉を遮った。

「しかし、今は論理的な順番でお話ししていきたいと思っております。この話の体系は充分考え抜かれております。閣下におかれましては、ただただ注意深くお聞きいただければよろしいのです。そうすれば、すべてご理解いただけるでしょう。たとえ閣下レベルのお方であったとしても、何度も繰り返し申し上げているように、慎重にお聞きいただくようあえてお願いする所存であります。しかしながら閣下のたび重なるご発言でまごついてしまいましたので、恐れながらコーヒーを一杯所望させていただきたく存じます」

「もちろんだとも」

と言って、ムッシュー・アンリは呼び鈴に手をかけた。合図を受けてドアがさっと勢いよく開かれるや、四人の警官が部屋の中に雪崩れ込んできたのだが、それは閣下が危険な目に遭ったと思い込んでのことであった。警官たちがヴィドックを取り押さえようとしたその瞬間、ムッシュー・アンリが叫んだ。

「ストップ！　コーヒーだよ……ムッシュー・ヴィドックにコーヒーを一杯……こっちにもだ！」

まるでガラスの壁にでも激突したかのように警官たちの動きが止まった。彼らはヴィドックに摑みかかろうとした手を下ろし、あっけにとられて顔を見合わせると、すごすご部屋を去った。ドアを閉めコーヒーの注文を伝えた後、そこで初めて彼らは訝しげに頭を振った。

「こちらの職員の方々はたいそうまめですな」

と、ヴィドックは皮肉まじりに笑みを浮かべながら褒め称えた。というのも目下の状況を飲み込んでいるヴィドックには、表に漏れ出る笑みを無理矢理抑え込む気にならなかったからだ。ヴィドックは一瞬気まずさは覚えたが、説明を続けた。

「さて、申し上げたこの情報から、警察がいかなる対策を講ずべきかを考えなければなりません」

警視総監は言葉もなく頷いた。

天才的なアイデア

ヴィドックの話がまた開始された。

「つまり悪党どもは特殊なグループやその下部組織に分かれているわけですが、そうであるならば警察組織も同様にグループと下部組織に分割する必要があります。暗黒社会と対応させて、同じように組織すべきであります。つまり従来警察は組織化することもなく、犯罪のすべてに対して、ただ満遍なく一律に対応してきたわけですが、殺人事件解明には殺人担当部署、強盗襲撃事件解明には強盗・強奪担当部署、さらに窃盗事件解明にはその専門担当部署とそれぞれに改組しなければなりません。その他の事件にはそれに対応した担当部署を設ければいいのです。この組織の下には下部組織を設けなければなりません。例えば窃盗事件担当の部署には『ブーカルディエ』一派、『ドゥトゥルヌール』一派、『ルールティエール』一派、『フルウール』一派等、それぞれのグループに対応した専門担当班に分割すべきです。こうすれば、特定の犯罪に関わる手口を厳密に研究し、その手口をもとにそれぞれの犯人グループを観察する特殊専門警察官が養成されることになるわけです。特殊専門分野担当の警官は、大都会の暗黒世界の特定の一分野から目を離すことがないので、そこで起こる事件のすべてを簡単に見抜けることになるわけであります」

ヴィドックは再び話を中断させられた。

ドアが開くと、コーヒーを二杯をのせたトレーを両手に持ち、足を引きずりながら秘書のプリエが部屋の中に入ってきた。彼は長官の机の上にコーヒーカップを置き、もう一つをヴィドックの方に運ぼうとした。だがムッシュー・アンリはそのカップも長官の机の上に置くように命じ、ヴィドックには手前に来るよう促した。

秘書はゆったりとした足取りで引き下がっていった。

ヴィドックは椅子を長官の事務机に近づけ、長官と相対して腰を下ろした。それから話を続けた。

「特殊専門警官は、自分たちの担当分野の犯罪者について、いわば昔馴染みのように熟知することになります。彼らは連中についての満足のいく報告書を提出できるようになるのです。報告はカードに記録し、保管しておかなければなりません。この犯罪者カードは、私の考えるシステムの中でも非常に重要な役割を演じることになります。それに関してはこのように思い描いております。どんな犯罪者でも、一度逮捕した犯罪者が充分にその罪を償った場合、その人物の個人情報を記録する検索カードを作成します。もっと正確に申し上げれば、カードに書き込むのは氏名、通称名、生年月日、生誕地、身長、目や毛髪の色、目鼻立ち、傷痕、入れ墨などの個人情報です。さらに、カードに簡潔に記録しておかなければならないのは、その罪人の犯行の手口です。すなわち記録内容は、その前科者がドアを開ける時は通常巧妙な技を駆使して行われるのか、それとも強引にこじ開けるのか、さらに押し込み強盗の場合は犠牲者の首を絞め殺すのか、あるいは刺殺するのか、それとも撲殺するのかという殺害方法を、さらにその男は右利きか左利きか、犯行時には道具を使用したか、あるいはその男の所属する悪党グループの名称、あるいはどのような共犯者がいるのか、といった事柄であります。カードは書き写しフランス全土に配分しておけば情報の共有が可能となります。なぜこのようなことをするのか。例えば、パリでの仕事があまりにも危険で面倒な事態に陥った時、よくあることだがその犯罪者は他所の町、例えばリールなどに移住していきます。その犯罪者は紹介状を携えてリールの暗黒街に身を隠し、地元警察に煩わされることなく悪事を働くことになるのです。ところがこのカードがありさえすれば、そうした犯罪を阻止することができるのです。なぜなら、犯罪者カードの情報のおかげで、警察は国内のどこにいても犯罪歴のあるこれらの罪人について熟知していることになるからです。その男がリールで押し込み強盗を働いたとしても、警察は犯行現場で犯人についての若干の事柄、つまり犯行の手口、家宅侵入時に犯人が用いたと覚しき道具、目撃証言やその他諸々の痕跡に基づいた人物像に関する情報を得ます。その時、警官は手掛かりのすべてと犯罪者カードのデータとを突き合わせ、比較検討すれば、そこで例えばリールで押し込み強盗を働いた犯人は、パリ出身の前科者XYであろうと焦点を絞っていくチャンスが生まれてくるというわけです」

「すまんが、ちょっと質問させてもらえないかね」

警視総監は腰をかがめ、うやうやしく口を挟んだ。

ヴィドックは了解、と目配せで合図を送り、コーヒーを一口飲んだ。

「君の言うシステムは実行犯の確認を目指しているわけだが、驚嘆の念を禁じえない、こいつは結構なことだ。だがお尋ね者が誰であるかわかっても、何のリスクも冒さずにすぐに逮捕というわけにはいかんのだよ」

「警視総監閣下、そのことも考えております。そこで付け加えさせていただきます。名の知れた犯罪者の捜査についても、同様に根本的な変革が必要であります。サーベルをがちゃがちゃと音をたてて逃走中の犯人を追いかけたり、たまたま犯人と鉢合わせした時に、やみくもに逮捕というのはとにかく意味がありません」

「なんだい、それなら警察はいったいどうすればいいのかね」

「閣下、捜査方法を変えるのです。まったく違うやり方にするのです。その目的のためには制服を脱がなければなりません」

「なんて馬鹿げたことを言うんだ」

「警官は制服を脱いで職務に就いていただきたいのです」

「あんたの言うことはわからん。制服なしで仕事せよというのかね」

「そうです。私服でするのです」

「なに、私服だと!」

警視総監は、この言葉に歯を一本へし折ってしまったかのように顔をしかめた。将校、政治家、慈善家の商人、警官のいずれであれ、日の当たる要職にある重要人物はすべて制服着用が当然であったこの時代にあっては、ムッシュー・アンリのように私服着用なんぞ不名誉の極みと思われていたからだ。私服着用を強制されていたのは一般庶民だけであったし、普段着でうろつき回るのは公安警察に雇われた密偵だけであった。連中は警察職員でも役人でもなく、胡散臭い犬と言われ、法律の保護の埒外にある、鼻摘みな卑劣漢として扱われていた。警官はまさに制服の着用によって、彼ら「下賤の輩」と区別されていた。警官はひとかどの人物だったのだ。だからみずから豪華で華麗な制服で身を包んで誇りを示すのはもっともなことであった。制服の着用許可を得ることは栄誉であり特権と見なされていた。そのうえ房のついた肩章があれば、たとえ風采の上がらぬ貧弱な体形であっても、その肩章は外目には肩幅広く押し出しの立派な風体に見せてくれる、とムッシュー・アンリは信じていた。

それゆえに警視総監は言い放った。

「君の考え方は前代未聞だ。恥知らずと紙一重ですぞ」

「前代未聞ですって、破廉恥だとおっしゃるのですか。それはなぜですか」

「私服では、どうでもいい無名の一般庶民にしか見えないじゃないか」

警視総監がたたみかけてきた。

「一般庶民！　警視総監閣下、まさにそのとおりであります。警官たる者の外見はそうあってしかるべきなのです。警官は一見、粉屋かあるいはパン屋、商人、もしくは日雇い労務者、または浮浪者、さもなければ無法者のような外観を装うべきなのです。外見はごく一般庶民のようであってほしいのです。警官の見かけは、見るからにそうであってはならないのです」

判断力を欠いたすべての人間と同様に、簡単に感化された警視総監は物思いに耽りながら頷いた。

「ヴィドック、君の言うことには説得力がある。だが私服の警官なんぞ私は想像もできないね。そんなことはおそらくほとんど実現不可能だろう」

「私の言うことを信じてください、閣下。警官の皆さんに私服で働いていただくというこのアイデアは、パリやフランスの、それどころか世界中の警官の仕事に革命をもたらすことになるでしょう。あと数年もすれば、さらに数十年もすれば、犯罪捜査の警官は私服で勤務することになるでしょう。なんとしても私服で働いていただきたいのです。ただし犯罪防止のために投入される警官は、本来の目的に沿って誰の目にもはっきり見分けがつくように、当然制服を着用し、それ以外の警官は全員一般庶民と同じ私服であるべきなのです。これはすべて確かな根拠から申し上げているのであります」

「その根拠とやらを挙げたまえ！」

「警官の皆さんには、なんとしても隠密裏に暗黒街に行っていただきたいのです。もちろん変装してもぐり込むのです。ただし犯罪者を見つけても、すぐに逮捕してはなりません。悪党の隠れ家や連中が共犯者と出会う場所、さらに戦利品の隠し場所が判明するまでは、奴らをじっと見張って、さながら影の如く密かに追跡してほしいのです。何も知らぬ悪党に気づかれないよう、しかるべき場所にまで追跡者を案内してくれた時、そこで初めて連中を逮捕するのです。そうすれば警察が必要なもの、つまり犯人と共犯者と彼らの戦利品、さらに有罪判決を言い渡すための証拠も確保することができます。そうすれば密告者の偽りの供述は覆せます。この捜査の新方式は予期しない可能性を切り開いてくれます。尊敬措く能わざる警視総監閣下、閣下には見通しのすべてを開陳することはいたしかねますが、一つだけ実例を披露いたしましょう。盗人は皆、盗品を買い取り屋に売却します。連中の背後には盗品の購入者が控えております。パリの盗品買い取り屋を調べるのは、暗黒街の勝手知ったる私には何の苦もないことです。私はその世界の多くの悪党と知り合いであるからです。繰り返し申し上げておりますが、脱獄後私は暗黒街に潜伏せざるをえなかったからであります。ですから、私服警官は盗品買い取り屋を秘かに見張り、盗賊が盗品を携えて姿を現わすのを待っていればいいのです。そして人目につかぬように盗賊を逮捕するのです。盗賊が連行されたら、警官たちは再び新たな盗賊が登場するまで待ち伏せすることになります。かくして盗賊は芋蔓式に次々と逮捕されることになるのです。警視総監閣下はこのことをどうお考えになりますでしょうか」

「全体に理路整然として魅力的に見えるね」

と、警視総監は認めつつ付け加えた。

「だがそのためには警察組織の革命が必要だな」

「今の時代は革命には理解があります」

警視総監は指の爪を見つめていた。

「べらぼうな変革をせねばなるまいなあ」

と、警視総監は溜息混じりに続けた。ムッシュー・アンリは前に述べたように即断即決とは無縁の人である。

「成果のことを考えてみてください」

と、ヴィドックは畳みかけた。

「成果ねえ……」

ムッシュー・アンリはこの言葉をまるで木霊(こだま)のように繰り返した。彼は立ち上がると、あちこち歩き回った。

……成果か——俺にはとっては警告の言葉だ。成果を上げなければならんのだから。だが、その成果が手近にあるのだ。この好機を利用しさえすればいいんだ。目眩のするような高い所から氷のように冷たい水中に飛び込むが如く、たとえこの決断が困難であっても、決定を下しさえすればいいんだ……

ムッシュー・アンリは腹をくくった。

「ぜひとも実現しよう、ヴィドック、それもすぐにだ」

と警視総監は切り出したが、その声は腹をくくった自分に驚いているかのようだった。

「だがその前に、膨大な準備作業の必要があります。私が短時間で披瀝させていただいたこの組織はごく大雑把なものです。組織の編成は考えるよりもずっと複雑に入り組んでいるのです」

「君の言うことを信じよう。当方の問題は、誰が新たに組織するかということだな。私服警官の部隊を誰が指揮監督するかだ」

「私です！」

「お前だと？」

「ええ、もちろん」

警視総監は腰を下ろし穏やかに微笑んだ。

「我が親愛なるムッシュー・ヴィドック」

警視総監はまるで目の前の狂人をなだめすかすかのように話しかけた。

「君は八年の強制労働の有罪判決を言い渡されている身分だぞ」

「でも私は無実なんです」

「無実なのか、罪あっての判決なのか、そんなことはわからん。わかっているのは、君に下された有罪判決には法的拘束力があって、取り消しようがないということなんだよ。ヴィドック君、牢中での生活をできるだけ快適にしてやることは私どもの権限の範囲内にある。だから君には警察本部の独房に入ってもらい、きちんとした食事が摂れるように配慮しよう。そうだ、そうしよう。そうすれば、君が刑に服していても、新組織を委ねる予定の警官と相談はできる。君はその担当者に例の構想を説明し、その男が実現するということになるだろう。だが、そうだとしても君は日夜格子の向こうの牢獄の中に八年間居続けなければならんのだよ、これは当然のことなのだ」

「私がムショにぶち込まれたまま、アイデアを授けるだけで新組織の編制が可能だなどと、まさか本気で考えてはおられないでしょうね」

「他の方法は考えられん」

「私がいなければ、警視総監におかれましては新組織編成の実現はまったく不可能であります。と申しますのも、閣下は当方の知識を必要としておられるからであります。私以上に悪党を熟知している者は他には誰もおりません。リンネが植物の世界を研究したように、私は数年来、裏社会を研究して参りました」

「私が君を必要としていることも、君がいなければ事がうまくはかどらないことも承知しておる。しかし君を警官として正式に任命することはできんのだ。このまま牢獄にいてもらわなければならんのだ」

「いやいや、それでは駄目です。もちろん、悪の魔界に対しては、私がこの新しい警察部隊の指揮官であるという事実をできる限り秘密にしておかなければならないことは承知しております。でも警察組織の内部では、内々にではあるにしても、あらゆる名誉と権利のすべてが損なわれずに、私がこの新組織の創設者であると同時に、指揮官として任命していただきたいのです」

「それはできぬ相談だ。君は八年の強制労働の刑に……」

「すべては可能です。特赦の発令をお願いします。例の判決は無効だと宣言してください。あの判決は、いずれにせよ誤審なのですから！」

「そんな権限はこちらにはないのだよ。判決の無効を言い渡せるのはただ一人、警察大臣ジョゼフ・フーシェ閣下だけだ」

「そうですか。それなら大臣に特赦をお願いしてください」

「もし大臣にそのような提案を申し出たら、こちとらは即刻クビだね……」

その時、ムッシュー・アンリは今の仕事で成果が上がらなかったら、フーシェにクビを切られるだろうとも思った。

「ならば、当方との共同作業を放棄なさってください。そして、この仕事の成功も諦めてください」

「私はお前さんに共同作業を強制することだってできるのだぞ」

「警視総監閣下がですか？　私にですか？　笑止千万！　閣下はいったいどうやって実現しようとお思いなのですか」

「ムッシュー・ヴィドック、手の打ちようはいくらでもある……」

「警視総監閣下が着手する前に、こちらは脱獄いたします。私はこれまでに二十五回成功してますから、二十六回目もきっとうまくいきますね」

警視総監はこの男のとんでもない厚かましさに怒り心頭に発して、怒鳴りつけようかと思ったが、しかしその瞬間あれこれ熟慮してみた。というのも自分の成功はヴィドックの好意いかんにあることがわかっていたからである。警視総監は穏やかな口調で話を続けた。

「ムッシュー・ヴィドック、このたいそう有意義な話し合いを喧嘩別れで終わりにすべきではないと思うのだがねえ」

「同感です。しかしながら閣下にははっきりと申し上げておかなければなりません。まず、私に下された有罪判決が不当であったということであります。加えて申し上げれば、私に下されたこの不当判決の破棄をお願いしたいのです。さらに警察の新組織編成を公的に委任していただくことを併せてお願いしても、なんら不当なことではないと思っております。それゆえ、これらを実現していただかなければ、警視総監殿との共同作業の可能性などはありえません」

「ムッシュー・ヴィドック、そこをなんとか折り合いをつけることはできると思うがね」

「いえ、折り合いをつけるのではなく、一点の曇りなき道を歩んでください。閣下におかれましては、こちらの提示した諸々の条件をご承知してくださっているはずです。私は隠密裏に行動しますが、しかし内々には公の仕事に勤しみます。まあこんなところでしょうか、閣下。私の提案を熟慮なさってください。こちらは何一つ不当なことは要求しておりません。それでは」

と言ってヴィドックは立ち上がった。

「では君を牢獄に戻すことになるが、それは承知してもらえるのでしょうな」

「もちろん」

「君の提案をよくよく考えてみることにしよう。返事があるまでは頼むから脱獄はやめてくれ！」

「承知しました。でも約束の有効期間は一週間です。その間、何のご返事もなければ、私は脱獄いたします」

「とにかく、必ず返事は届ける。いずれにせよ、お別れだ」

警視総監はヴィドックと握手をして、ドアまで案内した。そこで警視総監は責任ある警護班に、ビセートルの牢獄に「脱獄王」を連れていくよう委ねた。

ムッシュー・アンリは事務机に戻って、あれこれしている間に冷めてしまったコーヒーを飲み干すと、それから様々考え悩み、まるでコーヒーカップの底に溜まった沈殿物に自分の運命を読み取るかのように、その澱(おり)をじっと見つめていた。ヴィドックの要求は実現不可能に思えた。

……しかし、あいつの言う組織——あれは天才的なものがあるな。しかも成功が見込まれそうだ、いやそれどころか有望だぞ！　さはさりながらヴィドックの協力がなければ、ともかくあの組織作りは実現不可能なんだ……

この仕事をヴィドックに強制することはできまい、とムッシュー・アンリは思った。

……ヴィドックがいなければ、いかなる成果もあるまい。成果がなければ、アンリ、お前さんはクビだな。とにかく俺の一番上の上司であり絶対な権力を有する警察大臣フーシェと話をすべきじゃないのかな。ひょっとしたら閣下はヴィドックの条件を受け入れてくれることだってあるかも知れんぞ……

とにかくありえないことばかりのこの時代、信じられないようなありとあらゆることがすでに起こった時代に自分たちは生きているのだ、とパリの警視総監はそんなふうに考えていた。

フーシェ大臣に拝謁する

革命後の何年間は信じられないような法外なことが実際に起こっていた。貴族の家系とは無縁のコルシカ島出身の小柄なナポレオン・ボナパルトが、一八〇四年五月十八日にフランスの皇帝に伸し上がった。法王までもがパリに出向いて、一八〇四年十二月二日のノートルダム寺院での戴冠式に臨席し、皇帝に祝意を表した。さらには一八〇五年五月二十六日、ナポレオンはみずからイタリア王国の王位に就いた。彼が仕掛けた野心的な戦争は大成功を収め、一八〇九年までに全ヨーロッパは彼の前にひれ伏した。ナポレオンの国内統治は鉄の規律を重視していた。彼の制定した法令集『ナポレオン法典』は、今日に至るもフランスの司法に影響を与えている。

ナポレオンは昇竜の勢いで伸し上がっていった最初の数年、自分と同じように燃えるような野心を抱き、高度な知性を備え、しかも冷酷にして厚顔無恥な男に注意を払っていた。それは、恐怖政治の支配を経て、革命側の指導者の中で唯一生き残ったジョゼフ・フーシェである。彼はナポレオンのような向こう見ずで無鉄砲な男ではなく、忍耐力に秀で、鰻のように摑みどころがなく、無防備な敵であっても慎重に網を張り、その網に敵が引っかかって身動きが取れなくなるのをじっと待つタイプの、残忍で狡猾な策士であった。この男はスケールの大きな天性の策謀家であった。

ナポレオン・タイプの成功者がフーシェ・タイプの悪魔的な人間に対して取り得る術は二通りしかなかった。つまり何らかの口実を設けて、才能に恵まれたその敵を処刑して自分を守るか、あるいは親密な盟友として囲い込み、その男の才能を利用するかのいずれかである。ナポレオンは後者の策を選択することに腹を決めた。そんなわけでフーシェの人生は死刑囚専用の荷馬車に乗せられ処刑場に運ばれて首をはねられずに、警察大臣に就任してパリに住み、フランス国家第二位の権力者として遇され、最終的にはナポリ王国のオトラント公爵という貴族の称号までも授与されるコースをたどることになったのである。

フーシェは巨大な権力を手中にしていたにもかかわらず、自分の地位がけして安泰ではないことを自覚していた。というのもナポレオンが親密な相手に期待しているものは、その相手に常に幸運(つき)があり成功を収めている、ということだったからだ。しかもナポレオンは相手が誰であれ運から見放され成果が上がらぬ人物だと判明するや、その男をまるでハンセン病患者並みに扱うこともあれば、もっとひどいことには、相手を絶滅させるのが最善とばかりに害虫の如く切り捨てたのである。そうした連中の首は即刻刎ねられた。とにかく成功がすべてであった。

ところがフーシェが手中に収めた成功はまだ道半ばだった。もちろんフーシェは検閲、尾行、ペテン、脅迫、それに加えてありとあらゆる恐喝策を駆使して、フランス政治に関わる大方の有力者にナポレオン路線の支持を誓約させることもあれば、それとは逆にそれらの人々を国家反逆者として正体を暴き、彼らを処刑台に送ることにも成功した。それゆえ、内政は安定していた。しかしながら犯罪撲滅の成果は久しく思わしくなかった。悪党どもを掌握できなかったからだ。彼らは自分の身が危険に晒されているとは思っていなかったので、行動はますます大胆不敵になった。約五十万人のパリ市民は黄昏時が過ぎるとけして外出しようとはしなかった。家の中に籠っていても、もはや安全ではなくなっていた。昼日中でも天下の公道で強盗事件までも勃発していたからである。

だが警察はこの状況にどう対処していたのだろうか。国じゅうで犯人逮捕の成果はまったく上がっていなかった。一八〇九年五月一日にフーシェに提出された警察の活動報告によると、年初以来、パリ市内で逮捕された人数はわずか十七名にすぎなかった。

……こいつは笑止千万だ！　前代未聞の不始末だ！　なんとか手を打たねばなるまい……

フーシェは率先してこの問題の解決に弾みをつけようと腹を決めた。しかしながら彼はいつどのような手を打てばよいのやら、その方法が思いつかなかった。それゆえ彼は、別ルートから解決案が出てきたことを喜んだ。ある日、秘書からパリの警視総監ムッシュー・アンリが拝謁を求めている旨の報告を受けた。

「警視総監をこちらに通してくれたまえ。あの男とはちょうど話をしたいと思っていたところだったのだ」

と、フーシェは言った。

警視総監アンリはフーシェの執務室である大広間に足を踏み入れたその瞬間、膝ががくがくふるえているのがわかった。部屋の壁にはその時代に流行っていた厳格な擬古典主義様式で描かれた絵画が何枚かかかっている。それらの絵画には革命やナポレオンの人生を主題にした場面が描かれている。

アンリは大広間の片隅で、装飾文様が施された銀白色の優美な書き物机の向こうに座る警察大臣、いまだ一度も間近から見たことがないフーシェを目にした。アンリは誰よりもこの男を恐れていた。

当時五十歳のフーシェは、この日緋色の制服を着て、ブルーの肩帯を肩にかけ、白のズボンをはき、親衛隊司令官専用の黒の乗馬用ブーツで決めていた。彼はこの書物机にぴったりな様式の安楽椅子に腰かけ、脚を組み、両手の指先を互いに押し付け、梳（くしけず）った頭髪を額にたらしていた。その顔はまるで石造りの仮面のようだった。

警視総監はぎしぎしと軋む寄せ木張りの床を踏みながら、書物机の方に向かって歩み寄り、フーシェの前で立ち止まって腰をかがめお辞儀をした。アンリは、ほとんど抑揚のない調子でなんとか切り出したのだが、喉は恐怖のあまりにしめつけられ、今にも窒息寸前であった。

「閣下、拝謁を申請させていただきましたが、失礼の段どうかご容赦くださいますようお願い申し上げます。と申しますのも……」

「まあ、かけたまえ」

と、フーシェはアンリの言葉を遮った。もの静かな口調ではあったが、甲高い声だった。フーシェはさらに続けた。

「詫びを言う必要はないが、君には幸運（つき）があるようだ。信じられないかも知れんが、君の来訪はこちらの望むところだったんだよ。まあ、かけたまえ！」

アンリは渦巻き模様の装飾が施された、銀白色の椅子にへたり込んだ。

「ちょうど君に来てもらおうと思っていたところでね」

フーシェの声はとても小声だったので、アンリは必死に聞き取らなければならなかった。

「それというのも、君の警視総監の立場における業績は、笑止千万にして前代未聞のものだということを伝えたかったのだ。年初以来、逮捕件数はわずか十七件。しかも、パリのような犯罪汚染都市でこの有様だ。この事態をどう考えているのかい。こちらとしては君の職務を解き、責任のすべてから君を解放してあげようという、結構な案があるのだよ」

ムッシュー・アンリは座ったまま会釈をして、それから息苦しそうに喘ぎながら続けた。

「閣下、私めがここに参上いたしましたのも閣下に申し上げたきことがあるからでございます。実はある成功が見込まれる方策がございまして……」

「方策なんぞ、どうでもいい。聞きたいのは実績のほうだ。どうすれば成果を上げられるか、という方策の報告ではないのだよ」

「ごもっともでございます。いずれにせよこの方策には難点が一つございまして」

「成果が見込める方策に難点なぞあるわけない。成果の上がらん方策というのもあるがね。方策というものは、そのどちらかだ。成果が上がらない方策を話す必要はない」

「しかし、この場合はとにかくそれが必要なのでございます。閣下、御報告させてください。実は、ムッシュー・ヴィドックという男がやって来て、警察改革のためのある方策を提案してきたのです。

それはびっくりするような性格のものでして、しかもたいへん成果をもたらしてくれるという方策なんですが……」

「で、その難点とやらは何かね」

「ヴィドックというこの男は囚人でして、肩には焼き鏝で『ＧＡＬ』という烙印がございます。この男は刑務所に入っていない時には十三年このかた、暗黒街をあちらこちら歩き回ってきたと言うのです。奴はまだ八年の強制労働の刑を勤め上げなければなりません。もっともこの男は、無実なのに有罪判決を受けたと言っております」

「その男が有罪か無罪か、そんなことはどうでもいい。私が聞きたいのはその男のアイデアが成功を約束してくれるかどうか、ということの一点だ。そもそもその男はいったいどんなアイデアを持っている、というのかね」

「その説明はさほど簡単ではございません。この男は誰よりも暗黒街を知り抜いております。このことを前もって申し上げておかなければなりません。この男ははまさに学問的と言ってもいい程徹底的にその魔界を研究してきたように見受けられます。この男の話には驚くべきものがございます。彼は犯罪者の世界をリンネの分類体系にたとえて、そして……」

「犯罪者の世界を植物の世界のように様々な種類に分類することが可能だ、と言っているのかね」

と、フーシェが話を継いだ。彼は他人が話すよりもずっと早く物事の先を見透している。

「そうなんです」

「面白い……そんなことを考えている奴がいるのか」

「この男の言うところによれば、暗黒の地下世界を様々な小さな犯罪者グループに体系的に分類できるということであります。そして、個々の悪党はある一定の犯罪行為に対して特殊な才能を持ち合わせているので、悪党どもの犯罪行為がそれぞれの領域と重なり合うことはない、ということによって説明が可能だと言うのです」

「例えば、あらゆる経験上の判断によれば、殺人犯はけして詐欺も窃盗も働くことはないということかい」

「そうです。ヴィドックもまったく同じことを言っておりました」

「実に面白い。すなわち、もし警察がある殺人事件を解明しようとするならば、とにかく窃盗犯や詐欺師やその手の罪人は全員怪しいところはないと対象から外し、最終的には殺人の嫌疑のある限られた少人数のグループのみに捜査を限定し、集中するということだな」

「まさにそのように、ヴィドックも申しておりました。あの男も閣下とまったく同じ言葉を使っておりました。閣下、もうすこし話をさせてください。ムッシュー・ヴィドックは私に提案をしてきたのです」

「つまり、犯罪者の世界と同じように警察を組織編制すべきだ、という提案があったということかね」

と、フーシェが合いの手を入れてきた。

「驚きましたな、閣下。またもやムッシュー・ヴィドックと同じ表現を……」

「驚くほど頭のいい男のようだな、ヴィドックという奴は。ところで一つ質問があるのだが、奴は運のいい男かね」

「おそらくそうに違いありません。なにせあの男は十三年この方二十五回も脱獄に成功しております」

　フーシェは飛び上がって平手でテーブルをどんと叩いた。

「なんだって？　我が監獄から二十五回も牢破りしたのだと！」

　警察大臣は身をかがめた。彼の肩幅が縮こまった。

「閣下、お許しください。閣下にかような提案を申し上げたならば、それは不埒な要求だとお受け取りになられると思っておりました。こんな奴めがと……」

「馬鹿を言うでない！　ヴィドックという男が我が国の牢獄から二十五回も脱獄に成功したというなら、この男は天才だ。こいつは警察に欠くべからざる存在だ。明らかに脳味噌を備えた人材が不足しているパリ警察には殊のほか必要だな」

　アンリはその言葉を、まるで吹きつけるにわか雨の雫のように浴びせかけられながら、じっと聞いていた。彼は少々身震いして、それから口を開いた。

「閣下、失礼ながら囚人ヴィドックの考えについて報告を続けさせていただきます。あの男はさらに多くの提案も提示してきたのです。しかも……」

「私は細部には興味がない。ヴィドックの話にはとても感動を覚えるよ、ほんとうに感銘を受けているのだ。話のすべてが独創性に満ち満ちていて、よく考え抜かれているように見受けられる。だから、その男の他の提案も同じ性質のものであると、私は思うがね」

「そうなんです、閣下」

「そこでアンリ君、このアイデアの実現に着手してくれたまえ、それも早急（さっきゅう）にだ！」

「閣下、実は一つ問題があるのです。ヴィドックのアイデアの実現にあたっては、彼が常時ともに作業をしてくれなければ不可能なのです。あの男はこの提案の肝心要の点が細部にわたってわかっているたった一人の人間であります。しかし、牢獄に閉じ込められているこの男は、警官として採用してもらえた場合に限ってのみ働くと言い張っておるのです！」

「それなら、そうしたまえ。雇うんだ！」

「閣下、閣下はお忘れになっておられるようですが……」

「何を言っているのだね。私が何だって？　私が何を忘れただと。私に問題があるとでも言うのかね」

「閣下、失礼ながらどうか思い起こしてください。ヴィドックというこの男は『ガレー船奴隷』の囚人なのであります」

「それがどうかしたというのかね」

「あの男は牢獄にいるのです」

「わかっておる。その男を釈放すればよい」

「八年の強制労働の有罪判決を受けておりまして……」

「だから、わかっておる。繰り返しはよしてくれ。その男に恩赦を与えるのだ。判決はすべて無効にすればいい。奴の才能を警察のために利用しないわけにはいかんからな。あの男が犯罪者であるのかないのかは、そんなことはまったくどうでもいいことなんだよ」

「そうはおっしゃっても……法律によりますれば、恩赦を出せるのは警察大臣か、あるいは皇帝陛下御自身だけでありまして……」

　フーシェは返事の代わりに呼び鈴に手を伸ばした。ベルの合図を受けて秘書が石板と石筆を両手に抱えて、急ぎ足で大広間に駆け込んできた。秘書はフーシェの前で身をかがめ、じっと構えて突っ立っていた。

フーシェは秘書に言い渡した。

「公文書の内容を言い渡すぞ、メモしてくれたまえ。部屋に戻って清書し終えたら、サインを入れるので、すぐに持って来てくれたまえ。さあ書き取ってくれ。そうそう、例の男の名前は何だ」

「ヴィドック、フランソワ・ウジェーヌ・ヴィドックです」

と、警視総監が応じた。

「それでは、フランソワ・ウジェーヌ・ヴィドックに下されたすべての判決の無効を宣言する。それとヴィドックの脱獄による追跡ないし、関連の捜査手続きの一切を即刻中止する旨を書いてくれたまえ」

公文書の筆記が終わるまで、秘書の手にした石筆は石版上でぎしぎしがさがさと小さな音をたてていた。それから秘書は顔を上げてフーシェを見た。秘書は大臣の手の合図でまるで虫けらのように部屋から追い払われた。

それからフーシェは警視総監の方を振り返って言った。

「私はこの公文書ではヴィドックに対する追跡のすべてを禁じた。なぜなのか、その理由がわかるかい」

「あの……理由は……」

「我らの尊敬する友人ヴィドック氏を牢獄から密かに連れ出して、部外者から見たら、この男がいかにも脱獄に成功したかのように思わせておきたいからさ。事情通は別として、世間にあの男はまたもや牢破りしたと思わせてやるのさ。あの男がどこにいても逮捕されないようにするには、どの警官に対しても彼が自由人であると証明できる証明書を彼に発行してやらねばなるまい。わかるかな」

「ええ、たいへんよくわかります」

「あの男が脱獄したと、なぜ世の人々にそう思わせるのか、その理由もわかるか。すぐに教えてやるが、君には見当もつかんだろう。ヴィドックの暗黒世界についての詳細な知識を駆使した警察組織改革の件は、できるだけ長期間に渡って悪党どもには伏せておいたほうが得策だからさ。あの男は脱獄して逃亡中だと、皆に思わせておいても少しもかまわんのだよ。ところで、ちょっと思いついたことがある。新たに組織替えした警察のグループは目立った制服ではなく、私服で働かせたら、こいつは効果覿面(てきめん)だろう。というのは……」

「その件もヴィドックが提案しておりました」

「話の腰を折らんでくれ。そいつは無類の無作法であり、無礼というものだ」

そう言うとフーシェは、アンリに一瞥もくれずにラ・ロシュフーコーの箴言集の小型本を手に取り、頁をぱらぱらめくって読み始めた。

アンリは座っていたが、何を考え、何を言ったらいいものやら、さらにまた立ったほうがいいのか、あるいはこのまま座っていたほうがいいのか見当もつかなかった。

時間が流れていった。フーシェは本を読み耽っている。一筋の汗がアンリの額を流れ、鼻筋を伝って上唇に達すると、さらにそこから顎に滴り落ちていく。アンリは手で顔の汗を拭おうともしない。

ドアが開いた。秘書が公文書を片手に持ち、滑るように部屋の中に入ってきた。フーシュはペンを取るや、書類の下方部にサインをした。それからフーシェが公文書をアンリに向けて差し出すと、警視総監は立ち上がってそれを受け取った。

秘書は静かに立ち去った。

「もう帰ってかまわんよ」

と、フーシェはアンリに言った。

「もう一つ質問させてください」

「まだ質問があるとは思わなかったな。まあ、尋ねたまえ！」

「警視総監として、この質問をしないわけには参りません。もし、仮にムッシュー・ヴィドックが成果を上げられなかったら、つまり我々の期待に応えてくれなかったら、その時はどういたしましょうか。閣下がヴィドックに下された判決の無効を宣言されてしまった以上、もうあの男を牢獄に戻すことはできませんから」

「成果がなかったら……、さっさと斬首か、あるいは絞首刑だな」

と、フーシェは小声ながら刺すように冷たく言い放った。

「どんな処刑方法が流行しているか、その時の事情次第だがね。なんらかの口実はきっと見つかるだろう。しかし、その場合に私は君の立場には立ちたくないな、アンリ君。なにせ体に烙印を押された『ガレー船奴隷』を警官に任命するよう私を口説いたのは君だからね。このことをいつも肝に銘じておいてくれたまえ。ではまた、親愛なるアンリ君！」

警察幇助による脱獄

その日の夕食の始まる直前、警視庁の幹部クラスの若い職員がビセートルの監獄に現れ、至急所長室に案内するように要求してきた。

所長はこの訪問客が自分より身分が下のクラスであるのをひと目で見て取った。

「何か用かね」

と、所長は椅子から立ち上がりもせず、男に尋ねた。

「私はパリの警視総監ムッシュー・アンリ閣下より個人的な依頼を受けて参りました。実は警視総監閣下におかれましては、フーシェ警察大臣閣下直々のご指示を受けておられるのであります」

これを耳にした所長は、人形使いの操り糸で引っ張り上げられたかのように、すっくと立ち上がるや丁重に頭を下げた。

「なんなりと、どうぞ！」

所長は挨拶をするや、口唇に皺を寄せ愛想のいい微笑みを浮かべた。所長は平身低頭しながら、上体を起こそうともしなかった。卑屈なほどに腰をかがめたままでいたので、その姿はまさに恭順の姿勢を体全体で表現した記念碑像のようであった。

「この件は最大限の秘密厳守を必要とする案件でありまして」

と、使者は本題に入った。

「お座りになりませんか、どうぞ」

二人は腰を下ろした。所長はなおもうやうやしく背を丸めたまま座っていた。

「包み隠さず繰り返し申し上げますが、これは極秘の案件であります」

「承知しております」

「囚人ヴィドックに関する案件であります」

「世に言う脱獄王ですな。彼奴（あやつ）はビセートルのこの監獄でその名声を失うことになるでしょうなあ」

と、所長は嘲り笑いながら言葉を添えた。

「ムッシュー・ヴィドックは今晩、脱獄ということになるでしょう」

「絶対に阻止します」

「逆です。所長の仕事は脱獄の阻止ではなく、脱獄の幇助なのです」

「えー、なんですって？　おっしゃっていることがわかりませんが」

「ムッシュー・ヴィドックが今晩、誰にも気づかれずに刑務所から脱出できるよう、配慮していただきたいのであります。もちろん一般的な逃走経路の一つである、刑務所の外壁を乗り越えさせ、逃亡させてやるのが最善であります。フーシェ大臣と警視総監のご希望はムッシュー・ヴィドックが牢獄から消えてしまうことであります。つまり、あたかもムッシュー・ヴィドックが自力で脱獄を果たしたかのような体裁にしてほしいということであります」

「かしこまりました」

「警備班にも、脱獄が警察と刑務所の首脳部の了解のもとに実施されたと、けして気づかせてはならないのです」

「わかりました。しかしながら疑念を述べさせていただきます。もし当方が警備班に秘密を打ち明けないと、ヴィドック、いや、ムッシュー・ヴィドックが脱獄の途中で誤って射殺される危険性があるかも知れません」

「それについては警視総監も心配なさっておられました。警視総監から預かった所長様へのご伝言では、ムッシュー・ヴィドックの生命と健康に関する全責任はひとえに所長ご自身にかかっているということであります。もし仮にムッシュー・ヴィドック脱獄の際、指一本でも危害が加えられたならば、フーシェ大臣にその報告が届くことになります。かくなる場合には、ご想像できることとは存じますが、所長の責任ははなはだ厄介なものになるでしょう」

所長はその光景をありありと思い浮かべ、そのため胃痙攣が突発し、口の中がかさかさに乾いて、ぺったり粘りついてしまった。

「承知しました」

というその声は少しかすれていた。

「お寄せくださった信頼には、落ち度なきよう十二分にお応えする所存でおります」

と、所長は付け加えた。

「ご承知いただければ、これにて当方の任務は完了ということになります。そうそう、もう一つお伝えすることがありました。ムッシュー・ヴィドックに、明朝早々に警察本部のムッシュー・アンリのもとに出頭するようお伝えください。それとムッシュー・ヴィドックには逃走用のしかるべき衣服が手に入るようご配慮ください。それでは失礼いたします」

所長は立ち上がって客人を刑務所の門口まで見送った。そこには使者の馬が繋がれていた。

「どうか警視総監閣下にくれぐれもよろしくお伝えください」

と、所長は馬に乗って立ち去る男の背に、そう言葉をかけた。

それから所長は目も虚ろに執務室に戻った。彼の胃は鈍痛に苛まれていた。彼は部下に、沸かしたてのカミツレ茶をポットに入れて持ってくるよう、ぶっきら棒に命じた。


ちょうど夜中の十二時に差しかかろうとしたその時、ヴィドックの独房のドアが静かに開け放たれ、灯したロウソクを手にした刑務所長が室内に入ると、右手人差し指を唇にあてて「シー」と発した。それを目にしたヴィドックは、なんだか夢の中に出てくるお化けにたぶらかされているような気がした。所長はまるで家臣のように会釈をすると、ヴィドックにズボン、上着、シャツ、帽子を差し出した。それらの品々はどれもがみな真新しく最高級の品である。所長はヴィドックに持参したその服に着替えるよう指示した。それから自分の後についてくるよう手招きした。

ヴィドックを連れて階段を下り、奇妙なことに看守が出払っている詰所の傍らを通り過ぎると、鉄扉を鍵音も静かに次々と開け放っていった。こうして二人は刑務所を囲む一番外側の塀近くの中庭にやって来た。あたりは何もかもがいつもとはすっかり様子が異なっていて、看守もいなければ、警察犬ブラッドハウンドの姿も見当たらない。塀の向こうには自由が広がっている。さらに所長は塀に近づいた。ヴィドックが驚いたことには、彼は両手を組み合わせ、盗賊団がよくやる「盗賊ハシゴ」を作ってくれた。

「ムッシュー・ヴィドック、さあこれを梃子にして塀の上によじ登るのです。明日の朝にはムッシュー・アンリ閣下の所に出向いて、警視総監殿にくれぐれもよろしくお伝えください」

と、所長は声をふるわせて囁いた。

ヴィドックは所長が両手で作った鐙に足をかけ、彼の肩の上に飛び乗った。そこから弾みをつけ、一気に塀の上に飛び乗り、後ろを振り返った。

「ぐずぐずするんじゃないよ」

と、所長は小声で促した。

「飛び下りるんだ。後生だから怪我をしないでくれよな」

数秒後、ヴィドックは屋外の草地に着地した。なぜか看守の姿は誰一人見かけることがなかった。彼は何の妨害もなく走り去っていった。

「犯罪捜査局(シュルテ)」の創設

「敬愛すべきムッシュー・ヴィドック！　お会いできてたいへんうれしいですよ」

パリの警視総監はまるで同僚を抱擁するように、親しげにヴィドックを迎え入れた。

「君に伝えたい、たいそう喜ばしい情報を手に入れておりますぞ。こちらに来て座りたまえ。コーヒーはどうかね。ほんとうに飲まないのかい。ほんとうかい。それじゃあ、のちほどということにしようか。我が敬愛するムッシュー・ヴィドック、まずは私の言うことを聞いてくれたまえ。びっくりするかもしれんが、まずは順を追って話していこう。君が先日ここに来た際、ひどく斬新で鮮烈な犯罪撲滅のアイデアを披露してくれたが、その時、君は諸々の条件を提示したね。それはまったくもって当然なことではあるけれど、ほとんど実現不可能なものだった。そこで私は意を決して、何度も不可能を可能にしてきた人物、すなわちフーシェ大臣のもとに足を運び、その件を上申した。君も想像できると思うが、大臣はこちらの無理な要請をいぶかしく思っておられましたぞ。否、それどころか最初はむしろご立腹のご様子だった。ともかく、大臣に君との共同作業の利点について縷々説明したうえで、君の提示した条件を大臣に呑んでもらえるよう嘆願したわけだ。いやはや、さながら獅子の如く奮戦したのさ。それも何時間もだ。こうして最終的には我々の目的を達成した。これだ――さあ、読んでごらん！」

そう言って彼はヴィドックにフーシェ大臣の署名のある公文書を手渡した。ヴィドックは目を通した。目の前がちらちらした。その公文書にはフランソワ・ヴィドックに下された判決のすべてを即刻無効とし、さらにヴィドックの脱獄に際して目下実施されている追跡捜査のすべて、あるいは現在進行中のすべての捜査手続きの即刻中止命令が記され、フーシェ大臣のサインが添えられていた。

「うれしくないのかい」

じっと椅子に座ったままヴィドックの顔は蒼ざめ、これで夢が実現したのだと、公文書を何度も繰り返し読み返していると、警視総監はそんな質問を投げかけてきた。

「これ、ほんとうですか」

と、ヴィドックは尋ねた。

「ほんとうだとも。うれしいだろうねえ」

「もちろん、うれしいです」

ヴィドックは顔をこわばらせたまま返答した。

「その証書は大事に保管しておくのだな」

彼は警視総監がそう言うのを聞いていた。

「我が警察はもちろん、公証人によって認証された写しを警察の公文書として納めておいた。こちらの証書は君の手元で大事に保管しておいてくれたまえ」

「ええ、そうします」

「気分がすぐれないのかい」

「いえ、そんなことはありません」

「一番いいのは、少し散歩でもすることだね、ムッシュー・ヴィドック。お昼頃、こちらに来てくれたまえ。君の仕事部屋に案内しよう。それからすぐに仕事に取りかかってもらうよ、警官としてだね！　警察の新組織を可能な限り早急に立ち上げてもらいたいのだ」

「承知しております。まずは散歩に行って参ります」

ヴィドックは立ち上がった。警視総監に腰をかがめてお辞儀したものの、その会釈は少々しゃちほこばっていた。彼はまるで夢遊病者のような呆け顔で事務室を出た。

しばらくして、セーヌ河の岸辺沿いを散歩しているうちに、緊張が次第にすうっとほぐれてきた。それにつれて喜びの感情がゆっくり心の底から込み上げてくると、周囲の風景の何もかもが以前より明るくまぶしく、かつ新鮮で色彩豊かに見えた。彼は口笛で様々な節（ふし）を吹きならした。その合間には、時折光り輝くような微笑みを浮かべ、見ず知らずの人に会釈を送りながら、もし警官が自分を逮捕しようとした場合の台詞をあれこれ想像してみた。

……そんな時には、「親愛なる同僚の諸君、貴殿はひどく思い違いをなさっておりますぞ。私は

『ガレー船奴隷』などではなく、警察官ヴィドック、自由人なのですぞ。そうそう、その通り。私の言葉が信じられないとおっしゃるなら、さあ、この公文書に目を通してくれ給え。この証書に記されておるのですぞ」と、俺はこんな言い方をすればいいのかな。でも俺に愛想のいい警官なんて誰もいないよな。俺を逮捕する警官もいない。俺はもうお尋ね者には見えないのだな……

昼頃、いつの間にかすっかり皺くちゃになった公文書を手にヴィドックは警視総監の執務室に向かった。

ムッシュー・アンリは彼をビストロに招待してくれた。そこは常日頃警官たちが飲み食いするレストランを兼ねた小さな居酒屋だった。

今では制服を着た警官を恐れる必要がないどころか、むしろ警視総監閣下の客人ということでヴィドックのほうが警官からきわめて丁重に挨拶されたので、そうした連中に囲まれて、そのど真ん中にいることが少々奇妙に思えた。食事が運ばれてきた時、警視総監に公文書をしまっておくようたしなめられた。警察官の行きつけのビストロなので、書類が盗まれることは考えられないし、彼自身もそれは重々承知していたが、それでも文書が盗まれないように念のため文書を尻の下に隠すように敷いた。

食後、ヴィドックと警視総監はゴシック様式の聖シャペル教会裏の狭い横丁を縫って、聖アンナ小路まで歩いていった。二人はナンバー「6」の印のあるたいそう古びた灰色の三階建ての建物の前で立ち止まった。車寄せのあるその家の裏庭はじめじめしていて薄暗かった。そのあたりは悪党どものたむろする居酒屋のような匂いがした。

「ここが君の事務所だよ」

と言う警視総監の物言いには、どこかもったいぶったところがあった。

「この家は最近まで家具の倉庫として使われていたんだが、仕事に充分なスペースがもてるよう、片付けさせておいたよ」

「私の仕事部屋は警察庁の中にあるものとばかり思っておりましたが」

ヴィドックが訊いた
「警察本部はすぐそこの通りの角にある。我が敬愛するムッシュー・ヴィドック、本部はどの部屋も手狭でねえ、空き部屋がないのだ。無理矢理窮屈な所に押し込められたら、君も仕事がやりにくかろうよ。君にはもっとゆったりした部屋が必要だろ。ここじゃまずいかね」

「いえいえ、とんでもございません」

と、ヴィドックは返した。その返事に嘘偽りはなかった。というのも、囚人の身分であった彼にしてみれば、警察に自分専用の事務所を持てることは、おとぎ話に登場する、ガチョウの飼育係が王様から賜った城にも等しい場所だったからだ。

黙ったまま突っ立っていた二人は陰気な雰囲気のその建物をじっと眺めていた。ヴィドックが丸めて握っていた公文書ががさがさ音をたてている。

「つまりここが『シュルテ』の事務所なのですね！」

ヴィドックの話す声には何か敬虔な思いが入り混じっていた。

「『シュルテ』だって？　それはどういう意味かね」

「ええと、新たな警察組織を『シュルテ』――つまり『犯罪捜査局』という意味ですが――そう呼ぼうと決めていたのです」

「まあ、こちらとしては構わんが」

「いつから始めましょうか！」

と、ヴィドックは尋ねた。

「その気があるなら、今日からでも構わんよ」

「では、私はこれからこの家をひととおり拝見させていただくことにいたします」

「結構ですな。それでは警官を何人か来させましょう」

「私服でお願いします」

「もちろん。ムッシュー・ヴィドック、一つ覚えておいてくれたまえ。君はこれまで波瀾万丈の人生を送ってきたようだ。これからの人生はさらにもっとたいへんなものになるだろう。今までは警官は君の不倶戴天の敵であったのだが……しかし今後は敵は犯罪者になるのだ。じゃあまた、ムッシュー・ヴィドック。成功を祈るよ！」

当時はヴィドックもアンリも、一八〇九年五月のこの日が歴史的な日として二重に警察の歴史に残ることになるとは思ってもいなかった。一つめは、今日も「犯罪捜査局（シュルテ）」と呼ばれているパリの刑事警察設立の日であり、もう一つは、世界中で犯罪撲滅に革命をもたらすことになる警察組織発足の日であった。

飛んで火に入る夏の虫ブロンディ

ヴィドックは数日間、まずは身辺整理をした。ヴェルサイユに住む母親とアネットが界隈で罪人の身内だと、なにかと白い目で見られていたので、まずは家族を迎えに行き、人目につかぬよう彼女たちをパリ「犯罪捜査局（シュルテ）」近くの聖フランソワ新通り十四番地の新居に引っ越しさせた。

彼は以前、ブロンディ、シュヴァリエ、デュリュックの三人にゆすられ、三千百フランもの金を巻き上げられたが、今度はヴィドックの側から仕掛けて、この被害をきれいさっぱりお返ししてやることにした。その際、新たな犯人追跡の教科書ともいうべき実例を披露してみせたのである。

ある晩、彼は逮捕令状三通を懐に入れ、悪党どもの溜まり場である居酒屋を虱潰しに一軒一軒あたっては、パリの暗黒街を歩き回った。同行したのは汚い服を着た髭面男二人。本当は警官だが、ヴィドックは彼らをビセートルから脱獄してきた囚人仲間と言いふらしていた。幾つかの居酒屋を訪れてはブロンディの消息を尋ね回った。

深夜、ようやく重要な手掛かりを摑んだ。その情報によると、ブロンディは居酒屋「薔薇の園」に時々顔を出しているという。その居酒屋は「オペラ・コミック座」の裏手の、狭くてごちゃごちゃと入り組んだ横丁にある悪党どもの溜り場だった。一帯はいろいろな匂いが入り混じり立ち籠めていたが、バラの香りだけは漂ってこなかった。

客でごった返しているその居酒屋にヴィドックが足を踏み入れた時、追っていたブロンディを横目にとらえた。男はタバコの煙に包まれながら入口近くの席に腰を下ろし、おしゃべりにすっかり夢中になっていた。当時の警察の定石では即刻逮捕という筋書きになるのだが、ヴィドックはその手は用いず、まったく気づかなかったような態で、素早くブロンディと背中合わせのテーブルについた。自分の向かいに座った仲間の二人にヴィドックは小声でブロンディから目を離さぬように注意を促し、もしこの男が居酒屋を出たらすぐに尾行するように命じた。

指示を与える余裕もなく、ヴィドックの存在は見破られてしまった。

「ヴィドックじゃないか、脱獄王だ！　おーい、ヴィドックがいるぞ！」

と、「酔っぱらいのユーゴー」が大声を上げた。彼は二十年この方、一瞬たりともしらふでいた例がないとよく吹聴していた。

ヴィドックは瞬時に客に取り囲まれてしまった。脱獄おめでとう、などと賞賛され、肩の骨が折れるくらい勢いよくばんばん叩かれた。居酒屋のあちこちで、「ヴィドック！」、というかけ声がひっきりなしに飛び交っていた。

ブロンディはぎょっとして、すかさず談笑を中断した。

……ヴィドックがいるのか！　なら俺の取るべき行動はただ一つ。ここからとんずらだ、それもすぐにだ！……

ブロンディは振り返りもせず、ネズミさながらに素早くするりと店を抜け出した。ただし焦っていたので、店を出たその直後から二人の男に尾行されていることに気づいていなかった。入り組んだ街（まち）中（なか）を縦横に走って、最終的にある建物の地下室に通じる階段を下りていった。地下室のドアを開け、中に入るや素早くドアを閉め鍵をかけた。後をつけてきた男たちは、ドアの割れ目越しに、ロウソクの炎がぱっと燃え上がるのを目にした。

私服警官は「薔薇の園」に戻り、ヴィドックにブロンディの隠れ家発見の旨を報告した。ヴィドックはすぐに彼らと一緒に店を出た。一行は地下室に通じる階段近くのアーチ形の門の、月明かりの届かぬ暗闇に身をひそめ見張っていた。

深夜三時頃、ブロンディの仲間のシュヴァリエとデュリュックがへべれけに酩酊し、よろよろ千鳥足でやって来た。彼らはわめき、どら声で唄を歌い、よろよろよろめきながら地下室に通じる階段を下りていくと、拳でドアをどんどんと叩いた。

ブロンディがドアを開けると、ヴィドックより指示を受けていた二人の警官がピストルを抜き、身構え一斉に地下室に突入した。警官らは不意打ちを喰らったごろつきどもを瞬時に捕縛すると、隠れ家を捜索して六十五フランの入った財布を探りあてた。それ以上は何もなかった。

ヴィドックはまだ暗闇に身を隠していた。三人の悪党は始めのうちは悪党仲間の襲撃と思い違いをしていた。それゆえ、みすぼらしい服を着た髭面の男たちが実は警察官だと判明した時、彼らは唖然として言葉もなかった。

……私服の警官だって……いったい、そんなことってあるのか？……

彼らは抵抗することなく連行された。いささかなりともやましいところがある連中なので、警官からどんなお咎めがあるかもわからず、全員かなり塞ぎ込んでいた。

早朝の四時頃より聖アンナ小路の「シュルテ」の新しい事務所で尋問が始まった。三人の悪党がこの私服警官から聞かされて初めて知った逮捕理由は、フランソワ・ヴィドックという男への恐喝ということであった。悪党どもは瞬時に気を取り直した。それ以外咎めだてを受けなかったので、すっかり安心したのだ。

「なんだって、俺たちが奴をゆすっただと。ヴィドックの如き大嘘つきの大悪党の告げ口で、俺たちがまるで罪人のように逮捕され、しょっぴかれたというのかよ。こいつはお笑い草だ。俺たち二人、誰もあの男をカツアゲしたことなんかありませんぞ。こちとらの証言は悪党ヴィドックの言うこととは矛盾しますね。それはそうと、ヴィドックという輩はいったいいつ俺たちが恐喝したと訴えたんですか、ええ?」

と、ブロンディは尋ねた。

「あの男が投獄された直後だ。つまりムッシュー・ブロンディ、あんたが奴を密告したそのすぐ後だな。ヴィドックの陳述は調書に載っているんだぞ」

と、警官の一人が応じた。

「でもあの男はもう牢獄になんかおりませんぜ。夕べ、あの野郎を見かけましたからね。奴は居酒屋『薔薇の館』で牢破りの成功を祝ってましたよ。あなた方の証人は脱獄してますぞ。ねえ、俺たちを放免してくださいよ。恐喝だなんて馬鹿げた言いがかりを、どうやって証明するんですか、ええ?」

と、ブロンディは嘲った。

ところが連中は、ヴィドックの供述があろうとなかろうと、当時としては比類のない犯罪学の手法を用いて、彼らの犯罪の証明が可能である、とはついぞ知らなかった。ブロンディとその仲間の部屋で見つかった、フラン硬貨六十五枚にこびりついていた微細な小麦粉の粉末は、裸眼では見分けがつかなかったので、パリ大学生物学研究所に調査を依頼していた。そして顕微鏡検査によって、その粉末はヴィドックが貯金箱として使っていた例の櫃の中に残っていた、特殊な粉と同種類のものである、と確認されていたのだ。

一カ月後の一八〇九年の六月末に法廷尋問が行われ、研究者による微粉についての供述は恐喝者らを論破する証拠として充分な効力を発揮した。それゆえ、ヴィドックは証人として出廷する必要もなかった。そのおかげで、彼が警官の身分であることは明かされず、秘密はそのまま守られた。この展開はまったく彼の狙い通りであった。

主犯のブロンディは禁固三年の有罪判決を受け、共犯のシュバリエとデュリュックはそれぞれ十六カ月の禁固刑となった。こうして正義は叶えられたのである。

だがヴィドックが取り戻した金は六十五フランにすぎなかった。それ以上は見つからなかった。悪漢三人組はゆすり取った三千百フランのうち三千三十五フランをすでに遊興費として使い果たしていた。

現金は戻ってこなかったが、ヴィドックはそれを残念とは思わなかった。彼にとっては、みずから編み出した犯罪防止と犯罪証明の新手法の有効性が実証されたことのほうがはるかに重要だったからだ。それに成果もあった。

一八〇九年の七月だけでも、彼が意のままにできる八人の私服警官の協力で、合わせて三十四名もの犯人を逮捕することができた。それはパリの全警察がその年の四カ月間に逮捕した人数のちょうど二倍だった。

仕掛けた網にかかった悪党は、ほんの一例だが八月だけで四十二名、九月には四十九名に上った。警察が長年機能不全に陥っていただけにまさに想像を超えた成果であった。

悪党どもは不安になってきた。何か尋常ならざる事態が進行していると直感した。もちろん連中はまだ、ヴィドックに対して何の疑念も抱いていなかった。私服警官という存在は悪党どもにはひどく不気味に感じられた。警官がたとえ巧妙に変装して、ぼさぼさの髪と髭面でみすぼらしく落ちぶれているように見えても、悪党どもはその様子から、彼らが暗黒街の空気を吸って生活したこともないし、自分達の身内でもないことに気づいた。変装の仮面の下に、法の番人の匂いを嗅ぎ取り、疑いをあからさまに口にする連中も幾人かはいた。さらに一般市民の手にかかって逮捕され牢獄にぶち込まれた、という噂が監獄の中から次第しだいに外部に漏れ出てきていた。私服警官は裏社会の隠語が操れないので、彼らは殊のほか疑われた。

そこでヴィドックは犯罪者の溜り場での私服警官と悪党どもとの接触をやめ、私服警官の任務を尾行、証拠保全、監視活動のみに限定することにした。この領域では彼らは殊のほか巧みで役に立つことが立証された。

結果としてヴィドックは暗黒街での重要な調査を誰の助力もなく、単独でせざるをえなかった。一八〇九年の年の暮れ、その任務は命懸けの事態に立ち至った。

殺害計画

その頃ヴィドックの関心事は、パリの高級住宅地で起きた、同じ手口による一連の連続強盗殺人事件であった。犯人は金持ちの家の留守を狙って裏庭から侵入し、丸腰の召使の喉首をかっ切って始末をつけてから、余裕をもって戦利品を屋外に運び出していた。この残虐行為が同一の特定犯の仕業であることは疑いの余地がなかった。ただ犯行を明らかに証明する手掛かりは何一つなかった。

犯人逮捕のためにヴィドックは、殺し屋が出入りする酒場なら、どこであろうと何度でも足を運んだ。注意深く聞き耳を立ててはみたものの、何の手掛かりも得られなかった。この手のタイプの重大事件の犯人は非常に口が堅かったからだ。人殺しは自分の命に関わる、という充分な根拠があってのことである。

ある日の昼食前、ヴィドックは殺し屋がたむろすると評判の「薔薇色のフラミンゴ亭」という洒落た名前の居酒屋に向かった。客のまばらな店内で、彼はいかにも退屈そうにぼんやりうろつき回っていた。彼は薄目で隣のテーブルに座って小声で話している三人連れを観察していると、彼らは幾度かヴィドックの方にちらっちらっと視線を向けてきた。三人とは面識があった。一人はジェルマンという男である。年恰好は三十歳ぐらいで、筋肉隆々の荒くれタイプの巨漢だが着こなしはエレガントであった。しかし、あばた面なのでかなり老けて見えた。二人目はブダンというみすぼらしい服を着た男である。小柄で痩せているが筋肉質のこの男は六十歳ぐらいなのだが、丸顔のすべすべした肌には皺もなく、そのせいもあって若々しく見え、ジェルマンとはすべてが正反対だった。三番目はドゥベンヌという名の男である。背丈、顔の表情、身振り、服装と目立つところのないごく典型的な庶民だった。突然この三人が立ち上がってヴィドックのテーブルに近づいてきた。

「ねえ、お宅は暗黒街で名の知れた方ですよね」

と、ジェルマンが囁いた。

ヴィドックは眉をつり上げた。

「ずいぶんなお世辞を言うじゃないか」

と、ヴィドックは応じた。

「話があるんだが、ヴィドック」

「何だい、言ってみな！」

「あんたは口が固いのかい」

「もちろん」

「俺たちのあいだじゃ口の軽い奴はお陀仏になるんだぜ」

「ぐだぐだ言ってないで、要件を言えよ」

「ある計画があるのさ」

と、ジェルマンが乗ってきた。

「どういうことだ」

ジェルマンは返事をしなかったが、ブダンが人差し指で、首に沿って線を引く真似をして見せた。それは誤解しようもなかった。首切り殺人だ。

……人殺しか……

「聞かせてくれないか」

とヴィドックは前のめりで訊いた。

「俺たちは少し前からおもしれえことに取り組んでてね」

と、ジェルマンが口火を切った。

「そこで気づいたんだ、四人目の助っ人が必要なんだよ。時には手こずることもあってねえ。三人では手が足りねえのさ。戦利品を持ち出すにも、人手があったら都合がいいんだ。だがなあ、四人目は賢くて、その上機敏なのがいいんだよ。そこであんたのことを思いだしたのさ、ヴィドック」

「そいつは光栄なことで」

「俺たちといっしょにやる気があるかい」

「まずもってどういうことなのか、そいつを聞かせてもらわないと」

「今日の夜中にやるつもりなんだ」

と、ジェルマンはこれまでよりも、さらに小声でひそひそと話した。

「俺たちは黄金と宝石を一山捕りに行くのよ。ある銀行家の家にあるやつだがね。聞いたところでは、奴は今夜、留守らしい。庭から入って、まずは使用人を消す。ここの戦利品は大いに期待できるぜ。一緒にやるかい」

ヴィドックはなんとか興奮を抑え込んだ。

……こいつらは俺が探していた殺し屋だな。どうすればいいのだ。こっちが色気を見せなければ、計画場所も聞き出せないよな。何もしなければ、この犯罪も阻止できないし、召使いを殺害から救うことも、犯人の拘束もできない。しかしとりあえず話に乗れば、あらゆるチャンスが手に入るはずだ。そうすれば、私服警官をひそかに配置して、殺害計画をつぶし、果ては殺し屋を逮捕することもできるぞ。そうすれば人殺しも阻止できるというわけだ。つまり俺は一枚加わるような素振りを見せないわけにはいかないのだ……

「その戦利品とやらは、ほんとうに値打ちのあるものなのかい」

と、ヴィドックはまだ承諾を渋っているかのような素振りで尋ねた。

「まあ、聞けよ！　宝石や金塊銀塊に、値の張る絵画もあるんだぜ」

「この一件をやらかす肝心の家は、いったいどこにあるんだよ」

「そのうちタイミングのいい頃合いを見計らって教えてやるぜ、ヴィドック。まずは一緒にやるかどうか、返事をくれよ」

「ああ、いいよ、俺は。だから、場所を教えてくれよ」

「いいかい、ヴィドック。言っておかなければならんことがある。あんたならきっと同意しわかってくれるだろうがな。俺たちには、俺たちの原理・原則があるのよ。要するに俺がここのボスだ。今回の襲撃をすべて差配しているのは、この俺だよ。もちろん一人でだ。俺たちが事を起こす家の在りかについては、原則的には、開始一時間前にならんと教えてやらないことにしている。それと、今後も俺が仕事の実施時刻を口にしたら、その瞬間から実行に移すまで離れ離れになることなく、同一歩調を取るんだな。つまり今から夜中まで、俺たちは一緒なんだ。あんたはこのことを肝に銘じておいてくれ。これは実行までに警察へたれこみさせないための予防策というもんさ。悪く思わんでくれ、ヴィドック。これはあんたを信じないわけではないんだ。要するに、俺たちには俺たちの掟があるということだな」

「とても賢い策だね」

と、ヴィドックはそう応じながら、感心したという素振りで頷いてみせた。

「どんなに注意深くしても、し過ぎるということはないからな」

もっとも、ヴィドックは平然とこの台詞を言うのには苦労した。というのもジェルマンに先を見越して先手を打たれて、ヴィドックはたいそう厄介な事態に追い詰められてしまったからだ。

……こんな状況で、どうすれば部下の私服警官を現場に呼び寄せることができるのだ。今のところまったく手も足も出せん。いいアイデアが思いつかなければ、夜更けには銀行家の家の中は俺と三人の殺しのプロだけになってしまう。この強盗殺人をなんとしても阻止しないと。どうやって食い止めればいいんだろう。他人の助けなしに、現場でこいつらを逮捕するなんて、明らかに自殺行為だな。それに今日は、よりにもよってピストルを持ってきていないし……

ヴィドックは本能的に上着の右のポケットに手を入れた。いつもそこにはピストルを隠し持っていた。しかし手に触れたのは鉛筆一本だけであった。

「じゃあ店を出て、いつものように俺の家でじっくり腰をすえて時が来るのを待とうぜ」

と、ジェルマンはそう言って立ち上がった。他の連中も彼の後につき従った。

貸し切り馬車に乗って、ジェルマンの高級家具調度付き住宅がある聖アントワーヌ通りに向かった。ジェルマンの家では幾つもの高価な陶製の彫像に囲まれた彼の巨体は著しく場違いに見えた。

四人の男は皆、ひじ掛けのある安楽椅子に腰掛けた。鋭く研ぎ澄ましてきた短剣を弄んでいたブダンは寝そべって、だらしなく手足をぐいと伸ばした。

「ようやく、またまっとうな仕事にありつけたな――」

と、ブダンは今宵の人殺しにあずかれる期待にうずうずと胸を膨らませ、いかにも心地良さそうに呻き声を上げた。

……こいつは人殺しが愉快でたまらんというタイプなのか……

ヴィドックは事ここに至って何をしてよいのやら思い悩んだ。

「何か飲み物はないのかい」

と、これまでひと言も口を利かなかったドゥベンヌが尋ねた。

「何かひと口飲めばしゃきっとするし、気分もほぐれるってもんだけどな」

と、ブダンは相変わらず短刀をいじりながら口を挟んできた。

ジェルマンが立ち上がった。

「そうだな、何かうめえやつを一杯ひっかけたいな」

そう言って台所に入り、あちこちがさごそ漁っていたが、手ぶらで戻ってきた。

「ワインが切れているんだ。残念ながら補給しておくのを忘れていたよ」

彼は残念がっていた。

「俺の家は近くなんだけど」

と、チャンスとばかりにヴィドックが口を挟んだ。

「ブルゴーニュ産のワインが二、三本、家にあるんだ。俺の家に行こうぜ」

彼は家に行ってアネットになんとか情報を伝達できれば、と考えていた。

「駄目だ。ここでじっとしているんだ」

ジェルマンの言葉には命令口調の響きがあった。

ヴィドックは手を緩めなかった。

「それなら俺の家に使いをやってくれないか。そいつに頼んで家の妻君にワインを数本、持ってくるよう伝言してもらえるだろ」

「使い走りを送るのなら問題はないだろうさ」

と、ブダンが賛意を寄せてきた。

「それじゃあ、そうするか」

と、ジェルマンが折れた。彼は戸口まで行ってドアを開けると、吹き抜けの階段の真下の部屋の管理人に向けて大声を張り上げた。

「マダム・ロンデ、お宅のジャン坊やをこっちに来させてくださいよー。坊やに頼みがあるんだ！」

すぐに階段を小走りで駆け上ってくる足音が聞こえた。ジャンが部屋の中に入ってきた。にこにこ顔の五歳ぐらいの子供だった。その子はもの問いたげにジェルマンの方に視線を向けた。ジェルマンはヴィドックを指差して言った。

「こちらの兄さんが頼み事があるんだって」

「ねえ坊や、これから聖フランソワ新通り十四番地にひとっ走りして、そこでアネット姉さんにブルゴーニュ産のワインを二、三本持ってきてくれるよう、頼んでほしいんだ」

「一本で充分だ」

と、ジェルマンが口出ししてきた。

「俺たちはしらふじゃないといけないからな」

「じゃあ姉さんに一本だけ持ってくるように伝えてもらおう」

と、ヴィドックは折れた。

「お姉さんに来てもらうことはないよ。ワイン一本なら、僕、持ってこれるよ」

と、その子は甲高い声で応じた。

「いいや、坊や。瓶を落としたら、大枚の金が消えてしまうことになるんだよ。お願いだから、アネット姉さんに持ってきてほしいと伝えておくれ」

そう言ってヴィドックはジャンの手に小銭一スーを握らせた。

男の子はお辞儀をして立ち去った。

女探偵アネット

ヴィドックは立ち上がると、部屋の中をあちこち歩き回りながら、部屋の片隅に近づいて行った。彼はそこでアネットに密かに渡すメモの走り書きをしよう思った。だがジェルマンに呼び戻され、丁重ではあるがきっぱりとした口調で、安楽椅子に座っているよう言い渡されてしまった。

二十分後、アネットが幼いジャンに案内されてやって来た。彼女はブルゴーニュ産のワインが入っている籠を腕に抱えていた。彼女はワインを持ってくるように言われて少々驚いたという。いまだかつてヴィドックからそんなことを頼まれたことがなかったからだ。しかしいつもなら考えられないこの求めに、何か理由があるのかも知れないと薄々気づいていたので、アネットは注意を払った。

「ごめんよ、アネット、こんなことを頼んで。でも俺たち、喉が渇いているのに、ここにはワインの一本もないんだよ」

と、ヴィドックは彼女に向かって大声で言いわけした。彼女に歩み寄りワインを受け取ると、瓶のラベルを部屋にいるみんなに見えるように向けて見せた。

「ほら一八〇一年産とあるだろう、結構なやつなんだ」

「アネットさん、お引き取りください」

ジェルマンはワインのラベルには目もくれずに、そう命じた。大仕事を目前にしての部外者の登場に、ジェルマンの神経は苛立っていた。

「アネット、見てのとおり、ここは男ばかりなんだ」

と、ヴィドックは笑いながら言った。

「気にしなくていいよ。今夜、帰宅するのはかなり遅くなるね。帰りを待っていてくれなくていいから」

彼は彼女を戸口まで送った。その際、彼はほとんど唇を動かさずに、単に息を吐き出すように小声でそっと耳打ちした。

「外で待っていてくれ……俺たちをそっと見張ってくれるかい……メモを一枚地面に落とすから」

アネットは顔色一つ変えることなく平然としていた。

「あんたの奥さんは一人で帰れるよな」

と、ジェルマンは相変わらず用心深く、背後からヴィドックに向かって呼びかけた。

ヴィドックは立ち止まり、それから踵を返してさっきの安楽椅子に戻った。ジェルマンをちらっと一瞥して、アネットにも聞き取れないほどの小さな囁き声がジェルマンには聞こえていなかったことを確信した。だが、アネットへの秘密の伝言は、そもそも彼女に聞き取ってもらえたのだろうか、という疑念が彼の脳裏をちらっとかすめた。

……あいつは何の反応も見せなかったよな！　あれは演技だったのか、それともそもそも気づいてくれなかったのかな……

ヴィドックはそんな風に思案しながら、倒れ込むように安楽椅子に身を沈めた。

時が経過していった。

ジェルマンはたとえ室内であっても、誰も一人きりにはさせまいと細心の注意を払っていた。しかし相手が誰であれ、監視の目が行き届かない一瞬の隙が生まれてしまうのは避けられない。そんな刹那を捉えて、ヴィドックはメモ用紙にメッセージを走り書きした。

「急ぎ馬車でムッシュー・アンリのもとに向かい、銀行家の家への押し入り強盗殺人あり、と連絡されたし。殺し屋は庭から侵入の予定。俺は現場で待機する。目下身動き不能。ムッシュー・アンリには賊に罠をしかけてくれるよう要請して欲しい。犯行時刻は深夜。犯行現場は……」

……ジェルマンが犯行現場を明かしてくれるまでは、書くこともできない。できるのは犯行実施の一時間前だ……

昼が過ぎ、黄昏時になった。ヴィドックは何度も繰り返し時計に目をやっていた。

「いらいらするのかい」

と、ジェルマンが訊ねてきた。

「まあね、俺は根気のあるタイプじゃないからな。動き回っているほうがずっとましなんだ」

「夜中には間違いなく動きがあるからな。そいつを待つんだ」

ジェルマンはにたにた笑っている。ブダンはナイフをいじっている。ドゥベンヌはワインをチビリチビリ引っかけている。

一時間、また一時間と時が流れていく。

ヴィドックが時計に目をやると、針は十一時三分前を指していた。

……とうとう来たな！……

彼は神経を消耗させるこの待機時間がいよいよ終わることを嬉しく思った。心のうちで最後の三分を一秒一秒数えあげた。

「さあ、時間だ」

ジェルマンは時間きっかりに声を上げた。

「十一時だ。出発するぞ。住所を頭に叩き込んでおくんだ。俺たちがこれから襲撃する家はオトヴィル通り六十八番地、ちょうどアンギャン通りとの角地だ。ブダンとヴィドックと俺の三人で向かうからな。ドゥベンヌ、お前はいつものように俺たちから少し離れて、関係ないふりして手押し車を引っ張ってこい。住所を忘れるなよ」

「手押し車なんて、目立つんじゃないのかい」

と、ヴィドックが疑問を挟んだ。

「そんなことはないさ。俺たち、これまで一度たりともまずい事態に遭遇したことはないんだ。夜中に手押し車を引っ張って、通りを行く商人は少なくないからな。特に目立つことじゃないんだ。俺たちがこの一件を片づけた後、ドゥベンヌは戦利品を積んだ手押し車を押して通りを抜け、ここに戻ってくる。疑う奴なんかいないし、取り締まる警官なんか一人もいやしないね。なにせドゥベンヌは胡散臭い男には見えないからな。あいつはほぼ見逃してもらえるんだ」

「そうだね、たしかに。ドゥベンヌのような見た目の人物は俺たちの業界では金を払っても手に入らないよな」

と、ヴィドックは調子を合わせた。

「さあ、仕事に取りかかろうぜ」

とジェルマンが呼びかけると、みんなはその声に応じて立ち上がった。

ヴィドックは戸口に向かおうとした。

「そこにいてくれ。ちょっと両手を上げてみな」

ジェルマンがヴィドックに命じた。

ヴィドックは怪訝な面持ちで彼を見つめた。彼はゆっくり両手を上げた。

……俺の手に何があるっていうんだ？……

短刀を手に持ち近くに立つブダンはにたにた笑っている。

ジェルマンは始めにヴィドックの脇の下を探り、それから頭の天辺から足の爪先まで調べあげた。

「ピストルを隠し持っていないかどうか、確認したかっただけのことよ」

と、彼は言った。

「でも俺が持っていたら、どういうことになるんだい」

「その時はこちらに渡してもらうさ。仲間には飛び道具を持たないでもらいたいんだ。ヴィドック、これは君を信じていないということじゃないんだ。こいつは皆も同じだ」

こう言いながらジェルマンは戸棚に歩み寄り、小型のピストルを取り出した。弾を確認したジェルマンは、それを上着の下のベルトに収めた。

「俺にも一丁、用立ててくれないか」

と、ヴィドックは頼んでみた。

「俺の腕前はちょいとしたもんなんだぜ。二人が携えていたほうが安全だと思うがね」

「俺の考えは変わらんよ。飛び道具を持つのは俺だけだ。やむを得ない場合には、皆にはナイフで闘ってもらう。そのほうが音もしなくて静かだからな。ピストルを使うのは、他に手がない場合に限るのさ。発砲音はやばいってことを知らせてしまうようなもんだし、近隣住民の眠りを破って、そのうえ警察を呼び寄せる切っ掛けになってしまうからな」

「こっちには短刀の一本もないぞ」

と、ヴィドックが愚痴った。

ジェルマンは戸棚から、革製のケースに収まっている匕首（あいくち）を一本取り出し、ヴィドックに放り投げた。

「ほーら！」

ヴィドックはそれを受け取るや、ケースから匕首を抜き、その切っ先と刃を爪にあて、注意深く切れ味を試した。短剣の刃の研ぎ具合は鋭かった。とにかく、こいつでなんとかなるかとほっとして、彼は深く息をした。

「そいつを使うんだな」

と、ジェルマンは言った。

「だが、使うのは使用人たちが目を覚まして、取っ組みあいが始まった時だけだぞ。連中が寝ている限り、ブダン一人に仕事をまかせておきな。あいつの技は真似しようがないんだ。俺の知る限り、最高の部類に入る刺客だよな。奴のやり口をそばで見物するのは見ものだぜ。あいつは物音一つたてずに、いつだってお勤めに成功するのさ。叫び声を上げる奴は一人もいないね。万事スムーズにはかどるのさ。ブダンを越える奴なんか誰もいやしない。ほんものの腕利きよ！」

ブダンはさも嬉しそうに微笑みながら、そんな絶賛の賛辞（ことば）に顔を少々赤らめた。

……まあ、待て。すべすべして顔に皺一つないお前は二度と殺害に及ぶことはないだろう。ブダン、あんたとあんたのすれっからしの一味を、今夜中に全員ブタ箱にぶち込んでやるからな……、とヴィドックは心の中で呟いた。そうは言っても自分が殺されずに、この一件をどう処理すべきか妙案は浮かばかった。

そうこうするうちに十一時五分になった。

部屋を出た四人の男は階段を下り、外灯で薄ぼんやり照らされた裏庭に出た。そこでドゥベンヌは物置から手押し車を引っ張り出そうとした。ところが手押し車はごくありふれたどこにでもあるがらくたに挟まって、びくともしない。そこでジェルマンとブダンがドゥベンヌに手を貸そうとした。

彼らが手押し車をゆすったり引っ張ったりして四苦八苦しているその最中、ヴィドックはアネットへの伝言を記しておいたメモをポケットの中から取り出し、すぐさま外灯の灯りの下に行き、犯行現場の住所を書き入れるために空けておいた空欄を確認した。それから灯りを背にした暗がりの中で「オトヴィル通り六十八番地、アンギャン通り角」と鉛筆を走らせた。

……暗くてよく見えないから、ぞんざいな走り書きになってしまって読み取ってもらえるだろうか?……

ヴィドックはメモをポケットに押し込み、手押し車を引っ張り出す作業に加わった。手押し車は結局、突然一気に引っ張り出せた。ドゥベンヌは袋を数枚とザイル一本を台車に積み込んだ。

全員が大通りに出た時、近くの教会から十一時十五分の時を告げる鐘の音が一回だけ鳴り響いた。夜遊びしている人々が表通りをぶらぶら歩いている。連中は月明かりや外灯の青白い明かりのもとでは、さながら影絵の人形のように見えた。外気は冷え冷えとしている。

ジェルマンとブダンに挟まれたヴィドックは、歩きながら上着の襟を合わせた。ドゥベンヌは百五十歩ほど遅れて、手押し車を押しながら、のろのろとついてきた。手押し車の車輪の回転する音が彼らの耳に聞こえる。

……この状況は厄介だな。アネットへのメモを路上に落としても、ドゥベンヌに気づかれてしまうよな……

ヴィドックは心配しながら後ろを振り返った。ドゥベンヌの姿がはっきり見えた。その背後に、幾つものシルエットが目に入った。

……あの人影のどれか一つがアネットなのかな?……

そんなことはどうでもよかった。危険を冒さないわけにはいかなかった。ポケットの中からメモを取り出し、地面に落とした。両脇のジェルマンもブダンも何一つ気づいた様子はない。

ヴィドックはもう一度くるりと振り返り背後を見た。メモは石畳みの舗装道路を照らす外灯の明かりの下で白く光っている。

……ドゥベンヌの目に入らないはずはないよな。奴に拾われてしまうのかな……

ヴィドックは歩みを止めなかった。口を利く者は誰もいない。彼はドゥベンヌがメモの近くに到達するのに必要な歩数を頭の中で数えていた。数え終わったちょうどその時、ヴィドックはくるりと後ろを振り返った。

ドゥベンヌは頭を下げたまま、ちょうどメモのあるあたりに来たところだった。ドゥベンヌはぼんやり物思いに耽り、足でメモを脇に蹴っ飛ばしながら歩いていた。ヴィドックは周りに聞こえるほど大きく息をついた。

「お前さん、いったいどうして何度も繰り返し後ろを振り返るのかい」

と、ジェルマンが尋ねた。

「用心のためだよ」

「そんな必要はないね。四人以外にこの一件を知っている奴は誰もいないからな。しかも俺たちはずっと一緒に行動してきたじゃないか。だから誰も尾行はできんのよ。俺の計画には余計な心配は何もいらないんだ、ヴィドック」

その後すぐに三人は右に折れ、横丁に入った。ヴィドックは再び危険を冒して、そっと振り返り、背後の様子をうかがった。白く輝くメモはかろうじて見てとれた。さらにその近くに人影のシルエットを一つ見ることができた。

ヴィドックは裏通りに入った。いずれにせよ今や運命はたどるべき道筋をたどっている。

時を告げる鐘の音が二回聞こえた。

……十一時半か。まだ三十分はある！……

心に引っかかる様々な疑問にヴィドックは思い悩んでいた。

……警察が行動を起こすのに時間は充分あるだろうか。そもそもアネットはあの通りにやって来ているのか。あいつはあのメモを見つけくれただろうか。犯行現場の住所の走り書きは判読できただろうか。時間に間に合うように警察本部に到着してくれたのか。ムッシュー・アンリは今晩まだ職場に残っているかな。アンリはもちろん、いつだって夜中まで働いているが、でもいつもと違って、今日という日に限って早めに帰宅していたら、俺はどうしたらいいのだろう？……

彼はポケットの中の短刀をぎゅっと握りしめた。

男たちは黙々と歩いている。

教会の鐘の音が三回鳴った時、ヴィドックにはもう十五分も経過していたことが信じられなかった。

……十二時十五分前だ！　猶予時間はあと十五分はある！……

「もうすぐ着くぞ」

と、ジェルマンが声を上げた。

オトヴィル通りに入り、手入れの行き届いた家々の庭園に面した幾つもの門の脇を通り過ぎ、アンギャン通り角にある六十八番地の家まで歩いた。

その家の庭は塀で囲まれていた。入口を鉄格子の門で閉ざしている。月明かりと二つの外灯に照らされて、母屋に通じる砂利道が仄(ほの)かに光っている。砂利道の左右の灌木は暗闇に包まれている。

のろのろついてきたドゥベンヌは道の角で手押し車を止めると、袋とザイルを抱きかかえて、月明かりの届かない、門の影の暗闇に立つ三人の仲間に加わった。そこには一本の果樹の枯れ枝が路上を覆うように伸びている。

ジェルマンは囁き声で命じた。

「抜かりはねえな。まずはこの塀を乗り越えるんだ。母屋の入口まで俺の後について這ってこい。母屋の南京錠を開けるのは、お茶の子さいさいよ、合鍵があるからな。それに、使用人の寝室もわかっているし。ブダンがそこでひと仕事やらかしている間に……」

と、ジェルマンはそう言いながら片手で首をすうっと横になでてみせた。

「その間に、ヴィドックとドゥベンヌは半地下の部屋に入り込んどけよ、俺が指図したら戸棚の中から装身具と食器セットを取り出し、袋に詰め込むんだ。あわてるんじゃないぞ。使用人の始末がつけば、なんの邪魔立てもされずに仕事ができるんだからな。俺たちを急かす奴は誰もいなくなるのさ。万事わかったな！」

「合点承知！」

と、ヴィドックは応じた。

彼はあたりをぐるっと見回したが、警官の姿はどこにも見当らない。ジェルマンは塀に寄りかかって、例の「盗賊はしご」、つまり指と指とを組み合わせて鐙を作った。ヴィドック、ブダン、ドゥベンヌがその鐙を梃子によじ上り、塀の上に身を翻して果実の樹木の大枝にしっかり摑まり、その枝からロープを下ろした。ジェルマンはそのロープを伝って、機敏に塀の上によじ上ってきた。

全員塀の上からその木を伝い、するすると庭園の藪の間の暗闇に下りた。彼らは互いに手に手を取って、ジェルマンの後に続き、手探りで藪をくぐり抜けると、芝生の庭に出た。家の周囲を囲む庭は、月明かりで明るく照らされている。ジェルマンが芝生を突っ切って、母屋の入口に行き、そこで立ち止まった時、その姿はみんなからはっきり見えていた。他の三人の男たちは、ジェルマンに続いて突っ走った。ヴィドックは次の瞬間に行動しなければならないことがわかっていた。ブダンは短刀をすばやく抜いた。ジェルマンはピストルを収めてあるベルトに手を当てる。

近くの教会の塔から夜中の十二時を打つ鐘の音が鳴り響いたその瞬間、ジェルマン以外の誰もがぎくりとした。

「幽霊の出る時刻だよな」

十二回目の鐘の音が鳴り終わった後、ジェルマンはにたにた笑いながら言った。

「幽霊なんか、怖がっちゃいられないぜ」

彼は合鍵の束を取り出すと、戸口の錠前の鍵穴に合鍵を入れてひっかき回した。

するとと間髪入れずに馬車を引く馬の蹄の音と、突っ走る馬車の騒々しい車輪の音が、塀の向こう側のオトヴィル通りから聞こえてきた。ジェルマンが仕事に取り組んでいるその最中、彼の鍵束に繋がっている合鍵が互いにぶつかってがちゃがちゃ音をたてている。

ヴィドックは聞き耳を立てた。ぱかぱか踏み鳴らす蹄の音が何か奇妙だった。というのはその馬車を引く馬は前脚を上げて規則正しいリズムで走るのではなく、荒削りな玉石舗装の石畳の路上では通常ありえない速度、つまりその蹄の音は競争馬のように全速力で疾風怒涛の勢いだったからだ。

……しかも横丁のアンギャン通りから聞こえてくるのも蹄の音ではないか。全速力で走る蹄の音がだんだん大きくなってきたぞ。音は四方八方、あっちからもこっちからも聞こえてくる。こいつはもう二台以上の馬車が駆けつけて来たに違いないよな……

ジェルマンは顔を上げた。聞き耳を立て、はっとした。両の眼は細目になり、あばた面には狼狽の色が浮かんだ。

北欧神話には、嵐の夜、神々の王ヴォーダンが死霊の軍勢を率いて空を駆け巡るという話があるが、その亡霊の軍勢の如く隊列を組んだ馬車の一隊が四方八方から荒々しく全力疾走で接近してくるように思えた。しかし聞こえてくるのはただ、八、九台ほどの馬車を引く馬の蹄と車輪の轟音ばかりで、馬車の姿は見えず、目の前の出来事にはまったく現実感がなく、不気味であった。馬車の一隊は塀の向こうの家の前の十字路に向かって突進してくる。それからきいきいと軋むブレーキ音、車輪のこすれる音、蹄で敷石をひっかいたり、こすったりする音が聞こえる。馬は蹄で敷石を蹴って飛び跳ね、ぱかぱかと踏み鳴らし、いなないている。轡（くつわ）などの馬の頭部につけている馬具が揺れてがちゃがちゃと音をたてている。飛び交う命令の声。黒い影がまるで亡霊の如く、塀の上に浮かび上がる。それは制服を着た警官と私服の警官であった。ほんの一瞬だったが、黒い影はシルエットとなって夜の蒼穹を前にして際立っていた。それから彼らは一斉に塀を伝ってするすると下り、庭に入るや、がさがさ音をたてながら茂みをくぐり抜け、突進してきた。ジェルマンはベルトからピストルを取り出し二発発射すると、警官が二人、地面に倒れた。その直後、四方八方から反撃があり、銃口から閃光が走り、硝煙が目に入った。ジェルマンは呻き声をあげながらどっとくずおれた。ブダンは逃げようとしたが、襲いかかってくる警官に取り押さえられた。ドゥベンヌも捕らえられた。

屋内に灯りが点った。取り乱した召使たちはパジャマ姿のまま狼狽し、あたふたしている。

庭のあちこちで繰り広げられている乱闘騒ぎの最中、青ざめ突っ立っていたヴィドックは胃に不快感を覚えた。ムッシュー・アンリはすでに、開け放たれた錬鉄製の格子門を通り抜け、砂利道をゆったりとした足取りでヴィドックに向かって歩いてやって来るや、ヴィドックと握手を交わした。

「ムッシュー・ヴィドック、あなたの奥さんは有能ですな」

と、彼は言った。

「我が警察に女性が一人もおらんのは残念ですよ。あのお方が我々の仲間であったら、きっとおおいに役立ってくださるでしょうなあ」

「新年おめでとう！　あんたは捕まったんだよ」

ヴィドックはかねてより非常に難しいある計画を実施したいと思っていたのだが、警視総監から実施許可を得るためには、今回の奇襲作戦成功後のこのタイミングが適切だと思った。警視総監に面会を求めると、すぐに了承が得られた。

面会の折、ヴィドックは話を次のように切り出した。

「ジェルマンに関する一件から教えられたことは、『シュルテ』の職員が犯罪者のたむろする居酒屋で誰にも気づかれずに捜査することが、いかに重要かということであります。私がチームの中で誰からも疑われない唯一の人間なのは、暗黒街で生まれ育ったがゆえに悪党どもと同じように話ができ、かつ動き回れるからであります。しかし、これができるのがたった一人では、働き手の人数が少なすぎます。それに四六時中あちこち歩き回り、聞き耳をたてるには時間が足りません。なにしろ一人で『シュルテ』を統率し、なにはさておき犯罪撲滅のための新方法を導入しなければならないからです。その上さらに問題があります。じきに私が『シュルテ』のリーダーであるということが暗黒街の連中に知られてしまう、その日が間違いなくやって来ます。そうなると私は犯罪者のたむろする居酒屋に行くことはできません。かくなる場合に備えて、対策を講じておかなければなりません。ですから、暗黒街で目立たずに暗躍できる警官をできるだけ早急に募集する必要があるのです」

ムッシュー・アンリが口を挟んできた。

「そうは言っても、我々警官がどんなに巧みに変装しても、すぐに悪党に見抜かれてしまったんだよな」

「承知しております」

と、ヴィドックは警視総監の言葉を受けて、さらに続けた。

「だからこそ提案がございます。これは稀有な提案ではありますが……」

警視総監は椅子の背に寄りかかり、運を天にまかせるかのように両手を組んだ。彼はヴィドックから「稀有な提案」という言葉を聞かされるたびに、興味を覚えはするものの、同時に不快感と懐疑の念に襲われた。そうした類の提案を実行するためには、勇気ある決断を下す必要に迫られたからである。しかしながら、ムッシュー・アンリはとても優柔不断な男なのである。

「我々は犯罪者と同じように行動し、犯罪者と同じように話ができる警官を手元に用意しておかなければなりません。しかも、それはその警官が犯罪者とともに生活した経験がある場合に限ってのみ可能ということになります」

ヴィドックが続けた。

「それはそのとおりだが……だがそんな警官をどこから連れてくるのかね」

「刑務所の中からです」

「ムッシュー・ヴィドック、あんたは頭がおかしいんじゃないの」

「これが唯一の方法なんです。牢獄にいるのは手のつけられない悪党ばかりではなく、たまたま正道を踏み外してしまったものの、後悔の念深く、まっとうな人生を送れるチャンスが得られることを願っている者もおるのです。鉄格子の向こうには、私のように偽証によって不当判決を喰らい、牢獄にぶち込まれ、そのため日々悪党どもと関わらざるを得ず、そのうち彼らの習慣や言葉遣いを習得した連中も数多くおります。牢獄の中にも、全面的に信頼のおける何人かの知り合いがおります。もし彼らをそこから連れ出してやれば、つまり私がそうしていただいたのと同じように、連中を牢獄から出してやれば、彼らは我々の手助けとなる良き警官になるはずです」

これは警視総監にとっては身の毛もよだつような話だった。とは言うもののこれまでヴィドックの提案のすべてが適切であることはわかっていた。

……フーシェと相談しなければならないのか？……

宮殿で警察大臣に拝謁する場面を想像すると、彼の髪の毛はなおいっそう逆立った。

「うまくいきますよ、大成功間違いなしです」

と、ヴィドックはたたみかけたが、それはムッシュー・アンリがどんな決め台詞に反応するか、その壺を彼が熟知していたからである。

警視総監は黙っていた。

「フーシェ大臣は囚人であった私を警官として採用してくださいましたよね。そのことを思いだしてください」

ムッシュー・アンリは利害得失を天秤にかけたが、なかなか決心がつかなかった。結局、ひょっとしたら、さらなる成果が得られるのではと、大臣におうかがいをたてることなく、独自の裁量でヴィドックの尋常ならざる提案に賛同することに腹を決めた。この決定に傾いたのも、自分の優柔不断な決断力のなさを大臣にとがめられるかもしれない、という不安に襲われたからである。

「ならば、そうしよう」

切羽詰まった警視総監は悩みつつも同意した。

「四人の助っ人を認めよう。いいように計らいたまえ」

ヴィドックは牢獄から信頼のできる四人の囚人を連れてきた。この中には暗黒街で名の知れた悪党ココ・ラクールがいた。堅気の人生を送ろうと決意を固めていたこの男は、感謝の念を持ってヴィドックより提示されたこの好機を摑んだ。その直後ココ・ラクールは、ヴィドックの命を救うというチャンスを手にすることになったのである。


ムッシュー・アンリが「シュルテ」の協力員として認可した元囚人仲間は、最初は四名だったが、それから八名、さらに最終的には十二名に増強された。彼らはヴィドックから寄せられた信頼を誰一人裏切ることはなかった。

ヴィドック率いる警官は、「シュルテ」創設一年後の一八一〇年五月には総勢三十名になっていた。事務所の雰囲気はこれ以上ないほど改善され、なごやかで家族的であった。職員の結束は固かった。構成メンバーの一部は制服警官の出身で、それ以外は刑務所出身であったが、こうした出自に関係なく、全員敬称なしで互いに分け隔てなく親密な関係を築いていた。過去の経歴を問われることなく、評価されるのは勇気と能力だけであった。

自分の素性をカムフラージュするために、元が犯罪者や一般市民であっても、全員が可能な限り手に負えぬ荒くれ者に見えるよう演技し、さらにその類の人間にふさわしい振る舞いをした。暗黒街に大打撃を与えるための一斉捜査で、表通りから奥まった「シュルテ」の薄暗い事務室から大挙して飛び出すたびに、出会った通行人から辻強盗の一味と思われていた。殊のほか胡散臭く見える三十名のこの小さなグループは、一行政地区に勤務する総勢約二百名の制服警官たちよりはるかに大きな成果を上げた。ヴィドックとその部下は一八一〇年には総計八百二十三名もの犯罪者を逮捕した。

ムッシュー・アンリは一八一一年の元旦、警視庁での新年のパーティーの席上でこの成果を公表しようと思っていた。この祝祭が「シュルテ」の輝かしいイベントの一つになったのは、ヴィドックがあるびっくりするような特別な成果を上げたからである。それは次のような経緯をたどったのだった。

ヴィドックはその前年、多くの名だたる悪党どもを牢獄に送り込んだ。なかには長年のお尋ね者の殺し屋ボムバンセ、マルキ、ドルレ、ラ・ローズ、「髑髏（どくろ）」や「傴僂（せむし）」などのあだ名のギャバといった悪党がいたが、しかしながらパリで一番の極悪人、残忍きわまりない狡猾な若者デルゼブは、ヴィドックの巧妙に仕掛けた罠をするりとすり抜け逃亡してしまった。

大晦日の夜、ヴィドックは仕事でパリの暗黒街界隈に出かけていた。一八一一年の新年を告げる教会の鐘の音が鳴り始めると、あちこちで花火の爆発音が轟き、夜空に幾つもの打ち上げ花火が光の筋を描き、通りのあちこちでは新年を迎える挨拶が交わされていた。モッテルリー通りでベンガル花火がぱっと煌めいたちょうどその瞬間、ヴィドックはそのまばゆい明かりの中にデルゼブの姿を目にした。

ヴィドックはその頃、暗黒街の面々には警官であるとは知られていなかったので、モルテルリー通りの人混みの中からデルゼブを無理矢理引っ張り出し、人気（ひとけ）のない寂しげな横丁に連れていくことができた。そこでやおらピストルを取り出したヴィドックは、あっけに取られたデルゼブに「新年おめでとう……あんたは捕まったんだよ」と告げたのだ。

ヴィドックはこの悪党に縄をかけて聖フランソワ新通り十四番地の自宅に連れていった。そこで彼は母とアネットにこの珍客に酒と食事を振舞って数時間歓待してくれるよう頼んだ。デルゼブは自分の運命を受け入れ、両手は縛られたままながらも、ヴィドックと二人の女性と一緒にシャンパングラスを掲げ、新年を祝って乾杯したのである。

一八一一年元日早々、ヴィドックは両手を縛られたデルゼブを引き連れて、警察の新年会に現れた。そこで彼は、「これは警察大臣への私の個人的な贈り物であります」と、挨拶した。警視総監ムッシュー・アンリは満面に笑みを浮かべ大喜びし、さらに「シュルテ」の職員の誰もが自分たちのトップによる大晦日のこの大捕り物を誇らしく思った。制服組の幹部職員たちの視線には苦々しさがあった――彼らの顔には嫉妬の色さえ浮かんでいた。

ヴィドックはむき出しのこの嫉妬心を面白がっていた。彼はそのようなことに慣れていたからだ。この手の嫉妬心はよくある人間的な弱点と見なしていた。だが、制服組が、ヴィドックにとって危険な存在になるとは、まったく思いもよらぬことであった。その点ヴィドックは思い違いをしていたのだ。

新年のパーティーから四週間後、バティストという公安警察官は、残酷にもヴィドックの殺害を図ろうとしたのだ。

ヴィドック暗殺計画

公安警察官バティストは一月末のある日の夜八時頃、殺人鬼どもがたむろする居酒屋「ウサギの巣穴」でヴィドックが内偵捜査を計画している、という情報を偶然小耳に挟んだ。この男は暗黒街の悪党どもには、ヴィドックに関するどんな情報をも隠しておかなければならないのにも拘らず、ヴィドックは悪党ではなく実は警官で、ある殺人事件の解明目的でこの日所定の時刻にこの居酒屋に姿を見せ、あれこれ詮索するだろう、という秘密情報を漏らしてしまった。バティストはそれから先の展開のすべてをアイデアの豊かなパリの殺し屋連中に委ねることにした。

暗黒街の悪党どもはヴィドックを底意地悪く歓迎してやろうと決めた。居酒屋「ウサギの巣穴」はヴィドックを陥れる罠となった。店の出入口には、すでに当日の夕方の六時頃からぼろぼろの服を着た悪党連中があちこちうろつき回っていた。連中はヴィドックがこの酒場にやって来るのを待ちあぐねていた。

もしもヴィドックがココ・ラクールと「ウサギの巣穴」で待ち合わせの約束をしていなかったなら、彼は命を落としていたであろう。ココ・ラクールはたまたま四十分早めに店にやって来ていた。彼は悪党フランソワ・ユエのそばのテーブルに腰を下ろした。この男は痩せていたので「スケレット（骸骨）」と呼ばれていた。ココ・ラクールがひょっとしたら警官ではないか、という疑念は誰も抱いていなかった。そんなわけで、「スケレット」がココ・ラクールに秘密情報を打ち明けてくれたのである。

「今日はなあ、ここで『屠殺祭り』があるんだぜ」

ココ・ラクールは「屠殺祭り」という言葉が何を意味するかよく知っていた。そこで彼は「スケレット」に尋ねた。

「どうしてそんな祭りがあるんだい」

「復讐さ」

「どうしてまた、そんな」

「最近俺たちの仲間が大勢サツにしょっぴかれたんだが、その報復だな。俺たちはその背後に誰が控えているかわかってるんだよ。つまりそいつは、俺たちが信用できる正真正銘の悪党と思い込んでいた野郎だったのさ。そいつが実はサツだったんだ。その事実が今夜明らかになるというわけさ」

「そいつは誰だい」

ココ・ラクールが訊ねた。

「当ててみな」

「わからん」

「ヴィドックよ」

と、「スケレット」が答えた。

「ありえんな」

「俺たちはサツからじかに聞いたんだ、間違いないぜ。ヴィドックは、実はデカなのさ。だが、あいつの命はもう風前の灯だな。今日、奴はむざむざと俺たちの思う壺にはまるってことよ。ほんとうなんだ。あの男が手がかりを得ようと、今夜八時にここにやって来て、あちこち嗅ぎ回ることがわかっているんだ。あいつが罠にはまったことに気づいたら、さぞかしびっくりするだろうぜ。ココ、見て見なよ、パリ随一の腕利きの殺し屋連中が網を張っているんだ。あいつらはこの日のために、ナイフを殊のほか念入りに研いできたのさ。ヴィドックは俺たちの網の中から逃れられないということだな」

ココ・ラクールはやっとの思いで冷静さを装いながらグラスのビールを飲み干した。支払いを済ませたココは席を立って、出口に向かった。そこでは、「いたぶり屋のカルロス」と「フィデル・ジルベール」が戸口の柱にもたれていた。

「じっとしてなよ、ココ」

と、「いたぶり屋のカルロス」が話しかけてきた。

「今日はなあ、ちょっとした見物だぜ。ヴィドックの命がかかっているんだから。こいつは面白くなるねえ。あいつがお陀仏するまで、あの野郎をさんざんにじれさせ、いたぶり、なぶり者にする正真正銘のハイライトになるぜ」

「まあ、勝手にやってくれ」

ココ・ラクールはそう受け流し、いかにも退屈そうな素振りを見せながらその場を離れた。角を曲がった途端、そう遠くない事務所に向かって突っ走った。

「ヴィドック！」

と、彼は大声を張り上げて事務所に飛び込んだ。

「ヴィドック！　こん畜生！　奴はどこだ？」

「今しがた出かけたところです。『ウサギの巣穴』で貴方と落ち合うって言ってました」

と、中にいた男の一人が答えた。

「ヴィドックがサツだとばれたんだ。奴は罠にはまったも同然なんだ！　あいつが殺られてしまうぞ！」

署員たちは一斉に椅子から飛び上がって事務所を飛び出すと、ココ・ラクールの後を追いかけた。

それというのもヴィドックに追いついて警告するためであり、もしもの時には身を挺してヴィドックを救出するためであった。彼らは「ウサギの巣穴」から二〇〇メートル離れた路上でかろうじてヴィドックに追いついた。

ヴィドックはそれからの数日間、この裏切り者の捜査に全力を尽した。さっそく内部情報を漏らした、公安警察官の制服組の同僚を自らの手で逮捕した。バティストは短時間の尋問を受けた後、犯行を自白した。

評判のガサ入れ

公安警察官バティストの裏切り事件を契機に、ヴィドックの人生の新局面が展開し始めた。暗黒街では、ヴィドックが警官であることが知れ渡ってしまったので、もはやこれ以上身分を隠す必要はなくなった。誰に対しても正式に「シュルテ」のリーダーとして紹介してもらうことができた。

お祭り男の警視総監ムッシュー・アンリは、パリの新聞社の記者を招待したパーティーの席上で、このニュースを公表した。人々は翌日、新聞紙上でこの情報を知ることとなった。

ヴィドックは華々しい展開が大好きだったので、「シュルテ」の幹部として自己紹介するにあたって、特別な出来事を提供しようと計画していた。それは脱獄囚がよく出入りしていた居酒屋「ドゥノワイエ亭」という悪党どもの溜まり場への一斉手入れである。

その手の一斉摘発は危険がないわけではない。客は例外なく凶悪犯であるし、良家の市民がポケットの中からハンカチを取り出すように、連中は日常茶飯にピストルやナイフをポケットの中から取り出す暴力的な犯罪者だったからだ。この居酒屋に出入りする悪党どもが背負っている刑期を総計したら、優に一千年に及ぶことだろう。

ムッシュー・アンリの見解では、この居酒屋の客は重武装していて、どんなことでもしてやると腹をくくっているので、一斉検挙には多くの警官、すなわち約二百名の人員では不可能ということであった。しかしヴィドックは、「シュルテ」のたった十名のスタッフで、この悪玉の一斉逮捕を決行する腹づもりでいた。自分のチームの強さは人数ではなく、知恵と勇気と迅速な踏み込み捜査にあることを暗黒街の輩に見せつけてやろうと考えていたからだ。

深夜、日付の替わる直前、「シュルテ」の職員は鎖や手錠を充分に準備して、「ドゥノワイエ亭」の入口や悪党の使う二手の裏口に網を張った。酒場の中からアコーディオンの演奏するワルツ曲ミュゼッテが流れてきた。

ヴィドックは単独で店に入った。タバコの煙の靄の中を潜り抜け、アコーディオン奏者のいる方に向かい、ワルツの演奏を中止させた。突然、キーというブレーキがかかり楽器が鳴り止んだ。

隙間なくぎゅうぎゅう詰めで座っていた五十人ほどの客の面々は、頭をもたげると驚ろきの眼差しでヴィドックをまじまじと見つめた。

「ヴィドックだ！」

そこに居るたいていの男たちが今ちょうど話題にしていたヴィドックその人であったのだ。近頃の暗黒街でのニュースといえば、実はヴィドックが警察のメンバーだったというもので、これ以外の話題はほとんどなかったからだ。ところがそのヴィドックが今、店のど真ん中に立っているのだ。度肝を抜かれた連中は皆、彼に襲いかかることもできなかった。

「ヴィドックだ！」

彼の名前をわめき叫ぶ声がホールのあちこちで発せられた。

「そうさ、ヴィドックよ！」

と、彼は大声を張り上げた。

「お前らは皆、かつて囚人であった俺を知っている、というわけだ。俺はここに俺が『犯罪捜査局』のトップであることを宣言する。俺がここに来たのは、指名手配中のお尋ね者を逮捕するためなのだ。逃げても無駄だ。出口はすべて押えているからな」

ヴィドックはまるで警察の大編成部隊が屋外で待機しているかのように、断固たる口調で言い放った。彼はアコーディオン奏者の所から、正面出入口に向かってゆっくり歩いていき、そこで立ち止った。

「さあ、お前たち、全員立て！」

と、彼は大声を上げた。

「立ったら、順番に、店の外に出ろ。心にやましいところがなければ何も恐れる必要はないが、指名手配中の者にはチャンスはないぞ。即刻逮捕だ。どんな抵抗も無駄だぞ。それでは始める！　起立して店の外に出ろ！　顔がよく見えるように、ゆっくり歩くんだ。さあ、人を押しのけて、前に出ようとするんじゃない。さあ、全員に順番はまわって来るからな」

誰もがヴィドックの命令に従った。彼は順に全員をじっと見つめた。手配書がまわっているお尋ね者の背中にはチョークで「X」印を記した。彼らは不安になりながらもすっかり諦め、わずかな抵抗も見せず、次々と屋外に出ていった。外で待機していたのは、ほんの数人の私服警官だけだったので、もしも悪党どもにその気があれば警官たちを撃破できたかも知れない。にもかかわらず、連中にはそうした周囲の状況を飲み込む余裕もなく、全員瞬時にグループごとに鎖に繋がれ、待機中の馬車に送り込まれてしまった。

十人の私服警官が瞬時にしてこのような方法で合計三十二名もの犯罪者を逮捕したのである。

この奇襲の一斉検挙の噂は暗黒街全域に広まった。今後パリでは別の風が吹くだろうと感づいた悪党どもは戸惑いを覚えていた。以前の古き良き時代には悪党一人を逮捕するに警察は十人の部下を必要としていた。以前なら一気に三十二名もの逮捕はまったく不可能だった。ところが今回はたった十人の警官で三十二名もの犯罪者を以前よりずっと短時間で始末したのだ。

暗黒街の面々はヴィドックと彼のスタッフに畏怖の念を覚えた。悪党どもにとって危機はますます深刻になっていった。そのためか暗黒街から足を洗って堅気の世界に戻ってくる者も少なくなかった。こうしてパリの犯罪件数はめっきり減少していった。

宝探しをするコンラダン

「シュルテ」のリーダー・ヴィドックは、パリの社交界で有名人になっていた。社会的に影響力のある、政治家、貴族、銀行業者、宝石商、とりわけ多くの詩人がヴィドックの友人となった。彼はパリでもっとも高級な洋服屋で仕立てさせた注文服を身につけ、人気ゲストとして有力者の屋敷や宮殿に出入りした。

ところがその一方で彼は悪党のたむろする暗黒世界、つまり火酒や安酒が匂い、闇取引で手にしたタバコの煙が立ち籠める薄暗い居酒屋に、どうしても足を運びたい衝動に駆られていた。そこで誰にも見つからないように無精髭を生やし、ぼろぼろのみすぼらしい服で奇怪な変装をして、天性の探偵の情熱の赴くまま、さながら獲物を追い求めるように犯罪者を追跡していた。「ジャック・スナール事件」を解明する時には、みずから進んで牢獄に入ることすらあったのだ。

パリで一番裕福な宝石商と言われていたジャック・スナールは、「オペラ座通り」に店を構えていた。彼は近所に住んでいたリヴリー司祭と懇意にしていた。

司祭と宝石商はいつかは盗難に遭うかも知れない、という共通の悩みを抱えていた。司祭は教会の貴重品が盗まれないかと気になっていたし、スナールはかつてフランス王家が所有していた王冠についていた幾つかの宝石が心配でならなかった。ちなみにその宝石はフランス革命後の物情騒然としていた時期に、スナールが格安で手に入れた逸品であった。それは数百万フランもの値打ちのあるお宝だった。

二人は自分たちのお宝を強盗に襲われないようにするために、司祭館に隣接する墓地の片隅に埋めて隠しておこうということで意見が一致した。二人はコンラダンだけにはこの秘密を打ち明けた。なによりも白髪のこの小柄な男が顔を皺くちゃにして浮かべる微笑みは、両人には常に変わらぬ誠実さを約束しているように見えたからである。コンラダンは司祭の管轄する教会の鐘撞き番としての奉仕の勤めを果たしてきたし、そのうえ墓掘り人の仕事にも従事してきた。そういったわけで、心配性の二人から見ると、コンラダンはそれらのお宝を地下に埋めてもらうのにうってつけの人物であると思えたのである。

司祭と宝石商の立ち会いのもと、夜陰に乗じてコンラダンは眩い光を放つ宝石、装身具、装飾品の数々が溢れんばかりに詰まった箱を墓場の塀のそばの地中に埋めた。コンラダンはその場所に、ずっしりと重い石を目印に置いた。

ある日のこと、司祭リヴリーと宝石商スナールの二人は宝物を隠し場所から掘り出し、それを愛でて楽しむことにした。二人はコンラダンと一緒に、墓場の塀のそばまで足を運んだ。墓掘り人は例の石を傍らに転がすと、両手につばをつけ、鍬を握って掘りに掘った……だが出てきたものは木の切れ端ばかりで、お宝の入った箱は見つからなかった。箱がない。盗まれたのだ。

これがヴィドックの担当事件であった。

彼は司祭、宝石商、コンラダンを部下に尋問させ、自分は姿を見せずに三人を秘かに観察した。その時、コンラダンを以前目撃していたことに気づいた。コンラダンはリールの刑務所でのかつての囚人仲間であった。本名エゴン・ヴァレルという名のこの男は、トリックを駆使した盗賊として仲間内では名声を博していた。

ヴィドックはコンラダンが財宝を盗んだ犯人だと睨んでいた。しかしこの男を問い詰めても、所詮それは無駄なことだ。コンラダンを追い詰めることのできる、ごくわずかな証拠もなかったからだ。彼は何を言われてもうまくかわし、首尾よく否定するだろう。そのうえたとえ彼が犯人である証拠があったとしても、宝物の隠し場所を自白することなく有罪判決を受け、刑期を務め上げてのち、その宝物を掘り出し、売り払い、その金で安楽な老後を送ることになるだろう。ヴィドックはそんな風に想像を巡らしていた。

コンラダンに自白させ、そのうえ宝物の隠し場所を明らかにさせるには何らかの策を弄する必要があった。

そこで以前、犯罪者カードを作成しておいたことが今回役に立ったのである。というのは、またの名をコンラダンと称するエゴン・ヴァレルなるこの男は、数年前に卑劣なトリックで多くの老人から虎の子を横領したので、捜査対象になったのだが、この一件をヴィドックは犯罪者カードから、突きとめることができた。そこでヴィドックは部下にコンラダンの逮捕状を取るよう依頼したが、しかし逮捕状の名目はただ単に昔犯した詐欺のみにしておいた。ヴィドックは部下に、宝物泥棒の嫌疑がかかっていることは彼の前では触れてはならぬと指示した。それは宝物の窃盗の件とはまったく関係がないと、コンラダンを安心させておくための目眩まし作戦であった。

かくしてコンラダンは逮捕され、司祭の家から連れ出されると、ビセートルの刑務所の牢獄に投獄された。

その翌日、ヴィドックは刑務所に姿を見せた。牢番の幹部にともなわれて、狭くて湿気の籠る薄暗い監獄の廊下と中庭を通り抜けた時、長い年月に及ぶ囚人時代の絶望と悲嘆にくれた思い出が再び彼の心に蘇ってきた。目の前で開けられ、背後できちんとしっかり閉ざされたドアは、以前と同じようにぎしぎしと鈍い騒音をたてた。それから耳に入ってきたのは、ブラッド・ハウンド犬の聞き慣れた吠え声、「中庭の矯正施設」からの鞭打ち刑の有罪判決を受けた囚人たちが発する呻き声、坊主頭の「ガレー船奴隷」が互いに鎖でつながれる「鎖の中庭」からは、鍛冶屋がハンマーを打ち下ろす音であった。ヴィドックは中庭で焼き鏝係の手によって右肩に「GAL」という烙印を押されたあの光景を、つい昨日のことのように思いだした。あの屈辱的な場面や絶望的な気分が彼の心に蘇ってきた。

彼は自分の肉体が焼け焦げているあの匂いを嗅いでいるかのような錯覚を覚えた。

刑務所の幹部職員の部屋では、職員全員がヴィドックの来訪をうやうやしく待ち構えていた。そこには沸かしたてのコーヒーがたっぷり入ったポットが用意されていた。ヴィドックが部屋に入るや、制服を着た守衛たちは挨拶をしたが、その一方刑務所長は事務机の向こうですっと立ち上がると、うやうやしく彼の方に走り寄ってきた。

「いらっしゃいませ、ムッシュー・ヴィドック、ビセートルへようこそ。まずはお寛ぎください。コーヒーはいかがでしょうか。お召し上がりになりますか。こいつはうれしいですな。さあ、どうぞお座りください」

所長は警視総監の命令でヴィドックのために「盗賊ハシゴ」、つまり手を組んで作った鐙で彼の脱獄に手を貸したあの日以来、見た目はほとんど変わっていなかった。ただ頭髪だけが以前より少々白くなっていた。

所長は制服を着た職員に手を振り、事務室から退出するように合図を送った。

「さあ、これで我々二人だけになりましたな」

と、所長は手ずからコーヒーを注ぎ、話し始めた。

「このたびは貴殿のご訪問の栄に浴することができましたが、それはまた如何なる幸運な事情によるものか、お聞かせいただけますでしょうか」

「貴方は我々が一緒に挑んだあの真夜中の冒険を覚えておられるでしょうね」

「ムッシュー・ヴィドック、どうしてあの夜のことが忘れられましょうか！　あの夜の一件は誇らしい思い出ですよ。またとない、ほんとうに一回限りの夜でしたなあ」

と、所長は答えた。

「ところが、〝このまたとない一回限りの〟という言い方はひょっとしたら適切な表現ではないかも知れません。というのも、近々お宅の刑務所でまったく同じような芝居が演じられることになるでしょうから。これがお伺した理由なのです」

「もう一度ですか？　警察が了解している脱獄ということでしょうか？　再挑戦ということですか」

所長の声には力がなかった。

「もちろん喜んでお手伝いいたしましょう」

と、あわててこの言葉を付け加えたが、その声には躊躇(ちゅうちょ)の気分が隠しようもなく表れていた。

「心配御無用――貴方にお骨折りいただく必要はありません。明後日、エゴン・ヴァレルことコンラダンの牢獄に私を閉じ込めていただき、適当な折にこの男と一緒に脱獄するつもりです。ところでコンラダンは指示通りに、牢に入っていますか」

「もちろんですとも」

「あの男には、こちらの身元がわからないように変装するつもりです。申し訳ありませんが、私の体に合った囚人服を取り寄せておいてください。できればきれいに洗濯してあるものをご用意くださ い」

「ご安心ください」

「私がコンラダンと一緒にやる芝居ですが、ほんとうの脱獄であると、あの男に信じこませなければなりません。貴方に課せられた任務は、我々が脱獄する時に、貴方の配下の看守が監視に立たないように配慮していただくことだけです。ブラッドハウンド犬はその時間は犬小屋に閉じ込めておいてください。細かな点についてはのちほどご相談いたしましょう」

「承知しました」

「話はこれだけです。それでは明後日にお会いしましょう」

ヴィドックは腰を上げた。

「すべて貴方がご満足なされますよう、取り計らいます」

所長は飛び跳ねるように立ち上がって、身を低くかがめ丁重に応対した。

「万事、十二分に満足していただけるよう配慮いたします。私が貴方に寄せている尊敬の念をどうかお忘れにならないでください。なお警視総監であらせられる、尊敬措く能わざる我がムッシュー・アンリには、どうかくれぐれもよろしくお伝えください」


二日後、ヴィドックが数人の看守に連れられて牢に送り込まれたが、彼の顔には無精髭が生えていて、髪の毛はボサボサに乱れていた。右目には黒の眼帯をかけ、囚人服は本物そっくりだったが、体型に合わずだぶだぶしていた。看守がドアの鍵をかけた時、ヴィドックは悪党が使うぞんざいな隠語で大声を上げた。

「ポンタナシュテ・フィーゼルン、フォリッツト・ツ・ゾドムスピツェン（トンマなサツなんか地獄にでも行きやがれ）！」

コンラダンは悪態の口調と隠語を耳にすると、たちまちこの男には気を許しても構わない、と思った。二人の囚人の間には、たちまち同房者同士の典型的な仲間意識が生まれた。二人は隠語で談笑しながら、夜更けまで冗談を交わした。

翌朝、二人が薄味のキャベツスープをすすり終えた頃、数人の看守がヴィドックの所にやって来て、彼を連れ出した。表向きはヴィドックを訪ねて来た者がいるから、ということであった。彼は所長の執務室に連れられていくと、そこでハム、パン、卵、コーヒーのもてなしを受け、所長からは何度も「充分に御休みになれましたか」などとねぎらいの言葉があった。

ヴィドックが獄に戻ると、彼はにたにた微笑みながら、ポケットの中から合鍵の束を取り出した。

「見ろよ、こいつを！」

と、彼はコンラダンに言った。

「俺の女(あま)がなあ、接見の折にこいつを土産に持ってきてくれたのさ。あいつがこのタルタロス（合鍵）をひそかに手渡してくれた時はびっくりこいたね。フィーゼル（看守）の奴め、何も気づかないのさ。あいつらはまさしくドルブルツァー（阿呆）だよな。ところで、俺たちは同じ房に入った以上、ひょっとして俺と一緒にずらかる気があるかも知れないと睨んだんだが……」

「俺にその気があるかだって！」

「そこでだ、俺は女(あま)に頼んでおいたんだ。俺の着替えだけでなく、あんたの分も牢獄の外の納屋に隠しておいてくれるように、とな。そうすりゃあ俺たちはパクられる心配はないからな」

コンラダンは嬉しさのあまり揉(も)み手してみせた。

「実に準備万端、用意周到ですな」

と、彼はヴィドックを褒めちぎった。

日が暮れるとヴィドックは合鍵で牢獄の戸を開け、続く刑務所内の関門の鉄扉のすべてを次々と開け放って突き進んでいった。二人は看守に出くわすことなく、刑務所の一番外側の中庭に到達した。そこから月明かりを頼りに塀を乗り越え逃走した。

彼らは近くの納屋に隠してあったグレーのズボン、上着、シャツを見つけた。二人はすぐに囚人服から着替えるや、闇夜の中を一目散に突っ走っていった。

ヴィドックはそれからの逃走経路については何の提案もせず、ひたすらヴェルサイユに向かって歩くコンラダンにその選択をすっかり任せていたのだが、彼がそうしたのも充分な理由があってのことであった。

深夜の三時頃、コンラダンは森の中の十字路で、突然立ち止まった。

「思うんだけど」

と、彼は口を聞いた。

「俺たちここで別れたほうがいいと思うよ。追跡捜索が行われているからな。いくらなんでも二人連れじゃ目立ちすぎるよな」

「でも、二人で一緒に行動したほうが助け合うこともできるし、金だって調達しやすいと思うけど。俺たち一銭もないじゃないか」

と、ヴィドックが応じた。

「そんなことは一人でだってできるさ。駄目だね、別行動をとろう」

「わかった、あんたの好きにするがいいさ。じゃ、あばよ!」

「じゃあな!」

ウィドックはある方向に歩を進め、コンラダンはそれとは真逆の方角に向かった。二人の足音は闇夜に消えていった。

しばらくしてからコンラダンは振り返り、あたりを見回した。眼帯をかけた男の姿はもう見えないし、その男の気配のないことを確認するや、ほっと安堵感を覚えた。それでも注意を払った。夜陰に乗じて獲物を狙うキツネさながらに、四方八方に目配りしながら、周囲をうかがいつつ国道に出て、その道沿いに歩いていった。それから狩人しか通らない小道に逸れた。あたりはとても暗かったので、何度も木にぶつかってしまった。暗闇の中をおぼつかない足取りで手探りしながら恐る恐る前進すると、木が伐採され、月明かりで青白く照らされた空地に出た。

彼はその土地を知っていた。倒木の下からスコップを取り出すと、音をたてないようにしながら、ゆっくり掘り進めた。なおいっそう深く掘ると、スコップは木箱に衝突してがちゃんと音をたてた。スコップで箱のフタの土をきれいに払いのけ、腰をかがめてフタを開けた。木箱の中から幾つかの宝物の品々を慎重に取り出した。

……こいつを売り払おうか。そうすれば数カ月は豪勢な日々が送れるよな。残りはいつか時が来たら、取りに来ることもできるしな……

「手を上げろ、コンラダン！」

という大声が突然、彼の背後から聞こえた。

コンラダンは振り返った。彼が見上げて目にしたその黒影はさっとピストルを取り出し、眼前に立っていた。しばらくして、ようやくそれが先ほど別れたあの囚人仲間であることが飲み込めた。目の前の男はもう眼帯をつけていなかったので、最初のうちは別人のように見えたのだ。

「何をしているんだ……どうしてお前さんが？」

「わかりきったことさ。俺がここにいるのは、あの十字路からあんたの後をずっと尾行していたからさ」

「どうしてまた、そんな……」

「お前さんが司祭と宝石商から盗み取った、例のお宝の在りかに案内してもらいたかったからさ」

「なんでそんなこと、知ってるんだ」

「警察の人間(もの)だからさ。俺の名前はヴィドックよ」

三人組の人殺し一味

一八一四年から一五年にかけて、パリでは全ヨーロッパにとって決定的な意味のある警察の大改革が行なわれた。一八一四年四月六日、ナポレオン皇帝は退位を強いられ、エルバ島に追放された。彼は一八一五年の三月にパリに舞い戻ってきたが、「百日天下」後の六月のワーテルローの戦いで壊滅的な敗北を喫し、ヨーロッパの檜舞台から永久に撤退した。

その後、ヴィドックの人生に決定的な影響を与えた警察大臣フーシェも、波乱万丈の陰謀劇を演じたのち、最終的には歴史の表舞台から姿を消し、忘れ去られた。

フーシェはそれ以前の一八一〇年には、当時フランスと敵対関係にあったイギリスとの共謀の廉(かど)で、ナポレオンによって失脚の憂き目に遭っていた。魚が水なしでは生きられないように、陰謀なしでは存在しえないフーシェはそんな境遇にありながらも、帰国して権力奪取を狙っていたルイ十八世、つまり恐怖政治の時代にギロチンで処刑された国王十六世の弟と秘密裏に連絡を取っていた。

一八一四年、フーシェはいつものように舞台の陰に隠れた黒幕としてナポレオンに対抗する陰謀劇に加わり、ルイ十八世を助け、彼を王位に即位させることに成功した。ブルボン王家の庇護のもとで、フーシェの政治上の新たな栄達が眼前に迫っていた。

そんなことがあったにもかかわらず、一八一五年、ナポレオンが短期間ながらも追放から舞い戻った「百日天下」のその間に、フーシェは再び何事もなく警察大臣に就任し、そのうえ逃亡中のルイ十八世に国家反逆罪の烙印を押したのである。

ナポレオンがワーテルローで敗北すると、フーシェはまたもや帰国の途にあったルイ十八世にさっそく手を差し伸べた。だが今度は策謀の度が過ぎた。フーシェは自分が仕掛けた陰謀の罠に足をからめ取られてしまったのだ。王はもはやフーシェの計略に乗ることなく、この狡猾漢が二度と立ち上がれないように手をくだしたのである。

ウィーン会議の開催中（一八一四年九月十八日〜一八一五年六月九日）、王侯や政治家たちがヨーロッパの秩序と安寧を取り戻したのち、一八一五年の年末には多くの国の警察官僚の幹部がロンドンに集結して情報を交換した。ヴィドックは参加していなかったが、しかし彼はその席で高い評価を受けた。すなわちその会議で、パリはヨーロッパでもっとも安心安全な都市であるとのお墨付きを獲得したのである。

これがヴィドックの功績であることにはなんら議論の余地はない。なによりもまず彼は、ごく短期間のうちに、ある時は単独でまたある時は参謀として、長い間悪名を轟かせていた犯罪集団をことごとく摘発したからである。警察内での彼の名声は、もはや誰にも引けをとらなかった。その上、暗黒街ではひどく忌み嫌われ、恐れられていた。

その結果、危険が迫ってきた盗賊や殺人犯は、それ以降ヴィドックに捕まらないように、活動拠点をパリの城壁の外に移すことにした。

殊のほか悪逆の限りを尽くしていたのは、パリ郊外の南部地区に巣食うある殺し屋の一味であった。この殺し屋の一味は二晩か三晩に一回は、昼間パリでひと稼ぎして売上金数百フラン、時には数千フランを懐に抱えて夜、郊外の自宅に帰宅する商人たちを襲撃していた。犠牲者は異様なほどにナイフで滅多切りにされ殺された。襲撃を受けながらも、まだ意識のある状態で警官に発見されたある商人の死に際に言い残した話によれば、襲ってきたのは三人組の男ということであった。

今後はこの強盗グループを「三人組の人殺し一味」と言うことにするが、この四カ月間に一味が見せた殺害の残虐性は、フランスで過去に起こったいかなる殺人事件をもはるかに凌駕していた。彼らはどの殺し屋よりもはるかに早いスピードで次から次へと襲撃を繰り返していた。犯口は残虐でかつ巧妙であった。地元警察は何の成果もあげられず、お手上げ状態にあった。一連の残酷な犯罪がいつ終わるのか見当もつかない。パリ郊外の南部地区では、日が暮れるたびに不安と恐怖が広がっていた。

その南部地区担当の警察官が雁首をそろえて再三再四会議を開き対策を講じたが、正体不明の「三人組の人殺し一味」に対しては打つ手がなくお手上げ状態だ、と言っては嘆くばかりであった。挙げ句の果てにある警部から、彼の有名なパリの「シュルテ」のトップであるヴィドック氏に、「三人組の人殺し一味」の捜査依頼をしてみてはどうか、という提案があった。同席した幹部もその提案に賛意を示すと、一同はその趣旨に沿った嘆願書をパリの警視総監ムッシュー・アンリに宛てて上申した。

アンリは殊のほか気分をよくして、犯罪捜査学にかけては全知全能な、部下のヴィドックに南部地区応援を許諾した。

当該の殺人事件に関する書類に目を通したヴィドックは、この田舎の警察官も「シュルテ」創設以前のパリの警察官僚とまったく同じで、事件に対して適格に絞り込むこともせず、ただ上っ面を撫でるような仕事をしているにすぎないと確信した。あるのはただ、殺人被害者の個人情報の記録だけであり、犯行現場のスケッチもなければ、足跡も確保せず、狙いを絞った目撃者捜しもなければ、何の捜査も行われていなかった――要するに何の処置も講じていなかったのだ。地元警官が頼みにしていたのは密告者による犯人告発のみであった。だが、問題の一味は三人だけのごく小人数のグループなので、密告はほとんど当てにできなかった。これまで手に入れた資料はまったく無価値であることが判明した。この「三人組の人殺し一味」を逮捕するには初手から取り組まなければならなかった。

それゆえヴィドックは、次回この一味が関わる殺人事件が起こった時には、すぐに迎えに来るよう、さらに犯行現場にはいっさい手を触れぬようにと、指示を出した。

チャンスの到来を待つ必要もなかった。翌々日の夜には待機は終了した。午前三時頃、一台の馬車が聖フランソワ新通りのヴィドックの自宅前で止まった。一人の警官が呼び鈴の紐を引いた。ヴィドックが窓から外を見た時、その警官が大声を上げた。

「ムッシュー、例の『三人組の人殺し一味』がまた犯罪を起こしました!」

素早く仕度を整えたヴィドックは馬車に乗り込むと、腕利きの部下を迎えに行くよう御者に命じた。

朝のまだ暗いうちに彼は同僚と一緒に、パリ郊外南部コルベイユ近くの森の中にある草地の犯行現場に到着した。

襲撃された肉屋の親方はナイフで二十八カ所も滅多切りにされたが、奇跡的に生き延び、病院に搬送されたが、今のところ意識がないという。

犯行現場に残された証拠を保全するよう教育を受けた警官は、踏み荒らされた草地を一センチ単位で目を凝らし、虱潰しにくまなく捜査した結果、まず、引きちぎられたボタン一個を発見した。彼らはそのボタンを大事に保管した。それから粘土質の地面に残されていた足跡を一つ発見すると、煉瓦状にその足跡をくり抜き、段ボール箱に収めた。さらに血痕も発見した。それは犯行現場から比較的長距離に渡って延々と延びていたが、しばらくするとその血の跡は途切れ消え失せていた。この血痕は、実行犯の一人が負傷し、しばらく逃走した後、そこで包帯を巻いた間接証拠である。最後に彼らが発見した証拠品は、ナイフに付着した血糊を拭った血まみれの紙の切れ端だった。

ヴィドックがその紙片を裏返すと、住所の断片が記されていた。

Monsieur Ra
chand de vins
re Roche
Cli

ヴィドックと部下は病院に向かい、意識不明の肉屋の血まみれの服を調べ、次のように記録した。

「小柄な男。頭髪は黒、ただし頭部には花環状の天辺禿げあり。グレーの上着とグレーのズボン。白のシャツ」

「シュルテ」の職員はこの事件について供述のできる人を捜すために、この男の人相書きを携えて外に繰り出した。しばらくしてエソンヌという近くの村で出会った食堂の亭主の話では、事件前日の晩、食堂で黒髪の小柄な男に三人組の男が話しかけていた、ということであった。さらに亭主の話では、白のシャツを着てグレーのスーツ姿のその男は、頭の天辺が花環状に禿げていたという。彼らは四人で店を出ていった。殺人犯と思しき三人組の男たちについては、店内が暗く、客に特別注意を払っていなかったこともあり、聞き出すことができた人物描写はたいへん大雑把で不確かだった。亭主は、胡散臭い連中を犯人と決めつけることはできないし、復讐が怖いからそんなことをする気もない、と話した。それゆえ、この亭主の話にはたいした価値はなかった。

今やすべては現場で見つかった証拠にかかっていた。ヴィドックはその証拠を徹底的に調査し、血糊のついた紙の切れ端がさしあたり事件の解決に一番役に立つだろうと確信した。その断片的な住所を何度も読み返しながら、どうすればこの欠落部分を合理的に埋められるか、あれこれ考えを巡らした。すると突然ぱっと頭にひらめくものがあった。その住所は次のようにしか読みようがなかった。

Monsieur Ra（ムッシュー・ラ……）
Marchant de vins（ワイン専門店）
Barriere Rochechouard（ロシュシュアールの関税徴収門）
Chaussée de Clignancourt（クリニアンクール街道）

ヴィドックはこの男がワイン店を営んでいること、そしてこの住所がロシュシュアールの町はずれの関税徴収門の近くにあることが確認できた。残るはただ荷受人の名前だけである。だがこれはもはや問題ではなかった。クリニアンクール街道でワイン専門の酒場を営んでいて、そこに住んでいる人物は二人しかいなかったからだ。一人はメッソニエという男であり、もう一人はラウルという男である。ラウルがその荷受人ということは明々白々である。

……でもその男が犯人なのだろうか。それともこの紙切れは偶然殺し屋の手にあったにすぎないのだろうか……

疑問の解明は綿密な捜査によってのみ可能である。

ヴィドックは部下にその酒場を密かに監視するよう指示すると、馬車で「シュルテ」の事務所に戻り、ラウルという名前を探して犯罪者カードにざっと目を通した。

この男に関しては、以下のように記されたカードが存在した。

「ラウル。生誕日は一七七三年八月十四日。殺人罪で『ガレー船奴隷』となった男の妹と結婚。前科なし。ただし、数年前にパリ郊外で二度殺人の嫌疑をかけられる。もちろんそれは、義兄の共犯者としてである。その度に証拠不充分で釈放」

ヴィドックはすぐに、ロシュシュアールの関税徴収門地区に向かった。そこで彼は部下からラウルのワイン酒場は明らかに悪党どもの溜まり場に違いない、という報告を受けた。部下がその店に入った際、自分たちも知っているパリの暗黒街の男数人を認めた。とりわけ注目を引いたのがクールという男だった。この男は人目につくほどに片足をひきずって歩き、足には真新しい包帯を巻いていた。

……こいつが怪我をした犯人なのか?……

たしかに容疑事実はラウルとクールに不利だったが、しかし確証はない。そのためヴィドックは逮捕時機が到来したとは思えなかった。注意深い捜査が必要だった。部下に対して、ラウルとクールがどこに行こうとも尾行するよう命じた。

夕方、ラウルは店を離れた。彼はワイン樽の注ぎ口の傍らに立つ男のような身ごしらえで、グレーのズボンをはき、グレーのシャツを着て、グリーンの前掛けを締め、通りすがりの馬車を呼び止めた。

モンマルトルでの有力な手がかり

ラウルは馬車をモンマルトルの歓楽街へと向かわせた。カデ広場で馬車を降りた。そこで彼は一軒の家のドアを開け、そのドアを閉め、鍵をかけた。警官はラウルが階段をとんとんと上っていく足音を耳にした。そのすぐ後、三階の窓にロウソクの灯りがぱっと点った。ここは明らかにラウルの別宅だ。

二人の警官がその家を見張っている間に、もう一人の警官は馬車でヴィドックのもとにかけつけ、この新たな発見を報告をした。ヴィドックは有力な手がかりだと確信した。そこで彼はその夜のうちに令状担当の判事の私邸に駆けつけ、判事を叩き起こすと、彼を説得してラウルの別宅の家宅捜索令状を手に入れた。それから彼はカデ広場に向かった。

ラウルの別宅の前で見張っていた警官は一人だった。その警官によると、ラウルはフロックコートを羽織り、シルクハットをかぶってめかしこみ、ポマードの匂いをぷんぷんさせながら、おそらくは歓楽街の酒場に向かったようなので、もう一人の警官が尾行中ということであった。

ラウルの別宅は妻はもちろん、誰も知らない秘密の隠れ家だ、とヴィドックは睨んだ。そうでなかったら、酒場の主人は自宅でフロックコートを着てシルクハットをかぶりモンマルトルに直行するはずであり、わざわざ別宅で着替えることはありえないからだ。さらにヴィドックは、秘密の隠れ家が証拠の宝庫であることを経験上十二分に知っていたからである。

　裁判所の捜索令状を入手するとヴィドックは、合鍵を使ってラウルの別宅のドアを開け、家宅捜索を行なった。さっそく汚れた靴を発見し押収したが、それは犯行現場で確保した靴の裏底と対比するためであった。さらにはナイフ・フォーク・スプーンの食器セットの下に、血糊がべっとりこびりついた短刀を発見した。最後に机の中にラウル宛の一通の公文書を発見したのだが、その書類の住所欄の箇所が破れていた。しかも犯行現場で発見した例の血まみれの紙の切れ端は、この文書の片割れであった。彼は隠れ家を去る時、証拠品の数々を持ち帰った。

　今やラウルの容疑は濃厚である。にもかかわらず、ヴィドックはまだ彼を逮捕しようとはしなかった。というのは、悪党が言葉巧みに言い逃れをして、窮地をものの見事に切り抜け脱出に成功する例をあまりにも頻繁に目にしてきたからである。もちろんありえないことだが、もし仮にラウルの別宅に別の誰かが訪れ、この紙を破って持ち去ったのだ、とラウルが主張したなら、それを論破することはできないだろう。要するに、ここが我慢のしどころであった。

　ヴィドックと警官たちはカデ広場で、これから起こるであろう出来事を待っていた。

　深夜の三時頃、ラウルはふらふらよろめきながら別宅に帰ってきた。やっとのことで門の扉を開けたラウルは、階段をよろよろけながら上って部屋に入った。たぶんぐっすり眠るためだろう。

　これまでラウルの後をずっと尾行していた警官の報告によると、ラウルはその晩モンマルトルで一番高級なダンス酒場「王宮（パレロワイヤル）」を訪れ、豪勢に飲み食いして八百フラン以上を払ったというのだ。その金額はワイン酒場の主人が普通なら支払えない大散財だ。それもラウルが強盗殺人犯の一人である証拠の一つだったが、まだ確証とはいえなかった。

昼頃、ラウルはグレーのズボンをはき、グレーのシャツを着、グリーンのエプロン姿で再び表通りに現れたが、顔は少々青ざめ、目は潤んでいた。彼が通りすがりの御者を呼び止め、クリニアンクール街道の自分の店の住所を告げた声はしわがれていた。

ラウルは店に着くと、まずは妻に声をかけ、客人らに挨拶をした。それから地下室に下りていった。

ヴィドックはそれまでに、押収した靴と犯行現場で確保した足跡とを照らし合わせていた。結果は喜ばしいものであった。足跡と右の靴底がぴったり合致したのだ。

ラウルの店で客に紛れてラウルを見張っていた警官から、幸先のいい一報が届いた。その報告によれば、クールの上着のボタンが一つ取れていたが、そのボタンの穴に犯行現場で発見した例のボタンがぴったり納まるかどうかは、タバコの煙の充満した居酒屋の薄明かりでは確認できなかった、というのだ。

こうしてヴィドックは二人の容疑者の逮捕の決意を固めた。

数人の警官があっけにとられたクールを店から連れ出すのと入れ違いに、ヴィドックは店に入った。店ではちょうどラウルが子牛の肉を解体していた。

「ヴィドック!」

ラウルは血まみれの両手で肉切り包丁を握ったまま、びっくりして叫んだ。

「ムッシュー・ヴィドックですよね。それとも、勘違いかな。こちらにお出でいただいたご用向きは何でしょう……」

「俺のことを知ってくれているとは、こいつは結構なことだ」

と、ヴィドックがたたみかけた。

「だったら、どんな抵抗をしても無駄だってことをことさら説明する必要はないよな。手についた血糊を洗い落としな。それから俺と来るんだ。お前を殺人未遂で逮捕する」

「ムッシュー・ヴィドック……殺人だって！　この俺がかい？　よく言うねえ、冗談を！」

「まあ、手を洗いな」

ラウルは手元の石鹸を摑んだ。

「俺に嫌疑をかけたって、そいつは見当違いだね、わかりきったことよ」

と言っているうちに、彼の手の中の石鹸の泡が血の色に染まった。

「でも、俺は出頭するよ。言うまでもないことだけど、俺にはやましいことなんか、何一つありゃしねえからな。そうだ、俺ん家の家宅捜索をしてもかまわんよ。それに頭の天辺から足の爪先までもな。家宅捜索の令状も必要ないね。俺はみずから家宅捜索に同意するよ」

ヴィドックはすでにモンマルトルの秘密の別宅で証拠を発見していたので、せっかく好意的に家宅捜索を認めてもらったものの、別に関心ない、と言ってやりたかったが、その気持ちをじっと堪えていた。

ラウルは手を拭くと、タオルを洗面器の中に放り投げた。

「さて、喜んで釈明いたしましょう」

そう言ってラウルはヴィドックとともに地下室の階段を上っていった。

家の外に出たラウルは、動員された警官の人数の多さに驚いた。隠れる必要はないと判断した警官たちは、堂々と酒場の建物をぐるりと取り囲んでいる。ラウルは馬車に乗り込まざるをえなかった。馬車の中には、すでにクールが数人の警官の間に挟まれ、背をまるめて座っていた。逃亡など考えられない。もっともラウルはそんなことは毛頭考えずに、上機嫌な素振りを見せていた。

「俺はなあ……」

と、揉み手しながらラウルは走り寄る妻に向かって大声で叫んだ。

「また殺人容疑で逮捕されてしまったんだよ。前と同じだ、こいつは誤解だな。すぐに真相が解明されるさ。今晩中に戻るよ。それまで俺の幸運を祈って、一杯やってなよ」

ラウルが機嫌よく妻に別れを告げる際、警官の一人がヴィドックに近寄り「犯行現場に落ちていた例のボタンですが、こいつはクールの上着のボタンとぴったり同じでした。お天道様の光のもとで、しっかり確認しましたので」、とヴィドックに囁いた。ラウルは、この報告にはまったく気づいていなかった。

「そいつはよかったな」

と、ヴィドックは小声で応じた。

「もう一つ頼みがあるんだが、このボタンやこのホシに関連して集めた証拠品のすべてを袋に詰めて、我々が犯行現場に着いたら、そいつを渡してくれたまえ」

それからヴィドックは御者に殺害現場に直行するよう命令した。馬車が隊列を組んで動き始めた。

黄昏時、一行は肉屋が襲われ、短刀で突き刺されたコルベイユ近くの森の中の草地に到着した。

馬車が停止した。ラウルとクールが馬車から降りると、あたりをぐるりと見回しながら、いかにも怪訝そうな顔をしてみせた。

「ここで何をしろというのかね」

と、クールが尋ねた。

「あんた方はこの場所を知っているのかい」

と問い掛けながら、ヴィドックは二人に近寄り、彼らの目をじっと見つめた。

「こんな所、来たことないよ」

二人は口裏を合わせているように答えた。

「ここはなあ、あんたらが肉屋を刺した現場なんだよ」

「俺たちがかい？」

「そうさ！　お前たちが殺ったんだろう！　俺のことをまだよく知らないようだな。お前たちは密告や自白がなければ、警察は犯罪を証明できないと思い込んでいる時代遅れの悪党だな。しかも、自分たちを密告する者はこれまで誰もいなかったと確信しているし、かてて加えていかなる自白もないと自信をもっているようだね」

二人は微笑んだ。

「だがなあ、この袋の中に密告者がいるのさ」

と、ヴィドックは証拠の入った袋をゆらゆら揺すりながら、さらに続けた。

「口は利けぬ密告者だがね。そうだ、こいつはあんたたちをびっくりさせること請け合いだ。こんなことは想像もつかんだろうが、喜んで説明してやろう」

と言って、ヴィドックは袋の中に手を入れた。

「例えばここにラウルの靴がある。これはラウルの家にあった靴だ。ラウルは犯行の際、この靴を履いていた。俺はそれを証明できるんだよ。というのも俺たちはこの犯行現場で、ラウルの右足の靴跡を発見して煉瓦状にくり抜いておいたのさ。これがその靴跡だな！」

「どこにあったんですか……その靴は？」

ラウルの声は驚愕のあまりにうわずっていた。

「この靴はねえ、ムッシュー・ラウル、モンマルトルのお宅で発見しましてねえ」

「俺の家だって……どうして、また？」

「カデ広場のお前さんの秘密の家を、どうやって発見したか、その方法についてはのちほど喜んで教えてあげよう。――だが今は我々が現場で発見したものを、あんたに披露したいんだ。まずは、ここにあるナイフだ。さらにとりわけ披露したいのは、半分に破れた文書だ。この紙のもう一方の切れ端は、血まみれになって犯行現場に落ちていたのさ。ムッシュー・ラウル、あんたは肉屋を刺した後、この紙の切れ端で短剣についた血糊を拭ったんだよな。これであんたの罪は立証できたというわけだ、ムッシュー・ラウル！」

ヴィドックは次に、もう一方の犯人に向かって話を続けた。

「ムッシュー・クール、あんたの分の証拠品もこの袋の中に入っているぞ。このボタンだ！　こいつはあんたの上着にぴったり合っているんだよ。あんたはこいつを殺害現場で落として、失くしてしまったのさ。残念ながら、このボタンはあんたには渡せないね。こいつは証拠品の一つだからな。こいつは粛々と裁判を進めて行くために、裁判官に提示しようと思っているのさ。ところで、あんたはナイフを振り回し、暴れ回ったその最中に足に傷を負ったようだが、その傷は、今どんな具合かな。現場ですぐに手当てをしなかったようだね。俺はそのあんたの怠慢に言及しておこう。あんたは犯行現場ですぐに包帯を巻いておくべきだったのだ。あの向こうのトウヒの木の左前まで怪我の手当てを放っておくべきではなかったのさ」

ヴィドックが以前、犯行現場を捜査した際、血痕が消え失せた地点を確認しておいたので、彼はその地点を指で示して見せた。

ヴィドックは自分の言葉が二人にどう届いたのか、じっと黙って観察していた。クールはかたくなな態度を見せていた。だがラウルはまるで脳卒中の発作にでも襲われたかのような様子だった。彼はまるで見えない手で首を締め上げられているかのように、顔や耳が真っ赤になっていった。

「クールを豚箱にぶち込んでおけ」

と、ヴィドックは部下に大声で命じた。

「ラウルとはまだ話がある」

クールが馬車に連れられていく間、悄然としてヴィドックをじっと見ているラウルにヴィドックが歩み寄った。

「どうしたらいいんだ」

ラウルが尋ねた。

「すべて吐いてしまいな。――――そうすれば楽になるってもんだ。もう罪から逃れる術はないからね」

ラウルは口唇をへの字に結んだ。

「さて、それじゃあ!」

ヴィドックは彼に気合をかけてやった。

ラウルを法廷に立たせるには、自白は重要ではなかった。この男もクールも、犯行を自白するしないに関係なく、彼らの罪は有罪判決が決定的なほどに物証で完璧に固められていたからである。

だが、さらに三番目の男がいるのだ！　その男と同定できる、あるいはその男の有罪を立証できる証拠が欠けていた。その男の名前も居場所もわからなかった。「三人組の人殺し一味」の中のこの未知の男を追跡し、有罪にもっていくためには、裏付けとなる共犯者の確かな供述が必要である。それゆえ、ヴィドックにとって重要なのは、ラウルが何かを話してくれることであった。

ワイン酒場の主人は黙秘していた。眼差しは前より落ち着いている。この男は次第に平静さを取り戻しつつあるようだった。

「いっしょに行こう」

と、ヴィドックが言った。

「どこへですか」

「病院だよ」

「なぜ病院なんですか」

「あんたには、きっとわかってもらえるさ」

第三の男とは

二十分後には——すでに外は暗くなっていたが——彼ら一行は、例の襲撃を受けて意識が戻らず喉をぜいぜいさせている男のベッドの傍らの、ロウソクの灯りのもとにいた。医者の診断では、容態はかなり深刻で、助かる見込みはないだろうということであった。

襲撃した男が生きているとは知らなかったラウルは、瀕死の男の様子をじっと見つめていた。

「あんたはこの男を知っているかい」

と、ヴィドックが尋ねた。

のけぞったラウルは、声にならぬ叫び声を上げるかのように口を開けた。

「この男の命も風前の灯火だが、それはあんたたちのせいなんだ。まもなく息をひきとるだろう」

と、ヴィドックが言った。

窓ガラスには、探偵と殺人犯の姿が薄ぼんやりと写っていた。

ヴィドックはしばらくの間、ラウルの様子を見つめていた。彼は口を開くことはなかった。ヴィドックは物入れに向かい、中から被害者のシャツを取り出してラウルの前に広げた。短剣でズタズタに引き裂かれたシャツは血糊で錆色に染まり、血痕がこびり付いている。

「このシャツをよく見るんだ！　この被害者はエソンヌの酒場で、あんたとクールとそれにもう一人の男と一緒に楽しくやっていた。その時この男はこのシャツを着ていただろう」

ラウルはほんの一瞬だけシャツに目をやったが、彼の視線は再び瀕死の男に釘づけになっていた。

「あんたとクールの有罪は証明されているんだ。自白してもらう必要もない。お前たちがこの事件の犯人であることは、疑いようがないからな。だがあんたの協力がなければ、第三の男を逃すことになってしまう。そいつは当然受けるべき刑罰を逃れ、奪った戦利品を湯水の如く浪費することになるだろう。俺にはその男の名前がわからんのだ。その男につきつける証拠が何もないことを認めざをえない。この男を逮捕して有罪を立証するためには、あんたの供述が必要なんだ。そこでラウル、訊くが、第三の男の名前は何というんだ」

「わかったよ……」

ラウルがすすり泣きだした。

「俺がやったんだ。そいつは認める。それにはクールも一枚嚙んでいる。あなたはご存知のようですが、でも……」

「でも、ってでどういうことだ」

ヴィドックは身をのり出した。

「でも、ムッシュー・ヴィドック、第三の男の名前は言えません。言えないんです。というのは……もし、俺がばらしたことがあの男にばれたら、俺はあの男に殺られてしまいます」

「ラウル、あんたの心配事は理に叶っていないね。考えてみてごらん、これからあんたは牢獄に入るのだから、その男から守られるんだよ。それに、あんたの生命はすぐに断頭台の露となって消えるだろうし。あんたを手にかけるのは処刑人であって、第三の男ではないんだ。その男を恐れる必要は何もないのさ」

「でも……あの男は万能なんです。牢獄の中にいても、きっと俺はあの男に殺られてしまいます。処刑の前日に、俺はあの男に殺されてしまいます」

「そんなこと、あるはずないだろう」

「いや、あるんです。俺はあの男が怖い。誰もがあの男を恐れています。あの男はパリの郊外、つまりあなたの管轄じゃない所に住んでいるけど、あなたもあの男の名前をきっと耳にしたことがあるはずです。その男をご存知なら、俺の心配もわかってもらえるはずです」

死刑を間近に控えた人間が、これほど恐怖を覚える第三の男とはいったい誰だろう、とじっくり考えた。犯罪者の名前が幾つかすぐに頭に浮かんだ。

「そいつは誰だい」

と、ヴィドックが尋ねた。

余命いくばくもない男が突然、喉をごろごろし始めた。ラウルは目を閉じ、両手を耳に押しつけた。

「訊かないでください」

と、ラウルは呻き声を上げた。

「訊かないで！」

ヴィドックは耳を抑えているラウルの両手を叩いて払いのけた。

「第三の男は、誰かね」

彼は執拗に尋ねた。

「第三の男は誰だ。そいつの名前を言うんだ、ラウル」

「その名は……ジェラール……」

ラウルはその男の苗字を口にすることを恐れているふうに見えた。

「ジェラール・ポンスかね」

と、ヴィドックは尋ねた。

「ポンス、恐怖のポンスかね」

「ええ……ええ……ジェラール・ポンスです。ご存知なのですね。もうすぐお陀仏しそうな男のいるこの部屋から出してください……どうか、ここから出してください」

「もう一つ訊きたいことがある。それが済んだらあんたを楽にしてやるよ。さあ、ポンスはどこにいるのかね」

「あんたがあいつを逮捕すれば、あんたはあの男に殺されます」

「そんなこと、俺に任せておきなよ。それより、どこに行けばポンスに会えるかね、そいつを教えてくれないか」

「あの男は事件の当日、マダム・バルウの居酒屋に行きました……」

ジェラール・ポンスは数年来フランス全土で情け容赦のない暴力犯と言われていた。彼は決して一箇所に住むことなく、絶えず居場所を変えていたため、この男を逮捕しようにも、居場所を絞り込むのが至難のわざだった。かつてポンスについての密告を得るたびに、警察はこの男の悪名を肝に銘じて、圧倒的な人数の警官の動員を頼みに逮捕を試みたが、まったく手に負えなかった。ポンスは絶対絶命の窮地に追い詰められても、常にそのピンチをすり抜けてしまう業師であった。奇妙なことにポンスは、まだ一度もパリには姿を見せたことがなかった。彼は極悪非道の舞台に田舎を選んでいた。

ヴィドックのように情熱的に犯罪者を追跡する人間にとって、ジェラール・ポンスのようなタイプの悪漢は興味深い挑戦相手であった。ポンスを個人的には知らなかったが、犯罪者ファイルの中の個人情報の記述をもとに、この男の容姿は知っていた。資料から判断すると、この男は大柄で、頭髪は黒く、髭面で、顔はあばた面で目は細く、毛深い両腕には入れ墨が入っているということであった。カードの中で特に注意点として、ポンスはピストルの名手なので要注意、とあった。

ポンスを逮捕するためにヴィドックは変装した。頭髪をボサボサにしてぼろをまとった彼の姿は、親しい友人たちでさえもわからないほどであった。助っ人として、彼が一番信頼を置いていたグーリーとクレマンを引き連れていった。彼らはピストルの扱いや肉弾戦で、その能力の高さを何度も証明してきたからだ。ヴィドックは警察の大編制部隊の投入は放棄した。

三人は馬車に乗り込み、ポンスが滞在しているという、パリから北東約一四〇キロの、ベルギーとの国境近くのイルソンという小さな町の、悪党仲間の間では名の知れたマダム・バルウの居酒屋に向かった。

三日後に一行は目的地に到着した。無精髭を生やした彼らの外見は、さながらプロのいかさま師そのものであった。それゆえ、この三人連れがタバコと安酒の匂いの籠ったマダム・バルウの居酒屋に足を踏み入れた時にも、たいして目立たなかった。居酒屋には客らしい客はおらず、テーブルについていたのは三人連れの男たちだけだった。

ヴィドックはひと目で、そのうちの一人がお尋ね者のジェラール・ポンスだと確信した。ヴィドックは男に近寄り、隠語で話しかけた。

「イッヒ　ハーブ　シュラマータッシェン　フォン　ラウル　ウン　クル　ウント　ムス　ドゥシュンゲル　クヴァッセルン　ミット　ディア（ポンス、ラウルとクールに関してだが、まずい知らせがある。あんたと内密の話をしたいのだが）」

ポンスは探るようにヴィドックを見つめながら、立ち上がった。ポンスは頭が店の天井にぶつかりそうなくらいに背が高かった。彼はゆっくり店の隅のテーブルに向かって歩いていき、そこに腰を下ろした。毛むくじゃらの両腕は、まるで猿さながらにだらんと垂れている。三人の警官もポンスのそばに近寄り、腰を下ろした。

ぶよぶよに太って腫れぼったい目をしたマダム・バルウは、彼らのテーブルに向かって近づいてきた。

「ご注文は何にいたしましょうか」

「ワインの赤一本とグラス四個」

ポンスが注文を出した。それから彼はヴィドックに切り出した。

「用は何だい」

「順を追って話をさせてもらいましょう。最近、俺はパリ郊外エソンヌの近くの居酒屋で、ラウルとクールと同席したんだ。俺は奴らに、オランダ国境で幾つかの強盗殺人を計画していると漏らすと、ラウルは俺にこう言った、〝ポンスのところに行きなよ〟、って。〝あれはしっかりした奴だから。マダム・バルウのところに行けば会えるよ〟、ってな。ところが聞いてくれ、俺たちがさらに話そうとしたら、突然ドアが開いて踏み込んできたデカにラウルとクールはパクられてしまったんだよ。その土壇場でラウルは俺に、〝ポンスに警告してくれよ〟って、言っていたんだ。それから二人は警官にしょっ引かれてしまった。サツは俺には目もくれなかったけどな」

「誰がラウルとクールを逮捕したんだ」

と、ポンスは尋ねた。

ヴィドックは、「俺は知らん」と答えようと思ったが、その瞬間、彼は悪魔に取り憑かれて口走ってしまった。

「ヴィドックだ！　あいつらが逮捕された時、あの男が現場にいたのさ」

「てめえ、嘘つきだな！」

この悪党は不信感も露に目をすがめた。

女将がやって来て、ワイン一本とグラス四個をテーブルの上に置き、その場を離れた。

「てめえって奴は嘘つきだな」

ポンスは繰り返した。

「ヴィドックがエソンヌで逮捕なんかできるもんか。あいつはパリ警察の所属で、管轄外での捜査権限はないんだぜ。そんなことはよくわかっているさ。これがパリで俺が仕事をしない理由なのだ。ヴィドック、あいつは俺が恐れている唯一の警官なんだ。あいつはまるで悪魔とでも結託しているような男だよ」

ヴィドックは囁くように言った。

「あの男はパリ郊外南部地区の殺人事件の解明も任されたんです。だから、あの男は今後、パリの外での逮捕も許されているというわけなんで」

「こんちきしょう！」

ポンスは空のグラスの中を見つめた。

「実は俺はヴィドックと知り合いなんだよ」

ヴィドックはそう言いながら、この危険なゲームをひどく面白がっていた。

「昔ビセートルの獄中で、あの男と一緒だったことがあるのさ。今じゃあの男は警官だって、むかつく野郎だぜ。だがな、あの男が囚人だった頃は、ほんとうに感じのいい奴だったんだ。もしあの男がここにいて、そしてあんたがヴィドックであると知らなければ、あんたはあの男に赤ワインを一杯ついでやるところだろうぜ」

と言って、ヴィドックはポンスに自分のグラスを差し出した。

ポンスは大きな瓶を両手で摑んだ。ヴィドックはただひたすらこの一瞬を狙っていた。あっという間にポンスの両手首は拘束された。数秒後、ヴィドックはポンスのベルトからピストルを抜き取った。と同時に、グーリーとクレマンは先ほどまでポンスと同席していた二人のならず者の動きを封じてしまった。

ポンスは抵抗しなかった。すっかり気力を失ってしまったかに見えたポンスは椅子にうずくまり、縛られた両手をじっと見つめていた。それから頭を上げた。

「貴様がヴィドックかよ！」

彼はぐったりして、力なく言った。

「わかっていたんだ。いつか俺を逮捕する奴がいたら、それはヴィドックだろうってな。わかっていたんだ」

ポンスは乗せられた馬車の中でしばらくすると諦めがつかなくなってきた。彼が吐き捨てた一連の破廉恥な悪口雑言は、彼の心の衝撃が緩んできた証であった。

「てめえって奴は俺をパクりやがって。ヴィドックめ」

と、彼は呻いた。

「だが俺は絶対脱獄してやるからな。それからてめえの番だ。その時はぶっ殺してやる。覚悟してお け、ヴィドック！」

ヴィドックはその言葉を受けて立った。

「俺を殺すぞと脅しをかけたのはあんたが最初じゃないし、俺を殺そうとした唯一の人間でもないんだよ。ご覧のとおり、成功した奴は誰もいないね。俺はぴんぴんしているからな。これからもおおいに長生きするつもりなんだよ」

ヴィドックが三人組の人殺し一味を逮捕した直後の一八一五年の末、彼とアネットとの長年の関係が破綻した。

ヴィドックは悪党どもがたいそう不安を覚えるほどに夜ごとガサ入れを繰り返し、以前にもまして仕事にのめり込んでいった。新年を挟んだ一週間の間にヴィドックは部下を引き連れ、四人の殺人犯、十三人の盗賊、さらには様々な悪党グループ約六十名を逮捕した。これはそれまでのすべての記録を塗り替える成果であった。

一八一六年初頭には、国王ルイ十八世は「シュルテ」のこの著名なリーダーを引見した。ヴィドックの人柄にたいそう感銘を受けた王は、ヴィドックに政府の官職の授与を約束した。だがヴィドックはそれを辞退した。探偵としての犯人追跡の仕事のほうが、他の何にも増して魅力的だったからである。彼はあくまでも「シュルテ」のトップに留まっていたいと述べた。王はヴィドックの願いを受け入れ、その後、いついかなる時も彼をバックアップした。

一八二〇年、ヴィドックは洋裁師のジャンヌ‐マリー・ゲランと結婚した。幸せな結婚生活を送ったが、四年後の一八二四年六月に彼女は亡くなった。その直後の七月には、ヴィドックの母が泉下の客となった。さらに九月には、彼の寛大なパトロンであったルイ十八世までもが崩御した。

その後、国王ルイ十八世の弟が玉座に就いた。弟のシャルル十世は最初からヴィドックに無理難題を課すことに喜びを感じているようだった。一八二七年、王は内務省に命じて、警官たちの間でたいそう評価の高かったかつての囚人、たとえばココ・ラクールのような警官を「シュルテ」から解雇してしまった。残留したのはただ一人ヴィドックだけであった。しかしヴィドックは、警察に長年貢献し、しかもけして違法行為を犯したことのない友人たちの即刻解雇を受け入れようとはしなかった。

王が頑な態度をとり続けたので、ヴィドックは抗議の意を表すために職を辞した。「シュルテ」を去った彼は製紙工場を設立すると、「シュルテ」を解雇させられた警官と牢獄から釈放されたばかりの多数の囚人を、その工場に雇った。こうして彼は囚人たちを社会復帰させるための先駆的な仕事を成し遂げた。だが、時代はこの手の社会福祉事業に理解を示し受け入れてくれるほどには機が熟していなかった。お得意先の多くは購入した紙製品が囚人によって製造されたということに異を唱え、ヴィドックの工場を排斥し始めた。

ヴィドックはその間、フロリード・マニーという親戚筋の若い女性と再婚していたのだが、その間にも彼は不快な出来事に遭遇していた。というのも一八二八年、『ヴィドック回想録』というタイトルの五百ページもの書物が出版されたのであるが、この書物をめぐって多くの面倒な騒動が持ち上がったからである。この本を読んだ読者は、ヴィドックが高慢ちきなひねくれ者で、愚かで、そのうえ警察の密偵であり、真実に対してはあまり厳格とは言い難い人物であるという印象を受け取らざるをえなかった。しかしヴィドックは、責任がとれるのはこの作品の一部だけだ、と公然と言い放った。

もともとヴィドック自身が執筆したオリジナルの原本が存在していたのに、分量があまりにも少なすぎたので、出版社の依頼を受けたインチキ三文文士により加筆され、その当時は普通の長さだった五百ページの書物に水増しされ歪められてしまったのである。このことはヴィドックには何も知らされていなかった。その当時の作家は今日のように著作権で守られていなかったので、改竄作品が出版されても、何ら手の施しようがなかった。このためヴィドックのこの『回想録』はたしかに彼の人生の真実の出来事や犯罪捜査学に基づいた業績に関する客観的叙述を含んではいるものの、しかし他方で、信じられないほど不正確な表現があり、しかも文体の上から見ても、のちに著わされた作品と照らし合わせることも不可能な章句が幾つも含まれていた。そのために、この『回想録』はヴィドックの真の像を歪めてしまったのである。

およそヴィドックの波瀾万丈の人生を再現したいと思う者は、この『回想録』には厳しい懐疑的な姿勢を保持しつつ、さらにはオリジナル原稿の本来の中核部分を抽出するよう留意せねばなるまい。それも確かな資料として引用することができるのは、裏打ちのある確かな事実と一致し、しかもほんとうにヴィドック自身の手で書かれたものであると確認することができる箇所に限られる。こうした作業が従来必ずしも実行されてきたわけではないのである。そのような事情があるので、ヴィドックの伝記の偽りのバージョンがそこかしこに跋扈しているというわけである。

一八三〇年の七月革命後シャルル十世が失脚し、ヴィドックの星回りは突然好転した。シャルル十世の後継者にして「市民の王」とも呼ばれたルイ・フィリップはヴィドックにたいそう共感を示した。両者の風貌は偶然にもまるで双子の兄弟のように似ていた。二人共、年恰好もほとんど同じと言ってよかった。両者がたどってきた人生にも共通点があった。かつて亡命者であったこの「市民の王」は絶えず隠れ家を変え、長年に渡って様々な危険や耐乏生活、さらには故郷喪失の寄辺ない思いにじっと耐え忍んでいたのであるが、それはヴィドックが無実の罪で有罪判決を受け囚人として送った日々と同じ人生経験であった。

一八三二年三月三十一日、ヴィドックは王の指示で、再び「シュルテ」のトップに着任した。かつての監獄出身の同僚たちも採用してもらえた。国王からのこの依頼はちょうどタイミングがよかった。というのもその直前、ヴィドックの製紙工場は破産をきたしていたからだ。

ヴィドックは工場労働者全員を他の会社に再就職させた後、改めて「シュルテ」の局長のポストを受け入れた。

同年の七月、ヴィドックはルイ・フィリップ王に返礼をすることができた。王の失脚を画策していたある陰謀を暴露したのである。こうしてヴィドックは、パトロンである王の玉座救済に成功した。王とヴィドックの長年に渡る友情関係はその頃に始まったのである。

ヴィドックは王からの引き立てがあったにもかかわらず、政治家上層部との間では軋轢が生じていた。警視総監ムッシュー・アンリはすでに退任していた。ヴィドックはその後継者とあいにく反りが合わなかった。一八三二年十一月、彼は五十七歳で「シュルテ」の職を辞すと、その直後に世界初の私立探偵事務所を設立した。

彼はその事務所を「興信所（ビュロ・ドゥ・ランセニュマン）」と命名し、二つの目標を定めた。一つは、従来と同様犯人を追跡し、警察からは当時お尋ね者逮捕の協力者に贈与されていた報奨金の支払いを受け、さらに第二の目標は大会社から委託を受けて、その会社の取引相手の信用調査、さらには商売敵（がたき）の事業計画に不正がないかどうかの調査に取り組んだ。事務所の従業員はまず第一に、連帯感から「シュルテ」を辞職した警官のみであったが、思いのほか事務所の運営が軌道に乗り仕事量も増えたので、多くの新人職員を雇用するようになった。彼が部下とともに身柄を拘束した逮捕者は「シュルテ」の時よりもはるかに多かった。「シュルテ」におけるヴィドックの後継者であるジェラール・アラールは、嫉妬心からヴィドックにできる限り打撃を加え、可能な限り意地悪をしようと画策したが、しかし一度たりともその試みは成功しなかった。

イギリスの警察官がパリの「シュルテ」に倣って、「ロンドン警視庁（スコットランドヤード）」を新たに組織替えするためにパリにやって来たが、その時彼らが赴いた先は「シュルテ」の後任であるアラールのもとではなく、クロッシュ・ペルシュ通り十二番地のヴィドックの私立探偵事務所であった。イギリスの警察官たちは世界で初めての探偵ヴィドックから「シュルテ」の理念、組織、システム、捜査技術そして捜査方法の説明を受けたのである。

ヴィドックに「犯罪捜査学の父」の名称を与えたのはイギリス人である。なぜなら、「ロンドン警視庁（スコットランドヤード）」のみならず全世界の警察署のすべてが、ヴィドックの探偵事務所の趣旨で、次々と組織されたからである。

一八四六年ヴィドックはロンドンに旅をした。それは「ロンドン警視庁（スコットランドヤード）」の署員を前に犯罪捜査学についての講演をするためであった。この頃、妻がパリで亡くなった。

一八四八年の革命の年、「市民の王」ルイ・フィリップが失脚して、その後にはナポレオンの甥でのちの皇帝ルイ・ナポレオンがまずは第二共和制の大統領に就任した。その頃ヴィドックに対して嫉妬の炎を燃やす人々による集中攻撃が先鋭化していた。特に「シュルテ」におけるヴィドックの後継者アラールは、以前にも増してヴィドックを激しく責め立てた。アラールによれば、ヴィドックと彼の部下の私立探偵は犯罪者を捜索する際、必ずしも法に則った振る舞いをしていない、というのである。そうした非難・中傷はいつも根拠がないことが判明し、さらにはヴィドックの言動の正しさが毎度認められたにもかかわらず、アラールは手を緩めることなく食い下がってきた。ヴィドックは警察に対して絶えず自己防御せざるをえなかった。

そしてまた暗黒街に対しても用心せざるをえなかった。ヴィドックへの復讐を誓っていた悪党が少なくなかったからである。ヴィドック殺害計画はすでに何度も企てられていた。至るところで彼は危険に晒されていた。彼はけして心安らかな思いを手にすることはなかった。

だがこの緊張感が彼をかえって若々しくさせていた。

死ぬ間際にあっても、彼は長いことお尋ね者だったある重罪犯人に狙いを定め、単独で逮捕している。

一八五七年三月十一日八十二歳で往生した時の、彼の財産相続人は二十五歳のバレエの踊り子だった。

今日、近代の犯罪捜査学に対するヴィドックの功績を総括しようとすると、最高級の賛辞の言葉が私の胸に思わず湧き上ってくる。彼ほどに警察の捜査に大変革をもたらした人はいなかった。今日に至るも、なおも深く浸透している犯罪撲滅の根本原理はヴィドックの発想に由来している。彼が考え抜き導入した警察組織と捜査方法は、今日広く一般に行き渡っている。

ヴィドックは刑事警察の組織を史上初めて殺人部局、窃盗犯罪部局、家宅侵入窃盗罪部局、詐欺犯罪部局等の特別班に特化した。

ヴィドックは警察が知る犯罪者全員の人相書きを、史上初めて犯罪者カードにして収集を試みた。

ヴィドックは史上初めて、犯罪心理学、トリック、変装、秘かな監視を用いて、犯罪者と戦った。

ヴィドックは史上初めて、犯行現場に残った様々な手掛かりを系統立てて調査し、それらすべてを採取確保したうえで分析・評価し、考察の対象に取り入れ、最終的には犯人逮捕の証拠として採用することを警官全員に義務化した。

要するに彼は「世界史上初の私立探偵」であった。

もちろん多くのものはその後さらに発展し、精密化し、そのうえに改良された。科学は今日、犯罪捜査学の領域では大きな役割を演じている。例えば、犯行現場の痕跡の採取は、化学的方法、スペクトル分析、DNA鑑定等諸々の方法を用いて、以前にもましてはるかに精確になっている。犯罪者カードは、もはやヴィドックの時代のようなカードボックスではなく、サーバーに蓄積されている。小型GPSは、容疑者の追跡を容易にし、網目スクリーン犯罪捜査、つまりコンピューターに入力された個人データを活用して、容疑者をふるいにかける捜査や顔認証システムは、人相書きによる捜索の負担を軽減している。犯罪捜査は今日では全世界にまたがってネットで結ばれている。女性も治安の職務に就いて活動している。これは余計なことだが、「シュルテ」が創設された当時の犯罪捜査学の創世記の頃とは異なり、今日では犯罪者が警察で雇用されることはもはやない。警察官になろうとする者は、何年もの教育訓練を受け、なかでも刑事警察の中枢部門での栄達を願う者は警察単科大学(アカデミー)を卒業しなければならない。さらに犯罪分析捜査官(プロファイラー)として、犯罪行為の様々な特異性からその犯罪者のサイコグラフ、つまり性格特性を数値や図表で表現しようと思う者は、大学で心理学を学ばなければならない。ヴィドックはそうした学問を学ぶことはなかったが、同程度のレベルまでは実践していた。

もしも犯罪防止上の改良・改善点のすべてを要点のみ列挙するだけでも、その書類は何ページにもおよぶであろう。しかしながら基本理念と組織の面では、現在もなおすべて暗黒街出身にして「犯罪捜査学の父」であるフランソワ・ウジェーヌ・ヴィドックが考案した通りの姿のままなのである。

訳者あとがき

本書はドイツの現代作家ヴァルター・ハンゼンの著書（原題"Der Detektiv von Paris"［パリの探偵］）の翻訳、つまり「世界初の私立探偵」にして「犯罪捜査学の父」とも言われているフランソワ・ヴィドック（一七七五〜一八五七）の伝記小説である。

本書のテーマの素材はもちろんヴィドック自身の自伝"Mémoirea de Vidocq"（邦訳『ヴィドック回想録』作品社）にあるのだが、本書にも記されているように彼自身の筆によるオリジナルの原稿が当時の一般の出版社のレベルの頁数に足りなかったため、出版社は著者に無断でゴーストライターに加筆を依頼し、分量を水増して原型をとどめないほど歪めてしまったというのである。当然ヴィドックはこれに怒り心頭であったが、当時はまだ作家の著作権がなかったため彼にはなす術がなかったのである。ところがその改竄本は思いの外たちまちベストセラーとなり、さらに他国語にまで翻訳されるという事態に発展してしまった。あまつさえそうした時流に乗って様々な改竄本が次々に出版されたというのである。

このような経緯で世に出回った『ヴィドック回想録』の客観的記録としての信憑性が問題とならざるを得ないのは当然のことである。そこで、著者の「まえがき」にもあるように、本書の執筆にあたって著者は「小説を書くために必要な創作の自由」を別とすれば、『ヴィドック回想録』に厳しく懐疑的な姿勢を保持しつつ、様々な種類の証拠となる文献——すなわち裁判所、および警察の調書、さらに同時代の新聞に掲載された報告記事など——を検証しながら、それらを素材にしてこの伝記小説を書き上げたと、述べている。

ある時、本書に関するドイツでの書評を読んでいたら、「もし仮にヴィドックがいなかったら、シャーロック・ホームズもジャン・バルジャンも生まれなかったであろう」という一文を読んだことがあるが、それほどの人物について、訳者自身、本書の翻訳に取り組むまではあまりよくは知らなかった。実は、今からもう二十年以上も前、本書の著者ハンゼン氏による北欧神話冒険紀行『アスガルドの秘密』の翻訳を手がけていた頃、ミュンヘンで会った際、本書の改訂版の前の本を寄贈されたのだが、長いこと読むチャンスがなかった。ところが、ある時たまたま本書を読み始めたのだが、一気に引き込まれこの本の虜になってしまった。本書を読み終えた読者の皆さんにも訳者のこの気持ちは分って頂けるのでは、と思っている。

さて、読み終えた当時、著者はヴィドックの何に心を動かされてこのような作品を書こうと思い至ったのか、その執筆動機について考えさせられたことがあった。それは著者がヴィドックという人物のいかなる心の有り様に興味をそそられたのだろうか、という疑問である。

通例、ヴィドックといえば詐欺師、贋金造りなどと呼ばれることが少なくなく、彼は従来そんな類の罪で投獄されたと思われてきた節がある。そんな訳で、これまではしばしば犯罪者にして脱獄王、あるいは下町のカサノヴァにして盗賊あがりの変幻自在の変装名人の密偵、またある時は刑事、またある時は名探偵というイメージが流布して定着していた。特にフランスの大衆小説やミステリーにはこうしたイメージのヴィドックは欠かせない人物となり、さらに『ヴィドック回想録』の中から流布した興味深いネタを元にした様々な物語や映画が面白おかしく作られてきたようである。目下、日本で手にはいるヴィドック関連のDVDはまさにそうした類のものと思われる。

しかし『ヴィドック回想録』の翻訳者・三宅一郎氏によれば、歴史的にそうした流れが定着した原因は、浩瀚にして幾種類もある『ヴィドック回想録』が精読されなかったための誤解にあるというのである。しかも、ヴィドックは実はそうした類の犯罪者ではなく、同房の囚人のための釈放命令の公文書を偽造したという、当人にはまったく身に覚えのない無実の罪で八年もの強制労働の刑罰を言い渡されてしまったというのが真相だ、と三宅氏は述べている。著者ハンゼン氏も三宅氏とまったく同じ観点から本書を描いており、本書ではヴィドックはこの濡れ衣故の投獄に我慢がならず、そこでやむを得ず脱獄することになるのだが、その度に逮捕されては脱獄を繰り返し、それ故に常に追っ手に付け狙われる破目になる。逃亡の際に彼が身を隠すもっとも安全な場所といえば、悪党のたむろする各地の暗黒街であった。そこで彼は犯罪者の生態と特徴、及び彼らの犯罪の様々な手口や隠語、裏社会の人脈や連絡網などに大いに関心を持ち、繰り返される脱獄のたびに暗黒街の実態にますます精通していった。こうしてヴィドックは暗黒街の空気を吸いながら様々な悪党と関わることになるのだが、自分からは積極的に彼らの犯罪に与することはなかった。

かくしてヴィドックは三十四歳までの十六年の間、入獄と脱獄の連続の人生を送ることになるのだ。ところが二十五回目の脱獄の際、ヴィドックは公文書偽造で自分を罪に陥れた男が殺人罪で公開処刑される現場を偶然目撃するのだが、その瞬間ヴィドックは間接的ではあるが自分が受けた苦痛に対する復讐を遂げてくれた「法の正義」に人生で初めて衝撃的といっていいほどに心を強く揺り動かされた、というのである。この公開処刑目撃の場面は、その後のヴィドックの人生を根底的に変革する大きな切っ掛けとなった衝撃的な瞬間といえる。

さらにその後、彼はゆすり屋のブロンディに数回にわたって集られ、持ち金すべてを毟りとられた挙げ句の果て、徹底的に侮辱され惨めな屈辱を味わうことになるのだが、この一件がその後のヴィドックの運命をさらに決定づけることになる。この直後、あろうことか自らの意志で入獄し、それまでの人生に決着をつけるべく知恵の限りを尽くしてパリ警察のアンリ警視総監に宛てて嘆願書を認め、これを切っ掛けとして彼が暗黒街で獲得した知識を基に警察組織の抜本的な大改革と犯罪捜査の科学的な新方式を上申するチャンスを獲得するのだ。まさに傲岸不遜そのものではあるが、目の覚めるような驚くべき改革案は、フランス革命後のパリで激増した犯罪者に手を焼いていたアンリ警視総監からすれば、喉から手が出るほど欲しい知見と深い洞察に満ちた内容であった。まさにそれが故に、アンリがその建言にさっそく跳びついたのも頷ける。その上、さらにこの提言は、当時皇帝ナポレオンに次ぐ第二の権力者たる警察大臣ジョゼフ・フーシェの関心をも一気に惹き付け、その心を鷲摑みにしてしまう。これによりヴィドックは牢獄に居ながらにしてフーシェに超法規的な行動を取らしめ、自らの罪状の赦免状はもとより、パリの正規の警官という確固たる地位までも獲得してしまう。もっとも、かような信じられぬことが可能であったのはフランス革命による大混乱の時代であったればこその成功といえるが、たとえそうであったとしても、この二人の権力者の心を突き動かしたヴィドックの際立った才知と手腕には並外れたものがあったことは否定できない。

それにしてもこの奇想天外な劇的大逆転、およびその後の彼の人生の大成功を可能ならしめたものはそもそも一体、何であったのだろうか、という疑問を抱くのは訳者だけであろうか。単なる幸運という言葉では片付けられないのだ。

とにかく二十五回目の脱獄後の諸々の出来事を介して、ヴィドックは突然自分の人生を根底的に変革させる啓示の如き何か不可思議なものに憑りつかれたとしか解しようがないのだ。そして、そこから得た並々ならぬ根気とエネルギー、そして時勢を含む幸運以上のプラスアルファの不可思議としか言いようのない何かある威力があったればこそ、警視総監はおろか警察大臣の心まで捉え、しかも警察大臣には超法規的な行動を取らせているとしか理解しようがない、というのが正直なところである。

ところが、ある時、『ヴィドック回想録』の訳者・三宅一郎氏の「訳者あとがき」を読んでいたら、「警察の仕事をするようになってからは、自分を陥れて長いこと苦しめた悪人ばらを憎む心が、すべての犯罪者を根絶したい気持ちになり、自分は正義だという信念を持ったのではあるまいか？」（768頁）との一文を発見したが、これには魂消た。ヴィドックのこの心の有り様に対する三宅氏とハンゼン氏の思いが重なっているからだ。本書での解釈は、「警察の仕事をする」以前からという設定になっているが、いずれにせよ似たような解釈をする人がいるという発見に我ながら驚いた。

しかし、ヴィドックの人生を劇的に変革させた決定的な動機は、三宅氏の言う単なる「正義感」だけであろうか。ヴィドックの人生を強力に突き動かした熱いマグマの如きエネルギーは一体どこから沸き上がってきたのであろうか、と思わざるを得ないのだ。何かいわく言い難いものに取り憑かれたとしか言いようがない。著者は、そうしたヴィドックを貫いたある電撃的な何かに思い至って、その圧倒的な威力が著者をして本作品を書かしめたのではないかと思わざるを得ないのだ。しかし、その大いなる威力とはいったい何であったのか、という疑問はこれまでずっと解けぬままでいた。

考えてみれば、ヴィドックの奇想天外な驚きの行動はまさにドン・キホーテのような狂気じみた試みではあったが、しかし、人生において不可能なことを可能にならしめる僥倖がなぜ、どうしてヴィドックに訪れたのだろうか、という疑問の前で一歩も前に進めないのだ。

いずれにせよ、ヴィドックは持てる能力と経験を十二分に発揮し、パリ警視庁に世界史上初の刑事警察の組織である「犯罪捜査局（シュルテ）」を創設し、革命後の混乱した犯罪汚染都市パリを安全で安心な都市に変貌させることに見事成功している。さらにまた、本書にもあるように、その後、国王シャルル十世とそりが合わなかったヴィドックは「犯罪捜査局（シュルテ）」を去る羽目になると、今度は製紙工場を設立し、牢獄から釈放されても生きて行く術を知らない元囚人たちのみを雇い入れ、現代的な言い方をすれば彼らのための社会福祉的な仕事にも関わっている。これはおそらく釈放されても生きる術を知らない多くの囚人仲間がその後悲惨な人生を送った現実を多く見聞きしたヴィドックの経験から発した先駆的な実践的奉仕活動と思われる。これは、触れないわけにはいかない、彼の人格的特性である。

さらに五十七歳の時には世界初の私立探偵事務所を開設し、以前にも増して犯人逮捕に成果を上げている。かくして、彼は追っ手に追われる犯罪者の立場から犯罪者を追跡する、まさに真逆の身分に入れ替わり、後にはヨーロッパでは「犯罪捜査学の父」と称されるほどに警察の歴史に名を残す存在となり、最終的には人生の成功者に鮮やかに大転身を遂げたのである。

しかし、何回も繰り返してしまうが、ヴィドックの人生のこの大逆転劇の背後には、並々ならぬプラスアルファの力があったのではと想像しないわけにはいかないのだ。ちょっと大げさな言い方をするならば、その才能を開花せしめ、彼を駆り立て、まさに歴史的な業績を達成せしめたもの、それは天啓としか言いようのない、大いなる瞬間があったからと思わざるを得ない。それ抜きではヴィドックのこの劇的な転身は理解不能と言わざるを得ないのだ。

こんな疑問を抱きかかえていたある時、ふと、この大いなる瞬間とは、ひょっとしたら十九世紀末のウィーンの作家シュテファン・ツヴァイクの言う「人類の星の時間」、つまりその後の人類の歴史をも根本的に変革する「運命の一瞬」であったのかも知れないという想念が閃いた。「人類の星の時間」とはツヴァイクの造語であるが、不思議な響きのある、心に残る表現である。これは人類の運命や歴史にプラスにもマイナスにも深く深く関わってきた時間ということだ。それは例えば、卒中に襲われ半身不随の絶望のどん底にあったゲオルク・フリードリヒ・ヘンデルが名作オラトリオ「メサイア」を作曲した、あの圧倒的な輝かしい「人類の星の時間」であり、あるいはまたナポレオンの運命と世界の運命を掌中に握っていたにも拘わらず、「ワーテルローの戦い」で責任感と決断力を欠いたグルシー将軍が逸した「人類の星の時間」でもある。さらにそんな時、目に入ってきたツヴァイクの次の言葉は衝撃的であった。それは、「一人の人間の運命における最大の幸福とはまさに生涯の半ばにおいて、その創造的な年齢に自分の一生の使命を見出すことである」（シュテファン・ツヴァイク著・片山俊彦訳『人類の星の時間』（みすず書房）の「不滅の中への逃亡」より）という一文である。これを読んだ時、「あ、これだ！」と思った。ヴィドックの心の中で、「研ぎ澄まされた知力」と熱い「正義感」と鋼の如き強い「使命感」のこの三つが絶妙に合体した時、ヴィドックはこの「人類の星の時間」という輝かしく燃え上がる運命的な一瞬を体験したのだろう。ツヴァイクは、それを「霊感によるわずかな、稀な時間」と言っている。そう思った瞬間、初めて納得がいった。

もっとも自分の一生の使命を見出し、それを心の底から自覚したその瞬間が貴重な「人類の星の時間」であったなどとはヴィドック自身は知る由もなく、まったく思いもよらぬ一瞬であったのであろう。そう考えた瞬間、著者ハンゼン氏もこれまで数多く輝いてきた数多くの「人類の星の時間」の一つの輝きを表現しようとして、本書の執筆に駆り立てられたのかしら、という思いが一瞬、訳者の脳裏をよぎったのだ。

もちろん、本書の読み方は人それぞれ自由である。また、そうあるべきである。しかし、今から考えて見れば、訳者のそんな勝手な思い込みが訳者を本書の翻訳紹介という仕事に駆り立て、突き動かす大きなエネルギーになったことは紛れもない事実である。そんな考えに導かれてゆくと、ひょっとしたら本書はヴィドックの人格的発展を描いたドイツ的な教養小説ではないかしらと勝手に妄想している……。否、そう断じていい。というのは、実はハンゼン氏は「青少年文学・ドイツアカデミー賞」（一九八六年、一九八九年、一九九〇年）を三回も受賞しているからだ。とはいうものの、現在、御高齢の著者とは連絡が取れなくなっているので確かめようがないが、その受賞の根拠は奈辺にあったのやら今では確かめようがない。

とにかく、こんな曖昧模糊としたことしかいえないが、しかし、一九八〇年に出版された本書がその後三十八年の年月を経た二〇一八年に改訂本として姿を変え今なお書店の棚を飾っている事実を見れば、これは訳者の単なる妄想とはいえまい。

さてヴィドックの波瀾万丈の数奇な生涯から、世界中の多くの著名な文学者はインスピレーションを受け、彼をモデルに多くの登場人物を創作している。本書のまえがきにもあるように、ヴィドックはエドガー・アラン・ポーの短編推理小説『モルグ街の殺人事件』に登場する世界初の私立探偵オーギュスト・デュパンをはじめアレクサンドル・デュマの『モンテ・クリスト伯』もヴィドックがモデルなのである。ヴィクトル・ユゴーの『レ・ミゼラブル』では飢えた甥のために一切れのパンを盗み投獄され、そして脱獄するジャン・バルジャンもヴィドックがモデルなのだ。ジャン・バルジャンは自分の前歴を隠して工場を経営し、社会的な弱者から尊敬される市長マドレーヌになるのだが、この市長のモデルもヴィドックである。この市長に疑惑の目を向け執拗に追跡する警部ジャベールも紛れもなくヴィドックなのだ。追われる者も、獲物を狙う狩人の如くどこまでも執拗に追う者も、その両者とも背後にヴィドックが控えている、というのが文学史の定説になっている、などと言っている人も少なくないのだ。とにかくヴィドックはかくの如く、前述の文学を語る際には無視できない重要な人物であることは確かである。

　さらにヴィドックは十九世紀初頭、現代に通じる犯罪捜査学的な発想でパリ警察の革命的な組織改革を行い、世界初の私服警官を導入し、人相書きによる犯人捜査や犯罪者カードファイル、さらに科学的な捜査方法を導入し、前述の通り世界初の刑事警察たる「犯罪捜査局（シュルテ）」を創設し、フランス革命後の大混乱の犯罪汚染都市パリを安全・安心の町に変貌させることに大成功を収め、まさにそれが故に、オノレ・ド・バルザックからは「警察のナポレオン」とまで褒めそやされもした。さらに、パリの「犯罪捜査局（シュルテ）」はその後、イギリスの「ロンドン警視庁（スコットランドヤード）」をはじめ全世界の警察署、わけてもアメリカの「連邦捜査局（エフ・ビー・アイ）」の手本となったともいわれている。その意味でヴィドックは世界の警察の歴史からも欠かすことのできない注目すべき重要人物のひとりということができる。

　ところで、本書の「はじめに」で著者が典拠とした資料内容が確かであるとすれば、ハンゼン氏は御存知なかっただろうが、日本の警察制度もヴィドックとは少なからず関係があるということができるのだ。というのも、明治維新成立直後に近代国家の警察制度に大きく寄与した初代大警視・川路利良とヴィドックは歴史的には一本の糸で繋がっているといえるからだ。司馬遼太郎の『翔ぶが如く』（文春文庫）では、明治五年、パリに留学し、当地の警察制度に感銘を受けた川路はこの制度を日本に導入して、明治日本における警視庁の創設に尽力した様子が描かれている。この作品では、川路はナポレオンの寵臣であった警察大臣ジョゼフ・フーシェが深く関わった警察制度を模範にしたと記されている。しかし、本書に接すれば、明治時代の警官の制服姿の背後にフーシェを唸らせた有能なヴィドックが垣間見えてきて、実に興味深い。フーシェとヴィドックのこの関係についてはこれからの若い研究者に探って頂ければと願っている。

いずれにせよヴィドックが晩年、ロンドンの「ロンドン警視庁（スコットランドヤード）」の職員を前にして、犯罪捜査についての講演を行っている歴史的事実から見ても、ヴィドックに対する評価の高さと影響力の大きさは想像できる。そのため彼の当時の名声と評判は、ヨーロッパはもとよりアメリカのエドガー・アラン・ポーの耳にまで達するほどであったのだ。

ところが、それに反して日本では彼に対する関心も評価もそれほど高くないといえる。事実ヴィドックに関する書物はそう多くなく、比較的簡単に手に入りやすいものといえば、「怪盗ヴィドック自伝」（『世界ノンフィクション全集』〈38〉：筑摩書房）と『ヴィドック回想録』（作品社）、さらに『わが名はヴィドック』（東洋書林）ぐらいである。ある時、ヴィドックについて調べようとして『岩波西洋人名事典 増補版』を開いてみたのだが、驚いたことにヴィドックの項目さえも見当たらなかった。彼の功績はおろか名前さえも無視されているのが現実である。

しかし、これまで見てきたように、文学史的にも世界の警察の歴史の上からもヴィドックは無視できない重要な存在である事実を鑑みれば、この現状はなんとかならないものだろうか。

その意味で、本書がヴィドックという人物評価の正当な見直しの切っ掛けになってくれれば、という思いもあるが、しかしなによりもまず小説を読む楽しさを満喫できる作品であると確信するが故に、訳者は老骨に鞭打ち、訳出に挑戦した次第である。このところコロナ騒ぎで家に籠もりがちの人も少なくないが、本書が一服の清涼剤になってくれればと願っている。
なお翻訳にあたり、原文のフランス語の固有名詞に関しては東海大学外国語教育センターの元同僚である惟村宣明さんにご助力を頂きました。さらにまた知人のドイツ人弁護士ユルゲン・イェローミン氏、またかつての大学時代の学友であり翻訳・通訳のプロである中田和子さんにもお世話になりました。また本書の出版に関しては論創社出版部編集部長松永裕衣子さんはじめ多くの関係者より多大なご助力とご配慮を頂戴しました。お陰様でこうして本書を世に送り出すことができ、たいへん感謝しております。ほんとうにありがとうございました。

二〇二〇年八月二十三日

訳者　識

〔著者〕
ヴァルター・ハンゼン
1934年オーストリア、グラーツ生まれ。ミュンヒェン大学卒業後、演劇の世界に入ったが、ジャーナリストへ転身。69年以降は専業作家となり執筆活動に専念。主要作品に『アスガルドの秘密――北欧神話冒険紀行』、(87)『図説 ワーグナーの生涯』(2007)、『脱獄王ヴィドックの華麗なる転身』(2018)など。"Die Spur des Sängers. Das Nibelungenlied und sein Dichter" (87) および『「ニーベルンゲンの歌」の英雄たち』(88) で国営ドイツ第二テレビより文学賞を受賞。89年に図書出版財団賞、86年から90年まで青少年文学・ドイツアカデミー賞を合計三回受賞している。

〔訳者〕
小林俊明（こばやし・としあき）
1942年長野県生まれ。慶応義塾大学大学院文学研究科修士課程修了。東海大学外国語教育センターを経て、現在は東海大学名誉教授。ドイツ文学専攻。共著に『言語と文学にみる文明』(東海大学出版会)、訳書に『図説 ワーグナーの生涯』(アルファベータブックス)。共訳書に『アスガルドの秘密――北欧神話冒険紀行』(東海大学出版会)、『カサノヴァの帰還』(ちくま文庫)、『「ニーベルンゲンの歌」の英雄たち』(河出書房新社) など。

脱獄王（だつごくおう）ヴィドックの華麗（かれい）なる転身（てんしん）
――論創海外ミステリ 259

2020年11月20日　初版第1刷印刷
2020年11月30日　初版第1刷発行

著　者　ヴァルター・ハンゼン
訳　者　小林俊明
装　丁　奥定泰之
発行人　森下紀夫
発行所　論 創 社
〒101-0051 東京都千代田区神田神保町2-23 北井ビル
TEL:03-3264-5254　FAX:03-3264-5232　振替口座 00160-1-155266
WEB:http://www.ronso.co.jp

組版　フレックスアート
印刷・製本　中央精版印刷

ISBN978-4-8460-1990-7